CARMEN MAYER

DER SCHWEDENSCHIMMEL

HISTORISCHER ROMAN

MAXIMUM

Hauptstraße 33
27299 Langwedel
www.maximum-verlag.de

1. Auflage 2021

Lektorat: Bernadette Lindebacher
Korrektorat: Dr. Gabriele Rupp
Satz/Layout: Alin Mattfeldt
Covergestaltung: Alin Mattfeldt
E-Book: Mirjam Hecht

Druck: CPI - Clausen & Bosse, Leck
Made in Germany
ISBN 978-3-948346-27-0

In Dankbarkeit für meine Familie,
die mich während der Entstehung
dieses und aller meiner Bücher
geduldig begleitet, unterstützt,
immer wieder aufgemuntert
und tapfer ertragen hat.

Zur Erklärung historischer und regionaltypischer Begriffe findet sich am Ende des Buches ein Glossar.

1. Kapitel

Aychstätt, Oktober 1626

„Sag das noch einmal."

Der Trossführer hatte sich wütend vor dem Burschen aufgebaut.

„Du hast richtig gehört, Oswald, Herr: Es gibt kein Brot", stotterte der Bub, der sich vor einem erwarteten Schlag duckte und abwehrend die Hand gehoben hatte. „Die Bäckerweiber sind verschwunden."

Oswald holte so tief Luft, dass der Junge befürchtete, sein Herr würde gleich vor Wut platzen. Der war ein stämmiger, grobschlächtiger Kerl mit tief liegenden Augen in einem immer grantigen Gesicht. Hinter schmalen Lippen waren seine teilweise schwarz verfärbten, schief stehenden Zähne zu sehen, die wohl der Grund dafür waren, weshalb er stank, sobald er den Mund aufmachte. Wobei er meistens herumbrüllte und dabei reichlich Spucke versprühte, was zusammengenommen so gut wie jeden dazu veranlasste, Abstand zu halten.

„Was heißt hier verschwunden? Wie verschwunden, wohin verschwunden? Wovon redest du missratene Ratte überhaupt?"

Der Trossführer packte den Burschen an den Oberarmen, hob ihn hoch und schüttelte ihn wie einen nassen Sack. Dann ließ er ihn wieder los und stieß ihn so abrupt zur Seite, dass er fast gestürzt wäre. Er rappelte sich schnell auf und machte sich aus dem Staub, kannte er doch die Tobsuchtsanfälle des

Trossführers. Es war erfahrungsgemäß besser, man geriet ihm nicht ein zweites Mal in die Finger.

Der Söldnertrupp Leonhart Seitz vom Waldes und der dazugehörige Tross lagerten seit Monaten auf dem Hasenbuck, einem lang gestreckten, bewaldeten Hügel, der die Altmühl im Südwesten der Stadt Aychstätt im Kurfürstentum Baiern begleitete. Auf seinem Sporn war drei Jahrhunderte zuvor die Willibaldsburg errichtet worden, die den jeweiligen Bischöfen der Stadt als Wohnsitz diente. Sie alle hatten die Burg ständig mit Umbauten und Erweiterungen ihren jeweiligen Ansprüchen angepasst, sodass sie inzwischen als ausgesprochen imposantes Bauwerk trutzig über die Stadt zu wachen schien. Wer sich Aychstätt näherte, dem fielen zuallererst die beiden Türme mit ihren Zwiebeldächern am nördlichen Ende der Burganlage auf, bevor die Türme der Kirchen und des Doms der Stadt in sein Blickfeld kamen.

Aychstätt war von einer dicken Mauer umgeben, die auf der Altmühlseite am Ufer entlang errichtet worden war. Sie umschloss die Stadt in weitem Bogen und schien sich auf der gegenüberliegenden Seite an den dortigen Berghang zu lehnen. Innerhalb der Mauern ragten die spitzen Türme des Doms in den Himmel, flankiert von Türmen und Türmchen anderer sakraler und weltlicher Bauwerke. Imposant waren dazwischen die unübersehbar reich ausgestatteten Bauwerke der Aychstätter Domherren, die sich die besten Plätze dafür in der Stadt ausgesucht hatten.

Auch außerhalb der Stadtbefestigung gab es ein paar Häuser, die unterhalb des Hasenbuck entlang der Altmühl gebaut worden waren und die Straße begleiteten.

Im Westen des Hügels befanden sich die Klöster der

Augustinerchorfrauen und -herren, Marienstein und Rebdorf.

Das Hochstift Aychstätt befand sich seit über einem Jahrzehnt unter der Herrschaft des Fürstbischofs Johann Christoph von Westerstetten. Er hatte als überzeugter Anhänger der Politik seines Freundes und Gönners Maximilian I. von Baiern das Hochstift Aychstätt bereits 1617 der Katholischen Liga zugeführt und den ehemaligen Herzog und jetzigen Kurfürsten gebeten, die Stadt, und vor allem seine hoch über deren Mauern liegende Burg vor möglichen Angriffen protestantischer Heere zu schützen. Eine gut dreihundert Mann starke Truppe samt dazugehörigem, doppelt so großem Tross hatte sich ungefähr oberhalb der Altmühlinsel mit den beiden Mühlen ein Lager eingerichtet, das sich am Kamm des Hügels knapp eine Viertelmeile Richtung Willibaldsburg entlangzog.

Die Söldner lebten zum großen Teil in Zelten, während sich viele der Trossleute kleinere Hütten gebaut hatten. Außer den Marketendern, Hirten, dem Trosspfaffen, einem Schmied und etlichen anderen Handwerkern hatten bislang zwei Bäckerinnen und ihre Gehilfin Truppe und Trossleute mit dem Notwendigsten versorgt.

Es war eine ruhige Zeit gewesen für die Menschen in und um Aychstätt, denn kein feindliches Heer hatte bislang Interesse an der Stadt, ihren Klöstern oder der Burg gezeigt. Die Aktivitäten protestantischer und katholischer Heerführer lagen weit im Norden Deutschlands, in Österreich und im fernen Ungarn. Deshalb war nicht nur den Beschützern der Stadt sehr schnell klar, dass die vom Fürstbischof durchgesetzte Maßnahme lediglich dessen Dünkel förderlich war.

Solange man ihnen ihren Sold bezahlte, hatten die Männer und Frauen nichts gegen ein paar Wochen Ruhe einzuwenden gehabt. Einige unter ihnen waren bereits in blutige Auseinandersetzungen zwischen katholischen und protestantischen Einheiten oder in Konflikte mit aufständischen Bauern in Österreich verwickelt gewesen. Sie kannten die Gräuel, die damit einhergingen, wussten um die Krankheiten, denen die Bevölkerung und Heere samt ihren Trossen zu Tausenden zum Opfer fielen. Manche hatten zwischendurch hin und wieder die Seiten gewechselt, wenn es keinen Sold mehr gab, oder versucht, Arbeit außerhalb eines militärischen Verbandes zu suchen. Sie mussten aber schnell einsehen, dass der Aufenthalt im Tross inzwischen die einzige Möglichkeit für sie war, zu überleben. Zu deutlich standen ihnen die Alternativen noch vor Augen: Sie hatten oftmals mehr oder weniger schwere Verletzungen davongetragen, hatten gefroren, gehungert, waren krank geworden. Und vor allem: Sie hatten kein Zuhause mehr, in das sie zurückkehren konnten.

Aychstätt befand sich zur selben Zeit in allerhöchster Anspannung. Der Fürstbischof, der kraft seines Amtes sowohl die weltliche als auch die kirchliche Macht über das Hochstift Aychstätt besaß, war ein gefürchteter Hexenjäger. Er hatte bereits als Fürstpropst von Ellwangen unzählige der Hexerei beschuldigte Menschen auf den Scheiterhaufen gebracht. Seinem sprichwörtlichen Feuereifer, die Menschheit von diesem mutmaßlichen Natterngezücht zu befreien, waren in Aychstätt seit seiner Weihe zum Bischof bereits ebenfalls unzählige Menschen zum Opfer gefallen.

Gerade in der vergangenen Woche hatten die Büttel wieder eine der als Unholdinnen Beschuldigten gefangen genommen und eingesperrt. Dieser Tage stand außerdem die Verbrennung von wenigstens drei Weibern an, deren schändliche Verbindung zum Höllenfürsten und unheilvolle Umtriebe als Hexen bei peinlichen Befragungen einwandfrei nachgewiesen werden konnten.

Auch unter den Söldnern und Trossleuten auf dem Hasenbuck war diesen Umständen geschuldet eine gewisse Unruhe entstanden. Sie waren bislang von Verdächtigungen unbehelligt geblieben, was daran liegen mochte, dass sie von Aychstätts Bürgern eher als Belagerer denn als Beschützer betrachtet wurden, von denen man sich besser fernhielt. Üblicherweise verlangten solche Trupps Kontribution von den Ortschaften, zu deren Schutz sie abgestellt wurden oder zu dem sie sich selbst ernannten. Da sie jedoch von Kurfürstens Gnaden leben konnten, blieb Aychstätt von solcherlei materiellen und finanziellen Forderungen an seine Bürger verschont.

Gerade in den vergangenen Tagen jedoch war das Misstrauen untereinander aufgrund lautstarker Auseinandersetzungen zwischen einer der Bäckerinnen und dem Trossführer spürbar angewachsen.

Oswald hatte sich an diesem Morgen ein großes Stück gebratenes Huhn bringen lassen und wollte seine Schüssel mit einem Kanten Brot ausstreichen, als er feststellen musste, dass der Korb leer war. Die Nachricht des Burschen, dass es kein Brot gebe, weil die Bäckerinnen unauffindbar seien, hatte den Trossführer aus zweierlei Gründen wütend werden lassen. Zum einen, weil er nicht duldete, dass sich jemand seinen Anordnungen widersetzte, zum Zweiten, weil sich niemand ohne seine Erlaubnis vom Tross zu entfernen hatte.

Gerade die beiden Bäckerinnen und ihre streitbare Gehilfin Magdalena waren ihm seit Wochen ein Dorn im Auge gewesen. Das war der dritte Grund, weshalb er jetzt völlig außer sich geraten war und den armen Jungen am liebsten erwürgt hätte.

Diese Magdalena hatte sich erdreistet, ihn vor den Trossleuten zur Rede zu stellen. Ihr passte nicht, dass er sie immer wieder zurechtwies und ihr letztendlich Prügel androhte, weil er so etwas nicht durchgehen lassen konnte. Dabei widersprach sie ihm ständig und war nicht gewillt, sich ihm unterzuordnen, wie es sich für Weiberleute nun einmal gehörte. Das Allerdreisteste war jedoch, dass sie einen jungen Kerl unter ihre Röcke gelassen, ihn jedoch abgewiesen hatte. Bloßgestellt hatte ihn das Weibsstück, seine Männlichkeit lächerlich gemacht und seine Macht infrage gestellt vor allen Leuten. Das sollte sie ihm büßen.

Oswald wurde als Trossführer nicht respektiert, sondern gefürchtet. Ihm war der Unterschied im Grunde genommen gleichgültig. Aber er wusste, dass seinen Leuten die gelegentlich auch in Handgreiflichkeiten ausartenden Reibereien zwischen ihm und Magdalena deutlich gemacht hatten, woraus dieser Unterschied bestand. Es würde nicht lange dauern, und die Stimmung unter ihnen würde in etwas umschlagen, das es seiner Meinung nach in jedem Fall zu vermeiden galt. Bevor er seine gefühlte Macht über die Trossleute verlor, musste er etwas unternehmen. Magdalena musste für immer verschwinden, und das auf eine Weise, die seine angeschlagene Männlichkeit und seinen verletzten Stolz zutiefst befriedigen sollte.

Er erinnerte sich daran, dass Magdalena eine Zeit lang ein stummes Weib in ihre Obhut genommen hatte. Das

Weibsstück musste wohl der Teufel geholt haben, denn es war nichts über ihren weiteren Verbleib bekannt geworden, nachdem die Flüchtlingsgruppe überfallen worden war, in der die beiden mitzogen. Oswald kam darüber hinaus zu Ohren, dass dieses Weib angeblich großes Unheil über die Menschen gebracht hatte, die ihr arglos begegnet waren. Magdalena hatte den Überfall überlebt und war anschließend zusammen mit dem Kerl im Tross aufgetaucht, den sie später unter ihren Rock gelassen hatte. Vielleicht war ja die verdorbene Seele des Hexenweibes in sie gefahren, wer weiß?

Das alles wollte er sich gegen das aufwieglerische Weibsbild zunutze machen, ohne dabei selber schmutzige Hände zu bekommen.

Am Tag zuvor hatte er den Entschluss gefasst, die vermaledeite Zwiderwurzn bei den Aychstätter Bütteln anzuzeigen. Da Magdalena jedoch bei den Trossleuten einen guten Stand hatte und in vielerlei Hinsicht von ihnen respektiert wurde, musste er sehr vorsichtig sein, um die nicht auch noch gegen sich aufzubringen. Er musste alles so geschickt inszenieren, dass in der Folge niemand ihn der Tat verdächtigte, die er tatsächlich im Schilde führte.

Außerdem war ihm nicht verborgen geblieben, dass Hauptmann Leonhart dem Weibsbild immer wieder zur Seite sprang. Aber er war noch nicht dahintergekommen, woran das lag. Hatte sie den auch in ihren Bann gezogen?

Er musste verteufelt – Herr, vergib! Er musste sehr vorsichtig sein.

Sein erster Gedanke war, dass Magdalena vorderhand wegen Holzdiebstahls angezeigt und verhaftet werden könnte, was bereits hohe Strafen nach sich zog, wenn es ruchbar wurde. Mithilfe einiger versteckter Hinweise würde ihm dann schon gelingen, alles so hinzubiegen, dass man ihr den Prozess wegen noch weitaus schwerwiegenderer Verfehlungen machen konnte. Das mit dem Holz – nun ja, da müsste man schon auch ein wenig nachhelfen, um es anzeigen zu können. Gestohlen hatten die drei Frauen es ja nicht, wenn sie es im fürstbischöflichen Wald auf dem Hasenbuck sammelten, während dort Bäume gefällt wurden. Es gab aber auch keine ausdrückliche Erlaubnis dafür.

Die Frauen brauchten das Holz, um ihre Bäckerei betreiben zu können, von welcher sich der Fürstbischof höchstselbst sehr angetan gezeigt hatte. Das belohnte er über seinen Kammerdiener mit der einen oder anderen Münze in die Hand des Trossführers. Davon wiederum wussten die drei Frauen nichts, die den Hof des Fürstbischofs mit Brot versorgten und dafür äußerst knapp bezahlt wurden.

Oswald verwarf den Gedanken mit dem Holzdiebstahl schnell wieder. Er wollte ja aus gutem Grund nur Magdalena loswerden, nicht auch noch die beiden anderen Bäckerinnen.

Nein, er musste anders vorgehen.

Der Trossführer wusste natürlich wie alle im Lager, dass der Hochwohlgeborene nach Gottes Gnaden ein über die Grenzen Baierns hinaus bekannter Hexenverfolger war. Weder Fürstbischof Johann Christoph von Westerstetten noch Oswald hatten ihre Freude an Weibern, die nicht gewillt waren, sich in ihre gottgewollte Rolle zu fügen und dem Manne untertan zu sein, wie es schon die Bibel einforderte. Außerdem war gemeinhin bekannt, dass gerade diese unfolgsamen Weibsbilder nur zu gerne den Verführungen des Leibhaftigen verfielen.

Die Abscheu solchen Weiberleuten gegenüber sowie das Wissen um die Legitimität ihrer Vernichtung, wie sie im

Werk des dominikanischen Theologen Heinrich Kramer mit dem Titel ‚Der Hexenhammer' beschrieben stand, verband die beiden in gewisser Weise. Oswald selber konnte zwar nur das Allernötigste lesen, hatte sich aber von seinem Trosspfaffen genau über den Inhalt dieser Schrift berichten lassen und sein Wohlgefallen daran gefunden.

Oswald war immer schon bestrebt gewesen, sich gegen alles und jeden zu stellen, das oder der nicht in sein Weltbild passte. Darin schien er mit dem Fürstbischof auf wunderbare Weise übereinzustimmen, was der Trossführer nach reiflicher Überlegung zu seinen Gunsten auszunützen gedachte.

Am selben Abend noch ließ er in einem der Wirtshäuser in Aychstätt ein paar Worte über ein Weibsbild fallen, das sich seit einiger Zeit in seinem Tross aufhalte. Er habe herausgefunden, sagte er wie beiläufig, dass diese Magdalena sich mit Weibsbildern abgegeben haben soll, die gemeinhin als Hexen bekannt gewesen seien. Ihren Namen hatte er wohlweislich eingebracht, damit es später keine Verwechslungen gab. Wobei es sich natürlich auch um reine Vermutungen handeln könnte, wie er ausdrücklich betonte. Aber man wisse ja, dass in jedem Gerücht ein Funke Wahrheit stecke. Er habe also den Verdacht, dass dieses Frauenzimmer, also diese Magdalena, dass die etwas mit den Machenschaften solcher Unholdinnen zu tun haben könnte. Oder noch schlimmer: Dass sie von ihnen angesteckt worden und selber der Hexerei verfallen sei. Schließlich sei das, was diese Weibsbilder antreibe, doch schlimmer und ansteckender als die Pest. Das stehe schon in den Schriften dieses Heinrich Kramer, wie ihm der Trosspfaffe berichtet habe.

Die Tatsache, dass Truppe und Tross unweit der allgemein als Hexentanzplatz bekannten Hinteren Waschette lagerten, in deren Nähe dieses Frauenzimmer immer mal wieder unter dem Vorwand verschwinde, trockenes Holz für die Bäckerei zu sammeln, lasse ihm schon längere Zeit keine Ruhe mehr.

Er rieb sich stolz die Hände darüber, auf diese Weise das mit dem mutmaßlichen Holzdiebstahl und dem Verdacht auf Hexerei geschickt verbunden zu haben. Jetzt konnte die Obrigkeit entweder das eine oder das andere zum Anlass nehmen, ihn von diesem Weib zu befreien.

Er war schlauer als sie alle. Vor allem schlauer als dieses verfluchte Weibsbild, das ihn schon beim Gedanken an sie zur Weißglut brachte. Wenn das kein Hexenwerk war!

Aber das behielt er wohlweislich für sich.

Als einer der Büttel sich nach ihm umdrehte, der an einem der anderen Tische saß und sein Bier soff, tat Oswald so, als fühle er sich bei etwas Unrechtem ertappt, und lenkte das Gespräch schnell auf etwas anderes. Es sollte ja ganz danach aussehen, als habe er sich nur verplappert und nichts mit dem zu tun, was in der Folge geschehen würde. Hoffentlich geschehen würde!

Ausgerechnet in dieser Nacht nun war das verfluchte Weibsstück verschwunden, zusammen mit den beiden Bäckerinnen, mit denen sie gearbeitet hatte.

Wusste er es doch: Das Weib stand mit dem Teufel im Bunde, anders konnte es gar nicht sein! Wie sonst sollte sie etwas von seinem Ansinnen gewusst haben?

Er schäumte vor Wut, hatte sie doch mit ihrem Verschwinden seinen schönen Plan zunichte gemacht, sie als wehrloses Opfer unter der hochnotpeinlichen Befragung zu wissen und in der Folge auf einem der Aychstätter Scheiterhaufen brennen zu sehen.

Jetzt mehr als zuvor wusste er:

Sie war zweifellos eine Hexe.

Er musste sie wiederfinden.

Sie musste bestraft werden.

Er musste sie leiden und brennen sehen.

Sie durfte ihm nicht einfach entwischen.

Wutentbrannt lief Oswald zur verwaisten Bäckerei, vor der ein paar ratlose Trossleute und Söldner standen. Er war drauf und dran, alles kurz und klein zu schlagen, was den Weiberleuten gehört hatte. Doch dann blieb er wie angewurzelt stehen.

Da gab es doch den Kerl, den das liederliche Weibsbild immer wieder unter ihren Rock gelassen hatte. Der zusammen mit Magdalena zum Tross gestoßen war und seither dem Schmied als Geselle zur Seite stand. Auch er war bei diesem Überfall auf die Flüchtlinge mit dem Leben davongekommen. Wenn der auch verschwunden war, wusste er, wie alles zusammenhing.

Das stank wie Schwefel zum Himmel!

Oswald würde ein paar Männer losschicken, um diesen Hundsfott und die Weiber wieder einfangen zu lassen. Wie gut, dass der Hauptmann des Söldnertrupps im Auftrag des Kurfürsten in Ingolstadt weilte. Oswald wusste, dass der sich niemals in Angelegenheiten des Trosses einmischte und ganz bestimmt keinen der Söldner hinter den Weibern und dem Schmiedegesellen herschicken würde. Aber unter den Männern der Truppe befanden sich welche, die für ein paar Kupfermünzen bereit waren, diese Aufgabe für ihn zu erledigen, das wusste er. Er würde den Lumpenhund ordentlich verdreschen lassen und daran erinnern, wo sein Platz war, wenn es ihm dann noch möglich sein sollte. Jedenfalls nicht unter dem Rock dieser gottverdammten Hexe, wo er selber nur einmal und da auch nur beinahe zum Zug gekommen war. Der Vorfall hatte ihm den Spott und die Verachtung vieler aus dem Tross eingebracht – auch dafür sollte sie büßen!

Der Gedanke daran, dieses Weibsstück im Dreck kriechend und heulend um Gnade flehen zu sehen, sie zu verprügeln wie eine räudige Hündin und ihr zu zeigen, was sie einem Mann wie ihm schuldig war, stimmte ihn mit einem Mal frohgemut. Danach war noch genügend Zeit, sie den Bütteln zu überlassen.

Oswald hieb seine rechte Faust in die offene Linke.

Dieses Weib würde ihm nicht entkommen, egal, wie weit sie schon vom Lager entfernt sein mochte.

Genau in diesem Augenblick kroch der junge Kerl, um den sich seine Gedanken in dem Zusammenhang auch gedreht hatten, aus seinem Zelt und schaute sich verschlafen um. Bevor Oswald etwas zu ihm sagen konnte, machte er sich auf den Weg zur Schmiede, wo sein Meister bereits ungeduldig auf ihn wartete.

Oswald stand einen Augenblick lang fassungslos da und starrte dem jungen Schmiedegesellen hinterher. Mit wenigen Schritten war er bei dessen Zelt, riss die Plane hoch, die den Eingang verdeckte, und warf einen Blick ins Innere. Das Zelt war leer.

„Dieses verdammte Teufelsweib!“, brüllte er und holte mit der Faust aus, um auf das Zelt einzuschlagen.

Da tippte ihm jemand auf die Schulter. Oswald fuhr erschrocken herum. Es war Hauptmann Leonhart Seitz vom Walde.

„Ihr seid wieder zurück?“, fragte er ihn mit kaum unterdrücktem Zorn auf den bebenden Lippen. „Ich habe Euch morgen erst erwartet.“

„Bist du deshalb so wütend?", wollte Leonhart mit hochgezogenen Augenbrauen wissen.

„Nein, natürlich nicht. Es ist nur …"

„Ich suche jemanden, der Bier brauen kann", unterbrach Leonhart ihn.

„Bier brauen?"

„Bier brauen, ja! Hörst du seit Neuestem schlecht? Dem Fürstbischof gehört die Brauerei unterhalb der Burg, wie du wissen dürftest, und die suchen jemanden, der sich mit dem Handwerk auskennt."

„Bierbrauer? Findet sich denn in seiner Stadt niemand dafür?", fragte Oswald stirnrunzelnd, noch immer um Fassung ringend. „Ich wüsste nicht, wer bei uns so etwas kann."

„Dann sieh zu, dass du es herausfindest, und zwar schleunigst."

„Ich will zuerst einmal herausfinden, wo die drei Weiberleute stecken, die dafür zuständig sind, dass der Tross mit Brot versorgt wird", gab Oswald zurück. Er musste sich verdammt noch mal beeilen, wenn er sie noch finden wollte. Außerdem war er nicht gewillt, sich von ganz gleich wem Befehle erteilen zu lassen.

„Ich bin heute Nacht aus Ingolstadt zurückgekommen und habe den Wunsch des Fürstbischofs vorgefunden, eine Hilfe für die Brauerei abzustellen. Du wirst dich umgehend darum kümmern, dass sich einer deiner Männer auf den Weg macht. Mich interessieren deine Weibergeschichten nicht", gab der Hauptmann ihm nachdrücklich zu verstehen, wandte sich um und machte sich in Richtung des Söldnerlagers auf den Weg.

Oswald schnappte nach Luft, die er mit einem wütenden

Fluch wieder ausstieß. Dieser Mistkerl hatte sich nicht in die Angelegenheiten des Trosses einzumischen, was glaubte er eigentlich, wer er war? Allerdings war natürlich dem Wunsch des Fürstbischofs entgegenzukommen, auf dessen Veranlassung sie hier lagerten und der dafür Sorge trug, dass sie anständig bezahlt wurden.

Trotzig verschränkte er die Arme vor der Brust. Er würde sich Zeit damit lassen, diesem Wunsch nachzukommen.

Da erst wurde er der Trossleute gewahr, die um ihn herumstanden und dem laut geführten Gespräch neugierig und mit zum Teil schadenfrohem Gesichtsausdruck gefolgt waren. Das änderte seine Meinung schlagartig. Oswald musste ihnen allen zeigen, wer hier das Sagen hatte, und dass er keinesfalls gewillt war, sich von irgendjemandem auf der Nase herumtanzen zu lassen. Er deutete auf einen Mann mittleren Alters, der ihm am nächsten stand.

„Du gehst zur Brauerei", herrschte er ihn an und zeigte dann auf einen zweiten, der breit grinsend und mit vor der Brust verschränkten Armen danebenstand. „Und du suchst sofort fünf Mann zusammen und kommst mit mir. Wie ihr gehört habt, sind unsere drei Bäckerinnen heute Nacht aus dem Lager verschwunden. Ich will sie schnellstens wieder hierhaben, sonst geht uns das Brot im Lager aus." Erneut schnappte er nach Luft, so wütend war er. „Sollte einer von euch wissen, wo die Weiberleute verblieben sind …"

Weiter kam er nicht. Die meisten Trossleute hatten sich schweigend getrollt. Nur der, der zur Brauerei gehen sollte, stand noch da, und eine Frau war mit in die Hüfte gestemmten Fäusten ebenfalls stehen geblieben.

„Wir wissen nicht, wo die Weibsbilder sind", keifte sie ihn an. „Wenn sie mit dem Teufel im Bunde stehen, wie du vermutest, dann ist es uns recht, wenn sie nicht mehr wiederkommen." Sie spuckte auf den Boden und machte dann ein Abwehrzeichen gegen böse Geister. Oswald entging in seinem Glauben, sie stünde mit ihrer Meinung voll und ganz hinter ihm, dass sie die Finger dabei in seine Richtung ausstreckte. „Such neue Bäckerinnen, damit wir wieder Brot haben, und zwar schnell." Mit diesen Worten wandte sie sich um und ließ ihn stehen.

„Dieses Teufelsweib hat alle verhext!", schrie Oswald hinter ihr her. „Passt auf, dass ich euch nicht bei etwas erwische, das euch auf den Scheiterhaufen bringen könnte! Hurenvolk, verdammtes!"

„Was ist mit mir?"

Oswald drehte sich zu dem Mann um, der ihm diese Frage gestellt hatte. Es war der, den er zur Brauerei schicken wollte.

„Was mit dir ist?", fuhr er ihn an. „Wenn dir dein jämmerliches Leben lieb ist, stehst du nicht mehr hier herum, sondern bist bereits auf dem Weg zu dieser gottverdammten Brauerei!"

Bevor der Mann es sich versah, trieb ihn der Trossführer mit wütenden Schlägen aus dem Lager.

„Euch werde ich helfen, mir dumm zu kommen, was glaubt ihr elendes Gesindel eigentlich, wer ihr seid?"

„Die Frage ist eher, wer du bist", hörte er jemanden aus der Gruppe Trossleute sagen, die in sicherem Abstand zwischen den Hütten und Zelten standen und das Geschehen weiterhin neugierig verfolgt hatten. Es war der Feldgeistliche, der sich recht selten im Tross blicken ließ. Er hielt sich lieber unter den Söldnern auf oder bei den Aychstätter Domherren.

Bevor er etwas gegen diese Frechheit unternehmen konnte, kamen fünf Männer auf Oswald zu.

„Woher bekommen wir Pferde?“, wollte einer von ihnen wissen.

„Pferde? Wofür braucht ihr hirnlosen Rindviecher Pferde?“

„Wenn wir die Frauen suchen sollen …?“

„Ja, seid ihr noch nicht weg?“, fauchte er sie an. „Die Weiber sind zu Fuß unterwegs, da werdet ihr sie doch auch zu Fuß einholen können! Besorgt euch von mir aus Pferde, wo ihr wollt, oder reitet auf Hühnern, aber verschwindet endlich und bringt die Bäckerinnen zurück, habt ihr mich verstanden?“

„Wolltest du nicht mitkommen?“, fragte einer der fünf.

Oswald schäumte vor Wut.

„Nein, ich habe anderes zu tun“, zischte er zwischen zusammengebissenen Zähnen und machte sich auf den Weg zur Schmiede.

2. Kapitel

Thomas hatte sich, von den Wachen unbemerkt, in sein Zelt zurückgeschlichen, nachdem er die drei Frauen auf den Weg Richtung Ulm gebracht hatte. Es war ihm schwergefallen, nicht mit ihnen zu kommen, zumal er Magdalena sehr gern mochte und sie als ausgesprochen attraktive und kluge Frau schätzen gelernt hatte. Sie war zwar einige Jahre älter als er und wohl auch schon einmal verheiratet gewesen, bevor sie ihn an jenem Tag aufgelesen hatte, an dem er beinahe sein Leben verloren hätte. Aber das störte ihn nicht. Er wusste, dass einige Trossknechte und sogar der eine oder andere Söldner ihr Anträge gemacht hatten, die sie alle ablehnte. Vor allem aber einen: den Trossführer, der dabei erwischt wurde, als er sie vergewaltigen wollte.

Thomas war hin und wieder mit einer der beiden Bäckerinnen im Gebüsch gewesen und konnte nicht fassen, dass Magdalena eines Abends zu ihm ins Zelt kam und von da an seine Gefährtin war. Er fing nicht nur mit heimlichem Stolz die neidischen Blicke derer auf, die Magdalena zuvor zurückgewiesen hatte. Er wusste auch sehr gut, dass der Trossführer seit einigen Tagen hinter ihr her war. Er hatte sich große Sorgen gemacht, auch ohne zu wissen, was Oswald plante.

Nachdem er von seinem Meister erfahren hatte, was Oswald gegen sie im Schilde führte, überredete er Magdalena dazu, schleunigst den Tross zu verlassen, und brachte sie noch selber auf den Weg. Die beiden Bäckerinnen schlossen sich ihr ohne große Überlegung an. Was ihre Gründe dafür waren, wusste er nicht. Es musste schnell gehen, da war keine Zeit für langes Überlegen und Gerede.

Im ersten Impuls wollte er mit den Frauen zusammen verschwinden, aber dann hielten ihn zwei Dinge davon ab: Einmal war er inzwischen ein anerkannter Geselle des Schmieds geworden, bei dem er seit seiner Aufnahme in den Tross arbeitete. Er liebte seine Arbeit, und sein Meister war wie der Vater für ihn geworden, den er schmerzlich vermisste. Außerdem fehlte ihm inzwischen einfach der Mut, sich außerhalb des Trosses zurechtzufinden. Der Tross war seine Familie geworden, seine Heimat. Er konnte sich nicht vorstellen, ein Leben ohne sie zu führen. Wo auch? Er hatte keine Heimat mehr, keine richtige Familie.

Sie war ausgelöscht worden, als ausgerechnet ein protestantisches Heer über sein ausschließlich von Evangelischen bewohntes Dorf in Österreich hergefallen war, es grundlos in Brand steckte und seine Bewohner niedermetzelte. Nur er war der Hölle entkommen, weil er sich rechtzeitig in Sicherheit hatte bringen können. Danach war er allein losgezogen und hatte sich einer Gruppe Protestanten angeschlossen, denen er kurz darauf begegnete. Zusammen mit ihnen machte er sich auf den Weg nach Deutschland. Er hatte nicht nur wie sie sein Zuhause verloren, sondern auch so wenig Lust wie sie, sich dem Diktat des Kaisers zu beugen, der sein Volk katholisch machen wollte.

Aber dann wurden sie von einem Haufen marodierender Söldner überfallen, die gnadenlos auf alles einstachen, was sich bewegte. Auch ihn traf der Hieb eines der Männer, und der Huf seines Pferdes zerschmetterte ihm fast den Arm. Warum er die Frau in den Armen hielt, der man vor seinen Augen ihr Ungeborenes aus dem Bauch geschnitten und sie verbluten hatte lassen, wusste er nicht mehr. Er erinnerte sich nur noch daran, wie die Kerle das Kindlein an den Füßen gepackt und mit dem Kopf gegen einen Baum geschleudert hatten. Danach waren ihm die Sinne geschwunden.

Als er mit der toten Frau im Arm aufwachte, hatte er in seiner tiefen Verzweiflung zu singen begonnen, bis sich jemand neben ihn setzte und leise mitsang.

Magdalena.

Sie waren gemeinsam weitergezogen und hatten schließlich den Tross gefunden, der zu den Männern um Junker Leonhart gehörte.

Magdalena und den beiden Bäckerinnen Anna und Irmtraud zur Flucht zu verhelfen, war er seiner Gefährtin schuldig gewesen – für alles, was sie für ihn getan und ihm bedeutet hatte.

Er mochte sie, ja. Aber er war sich auch darüber im Klaren, dass er sie ziehen und ihren weiteren Weg selber finden lassen musste. Sie war ihm eine liebe Gefährtin gewesen, hatte ihn aber auch spüren lassen, dass sie nicht mit ganzem Herzen bei ihm war. Er ahnte mehr als er wusste, dass ihr Herz einem anderen Mann gehörte. Wer dieser Mann war, wusste er nicht, wie er auch nicht wusste, warum sie nicht mit ihm zusammen war. Vielleicht lebte er nicht mehr, vielleicht hatten sie sich in den Wirren der Zeit aus den Augen verloren.

Thomas glaubte jedenfalls, dass sie keine gemeinsame Zukunft hatten.

Er wusste zwar nicht, wie die drei Frauen das bewerkstelligen würden, was zweifellos auf sie zukam, aber er wusste, dass sie es schaffen konnten. Magdalena auf jeden Fall.

Ohne ihn.

Vielleicht sogar viel eher ohne ihn.

Als er am Morgen aus dem Zelt kroch, hatte er keinesfalls ausgeschlafen, wie es dem Trossführer scheinen mochte, der genau zu diesem Zeitpunkt auf ihn zulief. Im Gegenteil: Thomas hatte die ganze Nacht über kein Auge zugetan in der Sorge um die Frauen. Er wusste, dass er sich vor Oswald in Acht nehmen musste und die Frauen auf keinen Fall verraten durfte. Es stand jedem frei, den Tross zu verlassen, wann immer er wollte. Der Trossführer sah das aber gerade im Hinblick auf Magdalena anders, wie er wusste. Er würde seine Wut darüber, dass die Frauen verschwunden waren, an ihm auslassen, sollte er herausfinden, dass er ihnen geholfen hatte.

Thomas ging mit Unschuldsmiene an dem aufgebrachten Mann vorbei, um wie gewohnt seiner Arbeit beim Schmied nachzugehen, der an diesem Tag viel zu tun hatte. Die Hufeisen einiger Pferde mussten durch neue ersetzt werden. Eines der Tiere gehörte Hauptmann Leonhart: ein wunderschöner Falbe, um den er ihn heimlich beneidete. Er liebte Pferde, wünschte, er könnte selber einmal eines sein Eigen nennen, was wohl für immer ein Traum bleiben würde.

Diesen Hengst mochte er ganz besonders. Er war eigenwillig, ließ niemanden außer seinem Besitzer an sich heran – und ihn, Thomas. Darauf war er ganz besonders stolz, und auch Hauptmann Leonhart hatte ihm Anerkennung dafür gezollt.

„Du weißt, dass deine Gefährtin heute Nacht aus dem Tross verschwunden ist?“, fragte der Schmied seinen Gesellen, der sich grußlos seiner Arbeit zuwandte.

Thomas nickte stumm.

„Zusammen mit den beiden anderen Bäckerinnen“, fuhr

der Schmied fort und ließ seinen schweren Hammer auf ein Stück glühendes Eisen herabsausen, das er mit einer Zange festhielt.

„Ich danke dir, dass du mich gewarnt und den Frauen die Möglichkeit gegeben hast, von hier zu verschwinden“, antwortete Thomas leise.

„Danke mir nicht, sieh zu, dass du dem Trossführer nicht in die Quere kommst“, brummte Jost, während er weiterhin das Stück Eisen bearbeitete.

„Der ist mir bereits über den Weg gelaufen.“

Der Schmied tauchte das Eisen in einen Eimer mit Wasser, dass zischend Dampf aufstieg. Dann gab er Thomas zu verstehen, sich um seine Arbeit zu kümmern und besser den Mund zu halten.

Leonhart stand unweit der Schmiede und kümmerte sich um sein Pferd, für welches das Eisen bestimmt war, an dem der Schmied gerade arbeitete. Er konnte nicht verstehen, worüber die beiden Männer sprachen, ahnte jedoch, worum es ging. In der vergangenen Nacht war er am Versteck der drei Frauen vorbeigeritten, über deren Verschwinden inzwischen das ganze Lager sprach. Er hatte sein Pferd angehalten, als er sie im Gebüsch entdeckt hatte, und seine Begleiter weitergewinkt, angeblich, weil er seine Blase erleichtern wollte. Dass es sich bei einer der Frauen um Magdalena handelte, konnte er nur hoffen.

Er hatte die Streitigkeiten sehr wohl mitbekommen, die sich während der vergangenen Wochen zwischen ihr und dem Trossführer gehäuft und bis zu Handgreiflichkeiten gesteigert hatten. Da er sich nicht einmischen wollte und es auch nicht zu seinen Aufgaben gehörte, sich um derlei Dinge zu kümmern, hatte er nur geplant, Magdalena nach seiner Rückkehr aus Ingolstadt zu warnen. Allem Anschein nach hatte das jedoch jemand anderer bereits vor ihm erledigt, und Magdalena hatte sich dazu entschlossen, den Tross heimlich zu verlassen. Er hätte sie weder daran gehindert noch sie verraten.

Jetzt wusste er, dass Thomas in das Verschwinden der drei Frauen eingeweiht gewesen war, ihnen vielleicht sogar dabei geholfen hatte. Es würde nicht lange dauern, bis Oswald ihm auf die Schliche kam. Die daraus entstehenden Konsequenzen für Thomas galt es in jedem Fall zu verhindern.

Leonhart musterte den Burschen nachdenklich. Der war seit seinem Ankommen im Tross größer und breiter geworden, wie er fand. Er hatte ein wenig struppige, dunkelblonde Haare, wache, braune Augen und ein kantiges Gesicht, das eine Art jugendliche Autorität ausstrahlte, die den Hauptmann in gewisser Weise beeindruckte.

Er mochte den Burschen, der es nicht nur geschafft hatte, ein tüchtiger Schmiedegeselle zu werden, sondern wohl auch das Herz Magdalenas zu erobern, ein Wunsch, den er durchaus verstehen konnte. Das war bislang nur einem gelungen, soweit Leonhart wusste, und den hatte die eigenwillige junge Frau tatsächlich auch geehelicht. Er selber war nie mehr als derjenige gewesen, der ihr immer wieder über den Weg lief, wenn sie sich in irgendeine unmögliche Situation manövriert hatte. Vielleicht lag die Tatsache, dass sie nie ein Liebespaar geworden waren, daran, dass er der Grund dafür gewesen war, weshalb Magdalena ihre Familie verlassen musste. Sie hatte das vermutlich nie verwinden können.

Weshalb der junge Mann nicht mit ihr zusammen verschwunden war, konnte er nur ahnen. Immerhin war Magdalena gute fünf, sechs Jahre älter als er, das allein war vermutlich schon ein Grund, sich nicht enger als unbedingt notwendig an sie zu binden.

Es sollte ihm gleichgültig sein, befand er achselzuckend. Leonhart klopfte seinem Pferd auf den Hals und führte es zur Feldschmiede, wo die beiden Männer inzwischen schweigend ihrer Arbeit nachgingen. Thomas nahm die Zügel des Falben auf und wartete, bis der Schmied ihm ein Zeichen zum Entfernen der alten Hufeisen gab.

„Wenn du hier fertig bist, kommst du mit dem Pferd zu meinem Zelt", sagte der Hauptmann und nickte Thomas mit so ernster Miene zu, dass jener das Schlimmste befürchtete.

„Ja, Herr", antwortete er, und schaute ihm über den Widerrist des Tieres hinweg beklommen nach.

„Was wollte er von dir?", fragte ihn Jost, während er Thomas dabei half, die Hufe des Tieres zum Beschlagen vorzubereiten.

„Ich soll ihm seinen Hengst bringen, sobald wir fertig sind", gab Thomas zurück und bemühte sich, möglichst unbefangen zu klingen.

„Pass auf dich auf", riet ihm der Schmied und kümmerte sich wieder um die Eisen, die er im Feuer liegen hatte.

„Das werde ich."

Der Hauptmann erwartete Thomas bereits vor seinem Zelt, als dieser mit seinem Falben zu ihm kam.

„Du kannst gut mit Pferden umgehen", stellte er fest. „Mit dem hier ist nicht gut Kirschen essen, aber bei dir bleibt er ganz ruhig."

Thomas schaute den Hauptmann überrascht an. Er hatte mit etwas völlig anderem gerechnet.

„Der … Das hat mir …", begann er, unterbrach sich

aber, weil er befürchtete, Öl auf ein Feuer zu gießen, dessen Auswirkung er gar nicht erst kennenlernen wollte.

„... Magdalena beigebracht?“, ergänzte Leonhart und legte ihm eine Hand auf die Schulter.

„Ja.“

Thomas senkte den Kopf, damit der Hauptmann nicht sehen konnte, wie aufgewühlt er war.

„Ich nehme an, du weißt, wo sie ist“, fuhr Leonhart ruhig fort und hob das Kinn in die Richtung, in der sie beide den Trossführer wussten.

Thomas schrak entsetzt zusammen.

„Herr?“

Leonhart gab ihm einen Klaps auf die Schulter.

„Behalt es für dich und pass auf dich auf“, riet er ihm, prüfte die neu aufgezogenen Hufeisen seines Pferdes und nickte Thomas anerkennend zu. „Saubere Arbeit.“

„Danke, Herr.“

„Er gefällt dir, habe ich recht?“

„Ja, er ist wunderschön.“

Thomas tätschelte den Hals des Hengstes, der leise schnaubend den Kopf senkte und sich gefallen ließ, auch hinter den Ohren gekrault zu werden.

Leonhart beobachtete ihn nachdenklich dabei und strich dann seinem Pferd sanft über die Nüstern. Er schien im selben Augenblick einen Entschluss gefasst zu haben.

„Ich werde morgen zum Fürstbischof reiten und möchte, dass du mich begleitest“, sagte er. Als Thomas ihn erschrocken ansah, schüttelte Leonhart fast unmerklich den Kopf. „Keine Widerrede. Ich erwarte dich zum Zehnuhrläuten hier vor dem Zelt, möchte aber nicht, dass du auch nur ein Wort darüber zu irgendjemandem verlierst, verstanden?

Und jetzt bind mein Ross an dem Pflock neben meinem Zelt an und geh wieder an deine Arbeit."

Damit wandte er sich zu ein paar unweit wartenden Söldnern um und ließ ihn stehen. Thomas starrte ihm noch einen Augenblick fassungslos nach, bevor er dem leise schnaubenden Falben erneut über den Hals strich, ihn festband und sich dann auf den Rückweg zur Schmiede machte.

Dort stand Oswald und brüllte auf Jost ein, der jedoch so heftig seinen Hammer auf ein Stück Eisen heruntersausen ließ, dass er unmöglich etwas verstehen konnte. Eine Taktik, die Thomas schon öfter bei seinem Meister gesehen hatte. Wer ihn kannte, wusste, dass er seinem Gegenüber wortlos klarmachte, er könne ihm den Buckel runterrutschen, und dass er für ihn seine Arbeit nicht unterbrechen würde. Den Trossführer schien das jedoch nicht zu beeindrucken. Er schrie ihn weiterhin an. Als Thomas auf die beiden zukam, stemmte Oswald beide Fäuste in die Hüften und starrte ihm wütend entgegen.

„Ich will wissen, wo die drei Weibsbilder sind!", brüllte er jetzt ihn an. „Das sind elende Hexen, die auf den Scheiterhaufen gehören!"

„Wer behauptet das?", hörte Thomas den Schmied fragen, der kurz innehielt und seine Arbeit begutachtete.

Der Trossführer warf ihm einen wütenden Blick zu.

„Also, wo sind die Weiber?", wandte er sich erneut an dessen Gesellen.

„Ich weiß nicht, wo sie sind", antwortete Thomas. Das stimmte allerdings. Er konnte nur hoffen, dass sie inzwischen weit genug vom Lager entfernt waren und niemand sie mehr einholen konnte.

Bevor der Trossführer ihn angreifen konnte, stellte sich

der Schmied zwischen die beiden, eine Zange mit glühendem Eisen in den Fäusten.

„Hol den anderen Gaul“, befahl er Thomas und tauchte das Eisen in einen bereitstehenden Kübel mit Wasser, dass es nur so brodelte und dampfte. „Und du lass meinen Gesellen in Frieden. Wir haben zu arbeiten, wie du siehst.“

„Ich will wissen, wo die drei Weibsbilder sind!“, fauchte der Trossführer ihn statt einer Antwort an. Dabei wich er vor dem Eisen zurück, das der Schmied aus dem Wasser hob und ihm vor die Brust hielt. „Wenn du mit drinsteckst, wirst du deines Lebens nicht mehr froh werden, Schmied, das schwöre ich dir beim Grab meiner gottverdammten Mutter!“

„Du solltest nicht so leichtsinnig über deine Mutter reden“, gab der Schmied ungerührt zurück. „Sie lebt noch, wie du weißt.“

Oswalds Gesicht war hochrot angelaufen.

„Das geht dich einen Scheißdreck an!“

„Wie dich einen Scheißdreck angeht, wo die drei Weiber sind. Jeder hier kann gehen, wohin und wann auch immer er will. Die Trossleute stehen unter keinem Eid.“

Der Schmied legte das Eisen erneut ins Feuer, und Thomas trat eifrig den Blasebalg, während er den Trossführer argwöhnisch im Auge behielt.

„Wenn ich rauskriege, dass du was mit ihrem Verschwinden zu tun hast, Freundchen …“

Mit dieser Andeutung in Thomas’ Richtung machte Oswald kehrt und stapfte wütend davon.

Thomas war fassungslos. „Es kann doch nicht sein, dass dieser Mistkerl nur deshalb so aufgebracht ist, weil er Magdalena nicht auf den Scheiterhaufen bringen konnte!“

„Doch. Genau deshalb. Er hätte sie liebend gerne brennen

gesehen", antwortete Jost. „Weil sie sich ihm widersetzt und ihn vor allen bloßgestellt hat. So etwas verträgt er nicht. Er befürchtet, dass sich andere ein Beispiel an ihr nehmen und sich ebenfalls gegen ihn auflehnen könnten. Es herrscht ohnehin Unruhe im Tross, weil es schon zu lange dauert hier." Er warf Thomas einen kurzen Blick zu, bevor er sich wieder seiner Arbeit zuwandte. „Wie du vielleicht weißt, hat er ein paar Männer losgeschickt, um sie zu suchen."

Thomas war blass geworden. Er hoffte inbrünstig, dass sie die Weiberleute nicht finden würden, denn er wusste, worauf das hinauslaufen würde.

3. Kapitel

Hauptmann Leonhart stand neben seinem Pferd, als Thomas am nächsten Morgen im Söldnerlager auftauchte. Der hatte schlecht geschlafen, weil er ständig mit der Rückkehr der Männer rechnete, die der Trossführer losgeschickt hatte, um die Frauen zu suchen. Sie waren dann aber erst wieder im Lager aufgetaucht, als sich Thomas bereits auf den Weg zum Söldnerlager machte, und zu seiner großen Erleichterung hatten sie die Weiberleute nicht mit dabei. Den Wutausbruch des Trossführers ersparte sich der junge Mann, indem er sich so schnell es ging auf den Weg zum Zelt des Hauptmanns machte. Das würde ihm, wie er hoffte, auch ersparen, dass Oswald ihn als nächstes Opfer ins Visier nahm.

„Ich denke, du kannst nicht reiten", stellte der Hauptmann fest, als er Thomas auf sich zukommen sah.

„Nein, ich kann nicht reiten, Herr", gab Thomas zu und schielte vorsichtig zu den beiden anderen wartenden Männern hinüber, die gerade mit ihren Pferden neben dem Zelt ihres Hauptmanns auftauchten. Sie hatten ein drittes, gesatteltes und aufgezäumtes Pferd dabei.

„Das wirst du lernen müssen." Leonhart schwang sich in den Sattel seines Rosses. „Na los, lass dir auf das Pferd helfen, wir werden erwartet!"

Einer der beiden Männer gab Thomas ein Zeichen, herzukommen. Der holte tief Luft. Er konnte mit Pferden umgehen, aber er war noch nie geritten, geschweige denn, dass er jemals auch nur auf einem Pferderücken gesessen hätte. Das Pferd, das man ihm zugedacht hatte, kannte er und wusste, dass es lammfromm war. Immerhin.

Einer der Männer warf Thomas die Zügel zu, die er geschickt auffing. Um ein wenig Zeit zu gewinnen, strich er dem Pferd sanft über die Nüstern. Es senkte den Kopf ein wenig und schnaubte leise.

„Jetzt steig schon auf", befahl Leonhart ungeduldig.

Thomas gehorchte. Er hatte oft genug dabei zugesehen, wie andere das machten, aber es klappte erst beim zweiten Anlauf, und da auch nur mithilfe eines kräftigen Schubses, den ihm einer der Männer verpasste.

„Drück die Schenkel zusammen, damit du nicht runterfällst", empfahl er ihm. „Notfalls kannst du dich mit einer Hand an der Mähne oder da vorne am Sattelknauf festhalten", fügte er noch grinsend an. „Es sieht allerdings besser aus, wenn du das nicht tust."

Während sich die anderen zwei in ihre Sättel schwangen, versuchte Thomas angestrengt, den Rat mit dem Schenkeldruck umzusetzen. Zuerst war er ein wenig unsicher, als sich das Tier in Bewegung setzte und den anderen folgte. Aber als sie das Lager des Trosses erreichten, richtete er sich stolz auf und vergaß dabei völlig, dass es einen unter den Trossleuten gab, der das alles eher missgünstig als überrascht zur Kenntnis nahm. Als er an Oswald vorbeiritt, fing er einen bösen Blick auf, der ihn jedoch geradezu herausforderte, selbstbewusster zu scheinen, als er in dem Augenblick tatsächlich war.

„Du wartest mit den anderen beiden im Hof, bis ich wieder zurück bin", rief Leonhart ihm über die Schulter zu, als sie in Sichtweite des Burgtores gekommen waren. „Sie werden dir sagen, was du zu tun hast."

Thomas schluckte trocken. Er war so aufgeregt, dass er kein Wort herausbringen konnte. Ein Blick in die ernsten Gesichter seiner neben ihm reitenden Gefährten sagte ihm, dass sie ihn für seine Unbeholfenheit nicht verachteten, sondern ihm zur Seite stehen würden.

Was auch notwendig war, wie er feststellte, als sie im Hof der fürstbischöflichen Burg angekommen waren. Der kurze Ritt hatte genügt, um ihm zu zeigen, dass sein Körper solche Anstrengungen nicht gewohnt war. Er spürte sämtliche Knochen, und die Innenseiten seiner Schenkel brannten. Wie mochte es da erst sein, wenn er längere Strecken reiten musste?

Während er sich erschöpft und mit weichen Knien vom Sattel auf den Boden gleiten ließ, runzelte er kopfschüttelnd die Stirn. Es gab einen triftigen Grund, weshalb sie hierher geritten waren, und dieser Grund war das Verschwinden der drei Weiberleute – womit er in direktem Zusammenhang stand. Der Trossführer hatte die Flucht der angeblichen Hexe und ihrer Freundinnen sicherlich den Bütteln gemeldet und gesagt, wer dahintersteckte, und der Bischof hatte ihn deshalb auf die Burg befohlen. Der würde es nicht einfach so durchgehen lassen, dass er fürderhin auf ihr Brot verzichten musste. Ganz zu schweigen davon, dass er nicht dulden würde, eine Hexe einfach so davonkommen zu lassen.

Thomas klapperten vor Anspannung die Zähne.

Andererseits: Hätte der Hauptmann ihn dann tatsächlich mitgenommen? Hoch zu Ross? Ohne ihn vorher zu warnen? Das wiederum traute er ihm dann doch nicht zu.

Die beiden anderen Begleiter Leonharts bedeuteten ihm, sein Pferd zur Seite zu führen und dort mit ihm stehen zu bleiben.

„Ich bin der Heiner, und das hier ist der Martl“, hörte er den Reiter sagen, der ihm bereits im Söldnerlager auf das Pferd geholfen hatte. Heiner war ein kräftiger junger Mann mit beinahe pechschwarzem Haar und einem modisch gezwirbelten Oberlippenbart. Er hatte dunkle, ein wenig traurig wirkende Augen, die im krassen Gegensatz zu den Grübchen rechts und links auf seinen Wangen standen.

Der Martl war ein ganzes Stück älter als sie beide. Sein leicht angegrautes Haar war ziemlich schütter und hatte sich über der Stirn bereits weit zurückgezogen. Dagegen zierte ein üppig wuchernder, rotblonder Vollbart sein Gesicht, und zwei strahlend blaue Augen blitzten Thomas unter hochgezogenen Augenbrauen an.

„Wir haben hier nichts anderes zu tun, als auf Hauptmann Leonhart zu warten.“ Als Thomas bestätigte, das Gesagte gehört und verstanden zu haben, fuhr er fort: „Kennst dich gut mit Pferden aus, solche Leute braucht der Hauptmann.“

„Was meinst du damit?“, fragte Thomas, den das Lob mehr verwirrte als freute.

„Ich nehme an, du sollst ihn in Zukunft zusammen mit uns begleiten“, versuchte Heiner es mit einer Erklärung. „Unser dritter Mann ist krank geworden, der wird nicht mehr mitkönnen. Das hier dürfte die Probe dafür sein, ob wir zusammenpassen oder nicht.“

„Aber …“

„Da kommt der Hauptmann wieder“, unterbrach Heiner ihn und wies mit dem Kinn auf das Tor zu einem der mächtigen Gebäude, die den Innenhof der Burg umschlossen.

„Ich bin aber kein Söldner und will auch keiner sein! Ich habe auch noch nie eine Waffe getragen, geschweige denn, dass ich damit umgehen könnte“, raunte Thomas den beiden Begleitern noch zu, bekam darauf aber keine Antwort.

Leonhart kam ihnen mit grimmigem Gesichtsausdruck entgegen und gab durch einen unwirschen Wink zu verstehen, dass sie aufsitzen und den Hof verlassen sollten.

„Du stehst mir ab sofort als mein Bursche zur Seite“, rief er Thomas dabei zu. Er hatte dessen Einwände offenbar gehört. „Dazu brauchst du keine Waffe zu tragen. Es genügt, wenn du meinen Anweisungen folgst, und die erste lautet: Aufsitzen!“

Thomas warf ihm und den beiden Gefährten einen verzweifelten Blick zu und kletterte dann mit Martls Hilfe wieder in den Sattel. Er würde vermutlich die ganze Nacht nicht schlafen können, so sehr schmerzten ihn jetzt schon alle Glieder. Mit zusammengebissenen Zähnen ließ er sein Pferd hinter den anderen hertrotten. Zum Glück schlugen die keine schnellere Gangart an, da hätte das Zähne-Zusammenbeißen kaum geholfen.

„Kurfürst Maximilian von Baiern hat den Fürstbischof wissen lassen, dass er für unsere Kosten nicht mehr aufkommt, da die Burg nicht weiter schützenswert ist“, gab der Hauptmann gleich darauf sowohl den Menschen aus dem Tross als auch seiner Truppe zu verstehen.

Er hatte während des kurzen Ritts zurück kein Wort gesagt, nur weiterhin zornig vor sich hingeschaut. Nach ihrer Rückkehr dauerte es nur ganz kurze Zeit, bis sich alle um ihn herum versammelt hatten. Am Gesichtsausdruck des Hauptmanns konnten sie leicht ablesen, dass etwas Unangenehmes auf sie zukam.

„Ich hatte von Anfang an meine Zweifel, dass für Burg

und Stadt Gefahr droht, aber der Fürstbischof wollte es so und hat sich beim Kurfürsten bislang damit durchsetzen können", fuhr der Hauptmann fort. „Nur bezahlen will er uns nicht, und der Kurfürst sieht keinen Grund, weshalb er weiterhin Geld für die unsinnige Bewachung der fürstbischöflichen Burg ausgeben sollte. Es gibt keine Truppenbewegungen protestantischer Einheiten in Baiern, wie wir alle wissen, und bei Angriffen anderer Art …" Er zuckte vielsagend die Schultern. „Wir werden uns im Frühjahr einem der Söldnerheere der Katholischen Liga anschließen, die im Norden bereits gegen die Dänen kämpfen. Zum Jahreswechsel bespreche ich alles Weitere mit dem Offizier des Heeres, dem wir uns anschließen sollen, und der in den nächsten Tagen am kurfürstlichen Hof in München erwartet wird."

„Und wer soll das sein?", wollte einer der Söldner wissen.

„Es ist ein Offizier unter dem Befehl eines gewissen General von Waldstein", antwortete der Hauptmann. „Mehr weiß ich bislang auch nicht." An Oswald gewandt, der sich wie ein wild gewordener Stier durch die Menschenansammlung geboxt und nach vorne gedrängt hatte, sagte er: „Du kümmerst dich darum, dass hier Ruhe herrscht, bis wir abziehen. Wohin, erfahrt ihr alle rechtzeitig, wir haben noch Zeit."

Ohne auf die Reaktion des Trossführers zu warten, winkte er seinen drei Begleitern zu und bahnte sich mit ihnen zusammen einen Weg zwischen den überraschten Menschen hindurch zum Söldnerlager. An Thomas gewandt, sagte er: „Du packst dein Zelt zusammen und suchst dir damit einen Platz zwischen denen meiner Soldaten. Ich habe das mit dem Schmied bereits besprochen. Wenn er dich braucht, lässt er dich holen. Jetzt brauche ich dich dringender."

Thomas blieb wie versteinert stehen.

„Herr?"

Der Hauptmann schüttelte im Weitergehen nur den Kopf, ohne sich nach dem jungen Mann umzusehen, und deutete unmissverständlich auf dessen Zelt, an dem er gerade vorbeikam.

„Und das Pferd?", fragte Thomas.

„Vergiss nicht, es mitzubringen!", bekam er zur Antwort.

Schweigend und unter den aufmerksamen Blicken der anderen Trossleute packte Thomas seine Siebensachen zusammen, baute sein Zelt ab und verstaute alles auf dem Rücken des Tieres, das geduldig stehen geblieben war. Bevor er zum Lager der Söldner aufbrechen konnte, stand plötzlich Oswald neben ihm.

„Du entkommst mir nicht, du Hundsfott, du elender", herrschte er ihn an und hob drohend die Fäuste. „Bilde dir ja nichts darauf ein, dass der hochwohlgeborene Herr Junker dich hier wegholt und als Speichellecker an seiner Seite haben will!"

Thomas antwortete nicht darauf. Er wollte sich auf nichts einlassen und hatte dazu guten Grund.

„Ich vergesse nichts, du verfluchte Missgeburt!", zischte der Trossführer noch, und ein Sprühregen an Spucke verfehlte das Gesicht des jungen Mannes nur um einen Fingerbreit. Es war Oswald anzusehen, dass ihn dessen scheinbar gelassenes Verhalten zur Weißglut brachte. „Irgendwann erwische ich dich schon noch, und dann solltest du mit einer Waffe umgehen können!"

Thomas nahm schweigend die Zügel seines Pferdes auf und führte es an Oswald vorbei zum Lager der Söldner. Er hatte keine Lust, sich mit dem ungehobelten Kerl anzulegen.

Außerdem wusste er, dass der Hauptmann damit auf keinen Fall einverstanden gewesen wäre.

„Ich vergesse nichts, und der Fürstbischof auch nicht!“, hörte er den Trossführer hinter sich herschreien. „Merk dir das!“

4. Kapitel

„Wie gesagt: Wir werden uns im Frühjahr einem der Heere der Katholischen Liga anschließen“, begann Junker Leonhart. Er saß inmitten seiner Leute, die sich um ein Lagerfeuer zu einem einfachen Mahl zusammengefunden hatten. „Kurfürst Maximilian unterstützt uns nicht weiter finanziell, wenn wir hierbleiben. Er hat dem Fürstbischof klargemacht, dass es reine Zeit- und Geldverschwendung ist, wenn wir weiterhin hier lagern und auf dessen Burg aufpassen.“ Er hielt kurz inne. „Das sehe ich übrigens seit Beginn unseres Hierseins so und habe das bei meinem letzten Besuch in der kurfürstlichen Residenz in München auch angesprochen, nachdem ich von den Plänen des Kurfürsten erfahren habe: Er will seine Heere weiter aufstocken und mit ihnen den Feldzug gegen die Dänen unterstützen.“

Ein Raunen ging durch die Reihen der Männer.

„Es herrscht außerdem Unruhe im Lager, weil sich die Leute langweilen und das Essen knapp wird“, führte der Hauptmann seine Überlegungen aus, in die er indirekt auch die Flucht der drei Frauen einbezog. Weiter sagte er: „Was die militärische Notwendigkeit unseres Aufenthalts hier betrifft, wisst ihr: Es befindet sich kein feindliches Heer in der Nähe, da sich die Auseinandersetzungen zwischen protestantischen und katholischen Streitmächten hauptsächlich im Norden des Reiches abspielen. Aychstätt dürfte zurzeit deshalb kaum auf dem Angriffsplan irgendeines Feldherrn stehen. Es steht euch frei, mir nordwärts zu folgen, wo sich die Liga gegen die Heere der protestantischen Fürsten und dänischen Eindringlinge stellt, und wo wir unterstützend eingreifen können. Ihr könnt aber auch nach Österreich zurückzukehren und bei der Rekatholisierung protestantischer Märkte und Städte und ihrer Bewohner helfen." Er schaute die Männer einen nach dem anderen an, die ihm schweigend zugehört hatten. „Oder ihr verlasst die Truppe und geht eurer eigenen Wege. Allerdings verzichtet ihr damit auch auf euren Sold."

„Bekommen wir denn überhaupt noch Geld?", wollte einer der Männer wissen.

„Bis zum Jahreswechsel auf jeden Fall", antwortete Leonhart. „Das konnte ich noch aushandeln."

Thomas, der in der Nähe des Hauptmanns stand, schüttelte verwirrt den Kopf.

„Wofür hat er mich denn aus dem Tross geholt, wenn sich die Truppe sowieso auflöst?", fragte er den Heiner. „Dann hätte ich auch beim Schmied bleiben können."

„Die löst sich nicht auf, glaub mir", antwortete Heiner und legte dem Jungen seine Hand auf die Schulter. „Aber unser Hauptmann ist einer von denen, die jedem selber überlassen, was er tun will – solange niemand dadurch zu Schaden kommt."

Thomas lachte gequält. Das mit dem Schaden klang wie reiner Hohn in seinen Ohren. Immerhin waren die Männer um Leonhart lauter Söldner, keine friedlichen Arbeiter oder Bauern.

„Mir bleibt ohnehin nichts anderes übrig, als mich ihm anzuschließen", sagte er. „Wo sollte ich sonst hin? Ein Zuhause habe ich schon lange nicht mehr." Er schaute dem Mann neben sich traurig in die Augen. „Allerdings widerstrebt es mir, weiterhin auf der katholischen Seite mitzuziehen. Im

Tross war mir egal, wer gegen wen stand, da musste ich gegen niemanden kämpfen. Hier in Aychstätt sowieso, weil es gegen überhaupt niemanden gegangen ist."

„Bist ein Protestantischer", stellte Heiner fest. „Dachte ich mir schon. Aber weißt du, es geht schon lange nicht mehr darum, wessen Lied du singst, mein Freund. Es geht auf allen Seiten nur noch um eines: ums Überleben." Er dachte einen Augenblick lang nach. „Zumindest uns Söldnern und jenen, denen wir begegnen, wenn wir von hier wegziehen."

Thomas schüttelte energisch den Kopf.

„Aber mir nicht. Mir geht es auch darum, gegen wen ich mich stelle, wenn es denn sein muss. Es ist ein Unterschied, ob ich als Schmied im Tross arbeite, als Söldner gegen andere Söldner kämpfe oder auf egal welcher Seite Dörfer und Märkte brandschatze und plündere! Ich war nie ein Söldner und will auch keiner sein." Er schaute zuerst Heiner, dann den Hauptmann an, der inzwischen auf sie zugekommen und vor ihnen stehen geblieben war.

„Geplündert wird doch nur, wenn kein Sold mehr bezahlt wird", antwortete Heiner ihm. „Das ist …"

„Er ist ab sofort vom Tross abkommandiert und steht mir zusammen mit euch beiden zur Seite", unterbrach ihn der Hauptmann und wandte sich an Thomas. „Das heißt, du kümmerst dich um mein Ross, um meine Waffen und darum, dass ich eine saubere Unterkunft habe, wo auch immer wir lagern werden. Außerdem bist du dafür zuständig, dass ich nicht verhungere. Du kämpfst gegen niemanden, und wenn ich dich beim Plündern erwische, lasse ich dich gnadenlos aufknüpfen." Er sah Thomas so herausfordernd in die Augen, dass der verlegen den Kopf senkte. „Fragen dazu richtest du an Heiner und den Martl. Jetzt sieh zu, dass mein Pferd anständig versorgt ist."

Damit wandte er sich um und ließ die drei Männer stehen.

Thomas kniff die Lippen zusammen. Ihm wäre aus vielen Gründen lieber gewesen, er hätte noch im Tross bleiben und beim Schmied arbeiten können. Seitdem er zum Trupp Hauptmann Leonharts gestoßen war und dessen Falben festgehalten hatte, während ihn Magdalena, die Tochter eines Hufschmieds, neu beschlug, hatte er sich zu Hause gefühlt. Der Schmied war angetan gewesen von der Art, wie der kräftige junge Mann mit Pferden umging. Danach stand für beide sehr schnell fest, dass dieses Handwerk genau richtig für ihn war.

„Du weißt jetzt, was du zu tun hast", sagte Heiner in seine Gedanken hinein. „Wenn du noch Fragen hast, geh zum Martl. Ich hab noch was zu erledigen. Komm einfach später nach, wenn du mit seinem Gaul fertig bist. Ich lasse mich für einen Kupferpfennig ein bisserl von den Hurenweibern verwöhnen. Nicht, dass die den Tross verlassen, und mein bestes Stück muss warten, bis sich wieder irgendwo ein Loch für ihn auftut." Er schnalzte mit der Zunge und strich dabei mit beiden Händen über die Beule in seiner Hose. „Was ist, kommst du nach, wenn du das Ross des Hauptmanns versorgt hast? Ich meine, nachdem deine hübsche Gefährtin nicht mehr da ist, wirst du sicherlich woanders deinen Arsch bewegen wollen."

„Nein, ich kümmere mich noch um die Pferde und lege mich dann ein wenig aufs Ohr", antwortete Thomas. „Ich bin froh, wenn ich heute meinen wunden Arsch nicht mehr bewegen muss."

Heiner lachte verständnisvoll, konnte es sich allerdings

nicht verkneifen, Thomas einen kräftigen Schlag auf das malträtierte Hinterteil zu geben. Der stieß ihm freundschaftlich mit der Faust gegen die Brust und ging dann zum Falben hinter Leonharts Zelt. Dabei standen ihm plötzlich Tränen in den Augen. Magdalena fehlte ihm mehr, als er gedacht hatte. Vielleicht hätte er doch mit den drei Frauen gehen sollen.

Aber jetzt war es zu spät.

Als sich Thomas kurz darauf die Hufeisen des Pferdes genauer ansah, auf dem er zur Burg des Fürstbischofs geritten war, beschloss er, ihm neue aufziehen zu lassen. Es war eine gute Gelegenheit, mit dem Mann zu reden, den er als Meister und väterlichen Freund zu schätzen gelernt hatte.

„Schade, dass er dich aus der Schmiede weggeholt hat“, sagte Jost, als Thomas an seinem Zelt ankam, und kratzte sich am Kopf. „Einen wie dich hätte ich brauchen können. Hast einen guten Pferdeverstand und beherrschst dieses Handwerk schon sehr gut.“

„Wirst du mit ihm ziehen?“, wollte Thomas wissen und band den Braunen an einem Holzpflock fest, während er sich daranmachte, die Hufe des Tieres für neue Eisen vorzubereiten.

„Ich werde es mir noch überlegen“, antwortete der Schmied und suchte ein passendes Eisen aus seinen Vorräten. „Aber: Wohin sollte ich sonst gehen? Die meisten aus dem Tross gehen mit. Hierbleiben wird niemand, und es ist keine Truppe, kein Heer in der Nähe, dem man sich sonst anschließen könnte.“

Thomas schaute sich suchend um.

„Der Trossführer hat sich ein paar von den Huren geschnappt und tobt sich an denen aus“, teilte der Schmied ihm mit, der genau wusste, nach wem Thomas Ausschau hielt. „Der wird auch mitkommen. Bleib lieber vom Tross weg. Der vergisst nicht, wer ihm den Spaß verdorben hat, das Weib auf dem Scheiterhaufen brennen zu sehen, das ihm nicht willig war und ihn auch noch vor allen Leuten zurechtgewiesen hat."

„Der hat sie brennen sehen wollen, um sein Mütchen zu kühlen, das habe ich inzwischen auch verstanden", stimmte Thomas ihm zu. „Er weiß genau, dass sie weder eine Hexe ist noch jemals mit einer zu tun hatte."

„Weil es keine Hexen gibt?", fragte der Schmied lauernd und legte das Eisen ins Feuer, das Thomas inzwischen mit dem Blasebalg auflodern hatte lassen. „Pass ja auf, was du sagst. Denn wer Hexen verleugnet, verleugnet den Teufel. Und wer den Teufel verleugnet, verleugnet Gott. So jedenfalls sagen es die Pfaffen, so sagt es der Fürstbischof, und den sollte man nicht zum Feind haben." Er begann, das glühende Eisen mit einem schweren Hammer zu bearbeiten. Außer Thomas, der dicht neben ihm stand, hörte niemand, was er noch anfügte: „Der Trossführer hat herumerzählt, dass du es mit dem Weib auf der Hinteren Waschette getrieben hast. Das ist ein berüchtigter Hexentanzplatz, wie du weißt." Er hob kurz den Kopf und warf Thomas einen prüfenden Blick zu. „Hast du mich verstanden?"

„Ja."

Thomas war zwar nie mit irgendeinem Weib auf der Hinteren Waschette gewesen, und schon gar nicht mit Magdalena. Ihm war der Platz viel zu unheimlich. Aber er wusste auch, dass es ihm im Zweifelsfall nichts nützen würde, abzustreiten, was der Trossführer behauptete. Seine Aussage stünde gegen die dieses verbitterten Mannes. Der hatte schon deshalb gute Aussichten auf Erfolg, weil man in Aychstätt und auf der fürstbischöflichen Burg förmlich danach zu lechzen schien, die Scheiterhaufen wieder anzufachen. Ganz zu schweigen davon, dass Oswald sich offenbar vorgenommen hatte, sich an ihm für das Verschwinden der drei Weiberleute zu rächen.

Thomas wusste, dass auch Männer im Verdacht standen, dem Teufel hörig zu sein. Oswald würde schon einen Weg finden, ihn zu denunzieren. Was ihm dann blühte, wollte er sich gar nicht weiter ausdenken.

„Wer es mit einer Hexe treibt, den holt irgendwann der Teufel", sagte der Schmied in seine Gedanken hinein. „In deinem Fall hat der Teufel schwarze Zähne und ist vom Hass zerfressen. Da drüben kommt er."

Thomas hatte den Trossführer ebenfalls entdeckt, der laut vor sich hin fluchend auf ein paar Männer losfuhr, die ihm nicht schnell genug aus dem Weg gingen. Offenbar hatten die Huren es nicht geschafft, ihn zu beruhigen. Sie konnten einem wirklich leidtun.

Oswald warf zwar einen Blick zu Thomas und dem Schmied hinüber, machte sich dann aber weiterhin laut fluchend auf den Weg zu seinem Zelt. Offenbar hatte er für heute genug.

„Wie gesagt: Geh ihm aus dem Weg", wiederholte der Schmied seine Warnung.

„Das werde ich."

Schweigend beendeten die beiden Männer ihre Arbeit, und Thomas führte seinen Braunen wieder zurück ins Söldnerlager.

Die Männer hatten sich gerade um ein Feuer niedergelassen, um sich bei Bier und Würfelspiel zu unterhalten, als Junker Leonhart zu ihnen kam und nach Thomas fragte.

„Der pflegt seinen wunden Arsch“, antwortete ihm der Martl und zeigte auf das kleine Zelt des jungen Mannes.

Leonhart zuckte nur kurz die Schultern.

„Weckt ihn und schickt ihn zu mir.“

Wenige Minuten später stand Thomas wie befohlen vor dem Hauptmann.

„Du wirst mit nach München kommen morgen“, hörte er seinen neuen Herrn sagen. „Wir brechen gleich nach Sonnenaufgang auf. Der Kurfürst will mich noch einmal sehen. Also sieh zu, dass du vorher genug Schlaf und etwas in den Magen bekommst.“

Nach München! Thomas war der Unterkiefer heruntergeklappt, so sehr überraschte ihn die Aussicht, in die Hauptstadt Baierns zu kommen. Sogar an den Hof des Kurfürsten, wenn er den Hauptmann richtig verstanden hatte. Er hatte sich immer schon gewünscht, einmal in diese große Stadt zu kommen, die Residenz des Kurfürsten zu sehen, vielleicht sogar einen Blick auf eines der hübschen Mädchen dort zu erhaschen. Dafür würde er ohne Murren die Zähne zusammenbeißen und in Kauf nehmen, dass ihn sein Hintern noch mehr schmerzte als jetzt.

Thomas schaute dem Hauptmann verdutzt nach, als dieser ihn ohne weitere Erklärungen stehen ließ, und machte sich dann auf den Weg zu seinem Zelt. Kurz bevor er es erreichte, hielt ihn der Martl auf.

„Lass dir von der Mare eine Salbe für deinen malträtierten Arsch geben“, riet er ihm. „Die rührt wirklich gutes Zeug zusammen, das auch hilft. Und dann lass es dir von der Alma draufschmieren, die hat zwei flinke Hände und weiß, was du brauchst.“ Er schlug Thomas lachend mit einer Hand auf die Schulter, wobei er ihm aufmunternd zuzwinkerte.

Die Alma saß zusammen mit ein paar anderen Weibern an einem Feuer, über dem eine Gemüsesuppe vor sich hin blubberte. Thomas hatte sich bei der Mare einen Tiegel mit der empfohlenen Salbe gekauft und wollte am Rand des Trosslagers zurück zu seinem Zelt gehen, als er sie da sitzen sah. Alma war ein dralles Weibsbild mit blonden Haaren, die sie mit einem roten Band zu bändigen versucht hatte, einem hübschen Gesicht mit großen Augen und einem üppigen Mund. Um ihren Hals lag eine mehrreihige Kette aus bunten Glasperlen, die knapp über dem weiten Ausschnitt ihres braunen Kleides endete. Gerade wandte sie sich zu ihm um und musterte ihn von oben bis unten. Thomas fühlte sich bei einem Gedanken ertappt, der sich mehr mit dem beschäftigte, was das Kleid verhüllte, als mit dem, was von Alma sonst zu sehen war.

„Sei's drum", brummte er und winkte Alma zu sich her.

Die zog kurz die Augenbrauen zusammen, warf den anderen Frauen einen amüsierten Blick zu und stand langsam auf.

„Was willst du von mir?" Es klang eher nach einem Gurren als nach einer Frage.

„Was alle Männer von dir wollen", gab er zurück. Womöglich hielt sie ihn für einen der Jungspunde, die sich einen Scherz mit ihr erlaubten, wie er es schon selber hin und wieder gesehen hatte. Die Huren waren oftmals den Boshaftigkeiten junger Burschen ausgeliefert, die sich einen Spaß daraus machten, ungestraft ihre zweifelhaften Spielchen mit ihnen treiben zu können. Er hatte jedoch den festen Entschluss gefasst, Martls Rat zu befolgen und sich von dem Weib zeigen zu lassen, wie gut sie ihr Gewerbe beherrschte.

Er hatte sich bislang nicht weiter um die Hurenweiber gekümmert. Zuerst ging er mit Anna hin und wieder ‚ein Körbchen Pilze sammeln', wie sie das nannte, und anschließend hatte er Magdalena als Gefährtin.

Langsam kam Alma auf ihn zu, begleitet von den neugierigen Blicken der anderen Weiberleute, die aufgehört hatten, sich zu unterhalten.

„Hast du's schon mal mit einem auf der Hinteren Waschette getrieben?", fragte er, als sie vor ihm stand.

„Bist du verrückt? Da treibt es bestenfalls der Teufel mit seinen Hexen!", fauchte sie ihn an. Dann kam sie mit ihren Lippen so nahe an sein Ohr, dass Thomas fast die Sinne schwanden. „Oder der Oswald", raunte sie ihm zu. „Sagte, er wolle mal sehen, wie es die Hexen machen." Sie lachte heiser und warf dabei den Kopf ein wenig zurück. Er bekam den leicht rauchigen Duft in die Nase, der ihre Bewegung begleitete und von dem Feuer stammen musste, an dem sie gesessen hatte. Thomas schloss kurz die Augen und schluckte. Er spürte Almas Hand auf seiner Brust, mit der sie ihn ein Stück von sich wegschob. „Die Weiber haben ihn aber stehen gelassen, sind ohne ihn zurückgelaufen. Denen war es zu unheimlich. Und der Oswald ist seither ganz narrisch. Vielleicht ist er einer der Hexen in die Hände gefallen, als die Hurenweiber weg waren, wer weiß?" Wieder dieses heisere Lachen, das Thomas eine Gänsehaut über den Rücken laufen ließ. „Und jetzt gib mir schon die Salbe, damit ich deinen Arsch einreibe und was dir sonst noch wehtut." Als sie in sein entsetztes Gesicht sah, lachte sie leise. „Jeder hier im Tross weiß, dass du heute das erste Mal auf einem Gaul gesessen bist und dir deshalb bei der Mare eine Salbe gekauft hast. Ich kann dir helfen."

Mit diesen Worten packte sie ihn am Arm und zog ihn mit sich fort zu ihrer kleinen Hütte, gefolgt nicht nur von den Blicken der anderen Huren.

„Ich weiß, dass du mit dem Frauenzimmer zusammen warst, das über Nacht verschwunden ist", sagte Alma. Sie nahm ihm den Tiegel mit der Salbe aus der Hand, nachdem sie eine bunte wollene Decke vor den Eingang ihrer Hütte gezogen hatte.

Während er auf ihren Wink hin die Beinkleider abstreifte und sich auf den Bauch legte, fuhr sie fort: „Du solltest zusehen, dass du auch von hier verschwindest, bevor dich der Trossführer am Arsch packt." Dabei strich sie mit beiden Händen über sein schmerzendes Hinterteil. Er spürte die kühlende Wirkung der Salbe, aber mehr noch die Hitze, die ihre Berührungen auf der anderen Seite seines Körpers verursachten. „Den drei Hurenweibern, mit denen er es auf der Hinteren Waschette treiben wollte, hat er gesagt, dass er dir schon noch zeigt, wie es der Teufel macht, wenn er einen Kerl wie dich in die Finger kriegt."

Thomas riss entsetzt die Augen auf und wandte sich halb zu ihr um.

„Was?"

„Du hast mich schon richtig verstanden! Dreh dich wieder um!", befahl sie. „Es wäre nicht das erste Mal, dass der alte Bock einen Kerl besteigt, wusstest du das nicht?" Ihre Hand glitt sanft in die Spalte zwischen seinen Arschbacken, worauf Thomas herumfuhr und sie mit einem kräftigen Griff daran hinderte, weiterzumachen. „Die haben das nicht freiwillig gemacht, glaub mir", fuhr sie unbeirrt fort und legte seine Hand dorthin, wo die Kette mit den bunten Glasperlen über dem Ausschnitt ihres Kleides endete. „Meistens hat er sie bei irgendetwas erwischt, das sie besser nicht gemacht hätten. Aber ein wunder Arsch ist immer noch besser, als mit durchgeschnittener Kehle irgendwo verscharrt auf das Jüngste Gericht zu warten." Wieder dieses heisere Lachen. „Wir Huren gelten vielleicht als Abschaum in den Augen mancher Leute, mein Lieber. Aber wir wissen vieles, von dem ihr keine Ahnung habt."

Sie befahl ihm erneut, sich umzudrehen, damit sie die Salbe auch auf seine Schenkel streichen konnte.

„Weil ihr Kerle glaubt, dass wir euch nicht zuhören, wenn ihr über das redet, was euch im Kopf herumgeht", murmelte sie. „Und nicht nur dort."

5. Kapitel

Auf dem Weg nach München

Als Heiner an diesem nasskalten Tag im Spätherbst des Jahres 1626 noch vor Sonnenaufgang seinen Namen rief, war Thomas sofort hellwach. Nach dem Besuch bei der Alma hatte er sich angenehm entspannt gefühlt und beschlossen, ihre Dienste öfter in Anspruch zu nehmen. Nicht nur, dass sie geschickte Hände hatte und wusste, was Männer wie er haben wollten. Er mochte sie und ihren Duft nach Rauch und Weib, und wäre sie keine Hure gewesen, er hätte sie zu seiner neuen Gefährtin gemacht.

Aber seine Gedanken kreisten auch noch lange um das, was sie ihm über Oswald erzählt hatte. Weniger um dessen Art, bestimmte Vergehen damit zu ahnden, dass er den Betroffenen den Arsch aufriss, wie er es nannte, und wovon Thomas inzwischen wusste, wie es gemeint war. Eher kreisten sie darum, dass er die Warnungen seines Hauptmanns, des Schmieds und dieses ungemein verführerischen Weibsbildes wohl doch sehr ernst nehmen musste. Er war froh gewesen, dem Trossführer auf seinem Weg zurück ins Söldnerlager nicht zu begegnen, der völlig besoffen in seinem Zelt lag und schnarchte, dass man es weithin hören konnte.

Es dauerte dann auch seine Zeit, bis Thomas endlich eingeschlafen war, aber es war ein unruhiger Schlaf.

Er fuhr erschrocken auf, als Heiner nach ihm rief, weil er zuerst dachte, der Trossführer stünde vor seinem Zelt.

„Du bist es“, sagte er erleichtert, als er Heiners Gesicht im roten Glühen des fast erloschenen Feuers vor seinem Zelteingang erkannte.

„Was hast du denn gedacht, wer dich besuchen kommt?", wollte Heiner feixend wissen. „Die Alma vielleicht?" Er schnalzte mit der Zunge. „Bist ja doch zu ihr gegangen, wie ich gehört habe."

Thomas schüttelte seufzend den Kopf.

„Dann brauche ich es dir ja nicht zu erzählen", brummte er und kroch unter dem Fell hervor, mit dem er sich zugedeckt hatte. Dabei meinte er, den Duft von Magdalenas Haut riechen zu können. Ein Stich durchfuhr ihn, als ihm wieder bewusst wurde, was alles geschehen war, seitdem sie das letzte Mal bei ihm gelegen hatte.

„Es war gut so", hörte er Heiner sagen, vor dessen Mund bei jedem Wort ein kleines Dampfwölkchen stand. Es war ziemlich kalt an diesem Morgen. „Du musst sie vergessen. Die Magdalena, meine ich. Und jetzt komm da schon endlich raus! Wir müssen los."

Thomas hatte gerade noch genügend Zeit, hastig in einen übrig gebliebenen alten Kanten Brot zu beißen und einen Schluck Wasser zu trinken, als auch schon der Hauptmann auftauchte und ihn zur Eile gemahnte. Heiner half ihm, den Braunen zu satteln. Dieses Mal schaffte es Thomas, allein aufzusteigen. Befriedigt stellte er fest, dass sein Hinterteil nicht mehr so sehr wehtat, und er sich doch recht gut im Sattel halten konnte. Bevor sie das Lager verließen, warf er noch einen Blick zu Almas Hütte hinüber, die in der beginnenden Dämmerung gerade noch auszumachen war. Er hatte das Gefühl, sie hatte in dieser Nacht nicht nur deshalb bei ihm gelegen, weil er ihre Hurendienste in Anspruch genommen hatte: Sie wollte kein Geld dafür von ihm haben.

Das Lager erwachte langsam, einige Feuer wurden gerade entfacht, Stimmengewirr war zu hören. Irgendwo weinte ein Kind, eine Ziege meckerte, Geschirr klapperte, Töpfe schepperten. Es roch nach dem Rauch von feucht entzündetem Holz, nach Kohlsuppe und dem Dung der Schweine, Schafe und Ziegen, die unweit des Lagers meckernd und grunzend in einem Pferch standen. Vierzehn Tiere waren es noch insgesamt und eine kleine Schar Hühner und Gänse. Man würde bald für Nachschub sorgen müssen.

So es überhaupt irgendwo noch Nachschub gab.

Der Tag begann auf eine Weise, die Thomas gleichzeitig vertraut und doch seltsam fremd vorkam.

Heimweh.

Um nicht in düstere Gedanken zu verfallen, lenkte er sein Augenmerk auf die drei Reiter vor sich.

Alle vier trugen sie warme Beinkleider, lederne, wadenhohe Stiefel, ein wollenes Wams, einen schweren härenen Mantel und einen breitkrempigen Hut, und der Hauptmann dazuhin noch einen ledernen Brustharnisch. Da Thomas nichts dergleichen besaß, hatte Heiner ihm die Sachen besorgt, zusammen mit einem Dolch. Das Geld dafür würde man vom Handgeld abziehen, das der Hauptmann ihm nach ihrer Rückkehr aus München bezahlen wollte. Einen Beutel mit Proviant nahm Thomas noch mit, zu dem allerdings kein Brot gehörte. Es gab keines mehr.

München, schoss ihm durch den Kopf. Er würde zum ersten Mal in seinem Leben in eine große Stadt kommen! Und das auch noch auf dem Rücken eines Pferdes. Niemals hätte er sich so etwas auch nur träumen lassen.

Er zog seinen Mantel eng um seinen Körper und wünschte sich, er könnte sich ein paar wärmende Handschuhe über die klamm werdenden Finger streifen. Die hatte Heiner nicht für ihn organisieren können.

Der Weg führte die Männer zunächst über den lang gezogenen bewaldeten Hügel, der die Altmühl von der Burg weg Richtung Südosten begleitete. Thomas hatte schon befürchtet, dass sie auf den Weg treffen würden, den er den drei Frauen gezeigt hatte. Aber sie hielten sich auf dem Rücken des Hügels, bis sich der Weg gabelte und sie Richtung Süden abbogen. Die Frauen waren in die nördliche Richtung gezogen, wenn sie sich an ihren Plan gehalten hatten, der sie nach Ulm führen sollte.

„Es ist ziemlich hügelig bis Neuburg“, erklärte Heiner ihm, nachdem Leonhart ihnen gesagt hatte, welche Route sie nehmen würden. „Anstrengend für die Pferde.“

Nicht nur das. Inzwischen hatte es zu nieseln begonnen, und da es ohnehin sehr kalt war an diesem Morgen, würde es auch für die vier Reiter kein Sonntagsritt werden. Wasser troff zudem unaufhörlich von den kahlen Bäumen und bildete zusammen mit dem Laub darunter eine matschige Decke. Das dämpfte die Tritte der Hufe ein wenig, dafür konnte man andere Geräusche deutlicher vernehmen, von denen Thomas nicht wissen wollte, woher sie kamen.

„Übrigens führt uns der Weg hinter Neuburg an einem Moor vorbei“, ergänzte der Martl, und Thomas, ganz in Gedanken versunken, fuhr erschrocken auf. „Wer da hineingerät, ist verloren.“

Er lachte, als er das entsetzte Gesicht des jungen Mannes sah.

„Unser Weg ist sicher“, mischte sich Leonhart ein. „Zumindest, was das Moor betrifft.“

„Aber es treibt sich viel Gesindel dort herum, das die sicheren Pfade im Moor kennt“, fuhr Heiner unbeirrt fort. „Die überfallen gern Leute, die hier durchziehen, und verschwinden so schnell wieder, wie sie gekommen sind. Manche locken ihre Opfer auch ins Moor, indem sie anbieten, ihnen eine Abkürzung zu zeigen.“ Er zog bedauernd die Schultern hoch. „Es gibt immer wieder Dumme, die das glauben.“

„Ich habe noch nie ein Moor gesehen.“

„Du wirst bei dem Wetter auch nicht viel davon zu sehen bekommen“, mutmaßte Heiner und zeigte nach vorne. „Der Bergfried, den du da vorne sehen kannst, gehört übrigens zur Wasserburg von Nassenfels. Vielleicht ...“

„Wir werden hier nicht Rast machen“, unterbrach Leonhart ihn und gab seinem Pferd die Sporen. „Wir sollten uns beeilen, damit wir noch vor Einbruch der Dämmerung Neuburg erreichen.“

„Und wann sind wir in München?“, wollte Thomas wissen, dessen Hinterteil sich längst wieder schmerzhaft in Erinnerung gebracht hatte.

„Wenn wir Glück haben, in drei Tagen. Wenn ihr weiterhin reitet wie ein paar alte Weiber, dauert es noch mindestens einen Tag länger“, erklärte Leonhart, über die Schulter gewandt. „Aber das dulde ich keinesfalls. Das ist kein Spazierritt, wir werden vom Kurfürsten erwartet!“

Thomas schluckte überrascht. Er hatte geglaubt, München bereits am Abend desselben Tages erreichen zu können. Dass die Stadt so weit von Aychstätt entfernt lag, hatte ihm niemand gesagt.

„Es sind gut fünfundzwanzig Meilen von Aychstätt bis München“, rief Leonhart den Männern zu. „Sechs Meilen müssen wir am Tag schaffen, weil wir die Pferde unterwegs nicht wechseln können."

Thomas warf einen Blick auf den Falben, den Leonhart ritt. Er wusste, dass der den Hengst niemals gegen ein anderes Tier tauschen würde. Dazu war er viel zu wertvoll und ein hervorragendes Reittier allemal. Außerdem schienen Reiter und Pferd völlig miteinander zu verschmelzen, sobald sie sich in Bewegung setzten. Das war bei den drei Begleitern des Hauptmanns nicht unbedingt der Fall.

Die Stadt Neuburg, so erfuhr Thomas weiter von seinen beiden Gefährten, hatte in den vergangenen zwei Jahrzehnten eine wechselvolle Geschichte erlebt. Die Residenzstadt des Wittelsbacher Herzogtums Pfalz-Neuburg war vor fast einhundert Jahren unter Pfalzgraf Ottheinrich evangelisch geworden, hatte sogar erst vor zwei Jahrzehnten eine protestantische Hofkirche bekommen und war glücklich mit dieser Entscheidung gewesen. Keine zehn Jahre später wurde die Gegenreformation durchgeführt, und Neuburg wieder katholisch.

Gedanken darüber, was das jeweils für die Bürgerinnen und Bürger der Stadt bedeuten mochte, wollte keiner der drei Männer aussprechen. Sie hatten zwar eine lange Zeit ohne militärische Auseinandersetzungen erlebt, seitdem sie in Aychstätt lagerten, aber die Gräuel nicht vergessen, die seit Ausbruch des Großen Krieges das Kaiserreich in Angst und Schrecken versetzten und die sie teilweise selber miterlebt hatten.

Thomas erinnerte sich an die Worte Magdalenas, während er schweigend Hauptmann Leonhart und seinen beiden Begleitern folgte: „Es geht längst nicht mehr um Religion. Es geht nur noch um Macht und Geld."

Magdalena.

Hoffentlich ging es ihr gut.

Thomas war beeindruckt von dem mächtigen Schloss, das sich in der anbrechenden Dämmerung im trüben Wasser der Donau spiegelte, als sie von Norden kommend auf die Mauern Neuburgs zuritten. Es hatte aufgehört zu regnen. Allerdings waren die vier Reiter nass bis auf die Haut, und die Kälte kroch ihnen in alle Glieder. Das Fell der Pferde dampfte, und bei jedem Atemzug stießen sie eine weiße Dampfwolke aus den Nüstern. Thomas fror inzwischen erbärmlich und sehnte sich nach einem Krug heißen Gewürzweins, einem großen Stück Speck oder einem gebratenen Hühnerbein und einem Kanten Brot.

„Wir werden in der Nähe des Schlosses in einem Gasthaus übernachten", verkündete Leonhart, als sie die Wachen an den Toren passiert hatten. Er lenkte sein Pferd an ein paar neugierig herumstehenden Menschen vorbei auf das mächtige Schloss zu.

Thomas warf einen Blick auf die Leute. Sie sahen aus wie viele in diesen harten Zeiten: hungrig und schlecht gekleidet, außerdem nass wie sie selber. Ein paar Kinder standen mit ausgestreckten Händchen da und schauten zu den Männern hinauf. Offenbar wagten sie nicht, die Reiter laut anzubetteln. Dabei stand in ihren Gesichtern deutlich zu lesen, dass sie genau das getan hätten, wäre da nicht etwas in Leonharts Haltung gewesen, das sie zurückhielt und die Hände wieder senken ließ.

Leonhart.

Thomas starrte auf den Rücken des Hauptmanns, der vor ihm dem Schloss entgegenritt. Was war das für ein Mann!

Dass er ihn zu seinem Burschen gemacht hatte, wunderte ihn zwar nach wie vor, aber inzwischen füllte sich sein Herz auch mit Stolz darüber. Außerdem gefiel ihm mehr und mehr, dass er Pferde nicht nur beschlagen, sondern auch reiten durfte. Leonhart hielt offenbar große Stücke auf ihn, und er beschloss, ihn nicht zu enttäuschen.

„Stellt die Pferde drüben im Stall unter", ließ sich die Wirtin vernehmen, die in ihrer Schankstube stand und die vier Männer von oben bis unten gemustert hatte, bevor sie den fast zahnlosen Mund aufmachte. „Wenn ihr ein Quartier bei mir nehmen wollt, könnt ihr euch eine der Kammern darüber nehmen. Aber bringt mir keinen Dreck mit rein!"

Die Männer, die bereits in der Stube vor ihren Bierkrügen saßen, lachten. Während Thomas mit Heiner und Martl die Pferde versorgte, stieg der Hauptmann die Leiter über dem Stall nach oben, um sich die erwähnten Kammern anzusehen.

Als er wieder herunterkam, nickte er den dreien zu.

„Es reicht."

Nachdem sie ihr Gepäck verstaut hatten, gingen sie zur Schankstube hinüber und bestellten sich etwas zu essen.

„Fasan oder Täubchen?", fragte die Alte mit in die Hüfte gestemmten Fäusten.

Während Thomas über den Scherz laut lachte, fasste Leonhart sie streng ins Auge.

„Du kannst deine dummen Späße mit dem Mannsvolk hier machen, wenn dir danach zumute ist", sagte er. „Uns bringst du, was die Küche hergibt."

„Hehe!", kam es von einem der Tische herüber. „Reißt hier das Maul auf! Wer bist du denn überhaupt, dich kennt hier keiner."

Leonhart drehte sich nach dem Bauern um, der wie eine dicke Kröte über seinem Bier hockte und ihn feindselig anstarrte.

„Ich kenne dich auch nicht und will auch nicht wissen, wer du bist“, antwortete er.

Bevor der Bauer etwas antworten konnte, ließ die Wirtin sich aus der Küche vernehmen, in der sie laut mit Töpfen und Pfannen hantierte.

„Lass meine Gäste in Frieden!“, rief sie. „Von Bauernpack wie euch kann ich nicht leben. Sauft nur ein Bier und hockt besoffen hier rum, bis euch eure Weiber nach Hause prügeln.“

Ein paar der übrigen Männer lachten, und der Angesprochene ließ seine Faust krachend auf den Tisch sausen.

„Hast ja recht, Frieda. Sieh zu, dass die hohen Herren was ins Maul kriegen, bevor sie umkippen.“ Er warf den Fremden einen schelmischen Blick unter zusammengezogenen Augenbrauen zu. „Musst ja nicht unbedingt den Hasen für sie braten, den ich dir mitgebracht habe.“ Bevor jemand etwas sagen konnte, hob er beschwichtigend die Hand. „Stammen aus meinem Stall! Nicht dass ihr denkt, ich hätte sie irgendwo da draußen gefunden.“

Wieder lachten die Männer, die um ihn herumsaßen. Aber da die vier Fremden nichts darauf sagten, verstummten sie schnell wieder und kümmerten sich um ihr Bier.

Die Wirtin brachte einen Topf mit Brotsuppe herein und stellte ihn vor ihren Gästen auf den Tisch.

„Lasst euch den Appetit nicht von den jämmerlichen Gestalten hier verderben“, sagte sie. „Die können's nicht anders.“ Sie blieb abwartend stehen. „Habt's einen eigenen Löffel dabei oder sauft's die Suppe so aus dem Topf?“, wollte sie wissen. Die Antwort der vier ging im erneuten Gelächter der Stammtischgäste unter.

Heiner warf Leonhart einen mürrischen Blick zu.

„Eine bessere Unterkunft habt Ihr nicht finden können?"

„Die Burgl mag ein wenig schrullig sein, und die Unterkunft ist für einen Mann deines Standes vielleicht nicht angemessen", gab der achselzuckend zurück. „Aber ein besseres Essen findest du auf dem ganzen Weg nach München nicht für unser Geld."

Das mit dem Essen stimmte allerdings, wie die drei gleich selber feststellen konnten.

Thomas war froh, als er kurz darauf unter die Decke kriechen konnte, die er auf seinem Strohsack fand. Er war satt und müde, und der Rücken tat ihm weh. Es war angenehm warm über dem Pferdestall, und so schlief er ziemlich schnell ein. Was auch gut so war, denn der Martl schnarchte so laut, dass die beiden anderen im Gegensatz zu ihm Mühe hatten, ein wenig Ruhe zu finden.

Das Moor, von dem der Martl gesprochen hatte und an dem sie am darauffolgenden Tag entlangritten, schickte dichte Nebelschwaden zu ihnen herüber, die den Ritt beschwerlicher machten, als sich die vier das gewünscht hätten. Außerdem war der Weg zwar eben, aber in einem schlechten Zustand. Das wie zu senkrecht stehenden braunen Lanzen erstarrte, zwischen den Nebelschleiern immer wieder sichtbar werdende Schilf gab im leichten Wind unheimliche Töne von sich, die wie das Wimmern der Seelen klangen, deren Körper unter ihnen für immer verborgen liegen mochten. Schemenhaft waren seltsame Gebilde auszumachen, die nur mühsam als kleinere Gruppen spätherbstlich blattloser Weiden zu erkennen waren. Und dazwischen schienen körperlose Wesen hin und her zu wabern, die vom Moor her auf den matschigen Weg wehten.

„Es gibt viel Gesindel hier in der Gegend“, erinnerte Heiner die drei Männer, nachdem sie ein gutes Stück hinter Neuburg anhielten und ihren Pferden ein wenig Ruhe gönnten. „Es gibt üble Mordbrenner, die sich im Moor auskennen, plötzlich auftauchen und ungesehen wieder verschwinden, bevor man ihnen nachstellen kann.“

„Das hast du bereits gesagt“, erinnerte Thomas ihn, der keine Lust auf weitere Gruselgeschichten hatte.

„Falls man das dann noch kann“, fügte der Martl ungerührt hinzu, was dazu beitrug, dass Thomas ständig angestrengt mit allen Sinnen sein Umfeld prüfte, als sie sich wieder auf den Weg machten.

Martl machte sich einen Spaß daraus, die gruseligsten Geschichten über das Moor zu erzählen. Er hatte sie angeblich von Leuten gehört, die dessen dunkle Geheimnisse kannten. Von Menschen wusste er zu berichten, die vor den Augen ihrer Angehörigen im Moor versunken waren, bis nur noch ihre zur Kralle erstarrte Hand herausschaute. Von kleinwüchsigen Unholden erzählte er, die Kinder aus den Armen ihrer Mütter stahlen, ohne dass die es merkten, ihnen das Blut aussaugten und sie dann im Moor versenkten. Von Moorleichen, die man erst nach langer Zeit entdeckte und die aussahen, als wären sie eben erst in ihrem nassen Grab versunken. Alle waren sie blutleer und trugen ein finsteres Geheimnis in sich, das niemand mehr lösen würde: das Geheimnis um ihren Tod.

Einesteils trug der Martl mit seinen Geschichten dazu

bei, dass die Zeit schneller verging, andererseits ließen diese nicht die Vorsicht vergessen, die notwendig war, wenn sie ihr Ziel unbeschadet erreichen wollten.

Aber sie schienen allein unterwegs zu sein. Zumindest begegnete ihnen kein einziges Lebewesen.

Ihr nächstes Ziel war der Markt Pöttmes, wo sie sich ein Quartier suchten und die Möglichkeit hatten, ihre durchnässten Mäntel und Beinkleider zu trocknen, eine kräftige Hühnersuppe mit einem ordentlichen Kanten Brot zu essen und einen Krug Bier zu trinken, das ihnen der Wirt angewärmt an den Tisch brachte.

„Ihr seht ziemlich durchgefroren aus. Warmes Bier ist gut für Leib und Seele", sagte er dabei. „Es ist darüber hinaus eines der besten Biere in der ganzen Gegend."

„Das Bier hier ist nicht schlecht", befand Heiner und wischte sich mit dem Handrücken über den Mund. „Aber du musst einmal das Bier probieren, das sie in Ingolstadt brauen", schlug er an Thomas gewandt vor. „Wusstest du, dass dort vor über hundert Jahren ein Gebot erlassen wurde, das von den Brauereien bis heute befolgt wird?"

„Nicht nur das", mischte sich Leonhart ein. „Baiern war lange Zeit zuvor in vier Herzogtümer aufgeteilt worden und sollte nach einem Krieg zerstrittener Erben wieder zu einem einzigen Herzogtum vereinigt werden. Man traf sich in Ingolstadt, um diese Wiedervereinigung zu regeln, und dabei entstand eine landesweit gültige Verordnung, zu der unter anderem das sogenannte Reinheitsgebot für die bairischen Brauereien gehörte." Er dachte kurz nach. „Ich erinnere mich, gehört zu haben, dass den beiden Herzögen Wilhelm IV. und Ludwig X. im wahrsten Sinne des Wortes aufgestoßen hat, was alles in das Gebräu gemischt wurde. Abgesehen von diversen Kräutern, die den Geist verwirren, auch Ochsengalle und sonstiges ekelerregendes Zeug. Also legten sie ein für alle Mal fest, dass in jedem Bier nur Gerste, Hopfen und Wasser sein darf. Daran halten sich seit jener Zeit die meisten Brauereien im Land."

Heiner prostete dem Hauptmann mit seinem Becher zu.

„Stimmt. Trotzdem gibt es Unterschiede, und ich finde, das Ingolstädter Bier ist einfach das beste."

„Es soll aber auch ein Bier geben, in dem Weizen anstelle von Gerste angesetzt wird", steuerte der Martl noch sein Wissen bei. „Das ist aber so teuer, dass es nur die Herrschaften ganz oben trinken können."

Thomas hatte den Männern mit offenem Mund zugehört.

„Woher wisst ihr das alles?"

„Ich habe in Ingolstadt studiert", antwortete Heiner grinsend.

Thomas sah ihn überrascht an. „Du hast studiert?"

„Ja, zwei Semester Mathematik und Theologie, für mehr hat das Geld nicht gereicht." Er hob bedauernd die Schultern. „Ich wollte eigentlich noch Medizin studieren, aber mein Vater war ein einfacher Gewürzhändler, kein Herzog oder Kurfürst oder gar der Kaiser", fügte er spöttisch an.

Thomas wusste, dass Kaiser Ferdinand in Ingolstadt studiert und den bairischen Landesherrn dort kennengelernt hatte. Offenbar waren die beiden seit jener Zeit befreundet. Überrascht schaute er Heiner an, der zumindest das Privileg eines Studiums mit diesen hohen Herren geteilt hatte, wenngleich er sie auch nicht kennengelernt haben dürfte. Dazwischen lagen sicherlich viele Jahre.

„Aber für ein gutes Bier hatte ich immer ein paar Münzen

übrig“, gestand Heiner lachend. „Das war mir gleich wichtig wie die Zeit in den Studiersälen.“

Der Martl schüttelte nur den Kopf.

„Ich habe gerade einmal zwei Jahre die Schulbank gedrückt, bevor der Vater genug von meinem Müßiggang hatte, wie er es nannte. Er brauchte mich zur Arbeit auf dem Feld. Bier gab es bei uns nicht, nur sauren Wein und Wasser.“

„Ich hatte genügend Zeit, die Ingolstädter Braukunst kennenzulernen, seitdem wir in Aychstätt lagern“, bekannte Leonhart. „Wobei das Aychstätter Bier auch ausgezeichnet schmeckt, wie wir alle wissen“, fügte er augenzwinkernd hinzu.

Heiner lachte leise.

„Es wird ja auch mit fürstbischöflichem Segen gebraut, da muss es einfach schmecken“, fand er.

Warmes Bier war neu für Thomas, aber der Wirt hatte recht: Es schmeckte ihm und wärmte ihn von innen her wieder auf. Der zweite Krug folgte kurz darauf, danach überfiel ihn eine bleierne Müdigkeit.

Thomas hatte trotz seiner guten Vorsätze unterwegs mehrmals darum gebeten, absteigen und neben seinem Pferd herlaufen zu dürfen, was ihm Leonhart jedoch verweigerte. Der Ritt dauerte ihm schon viel zu lange, und einer, der zu Fuß neben seinem Pferd herlief, würde sie nur unnötig aufhalten.

Dieses Mal bekamen sie tatsächlich eine Kammer mit vier Betten zugeteilt, und Thomas fühlte sich wie ein Fürst, als er sich auf seinem Lager ausstreckte. Es war das erste Mal seit unglaublich langer Zeit, dass er in einem richtigen Bett lag.

Die Erinnerung an sein Heimatdorf in Österreich

übermannte ihn mit solcher Wucht, dass er froh um die Dunkelheit war, die ihn und die anderen drei Männer umgab.

Leonhart trieb seine Männer am nächsten Tag erneut zur Eile an. Gute zwei Reitstunden nach ihrem Aufbruch in Pöttmes erreichten sie Schrobenhausen. Dort legten sie eine kurze Rast ein, ließen ihre Pferde mit Wasser versorgen und spülten ihre in Pöttmes erstandene Wegzehrung mit einem Krug Wasser hinunter. Bier gab es keines.

Der Regen hatte sich über Nacht gelegt, aber es war immer noch eisig kalt, und das machte langsam auch den Pferden zu schaffen.

Über Hilgertshausen erreichten sie am selben Tag noch Dachau, und Thomas war froh, von seinem Braunen klettern und eine längere Rast einlegen zu können. Er sehnte sich geradezu nach Almas zarten Händen, die seinen Hintern mit der schmerzlindernden Salbe behandelt hatten. Der tat ihm inzwischen schrecklich weh. Sobald sie wieder in Aychstätt waren, würde er zu ihr gehen, nahm er sich vor. Der Gedanke an sie ließ ihn für kurze Zeit seinen Schmerz vergessen.

Dachau schmiegte sich an den Rücken einer bewaldeten Bergkuppe um das gewaltige, vierflügelige Schloss, das die Gegend weithin sichtbar überragte. Es war bis noch vor wenigen Jahren die bevorzugte Sommerresidenz des Hauses Wittelsbach gewesen, lag um diese Jahreszeit jedoch völlig verwaist. Innerhalb der den Markt Dachau umgebenden Stadtmauer war das Kuppeldach der Pfarrkirche zu sehen und ein paar recht ansehnliche, rot eingedeckte Dächer bürgerlicher Häuser. Südöstlich begrenzt wurde der Markt von Amper, Würm und ein paar kleineren Zuflüssen, die den

Reitern mit ihren Nebenarmen eine Ahnung gaben von dem Moor, das sich zwischen Dachau und München ausdehnte.

Die vier Reiter nahmen in einem der Gasthäuser Quartier, das sie unweit des Schlosses fanden. Ihr Nachtmahl bestand an diesem Tag aus über dem Rost gebratenem Spanferkel, das sich die Männer schmecken ließen. Zwar hatten sie auch in ihrem Lager in Aychstätt schon öfter ein am Spieß gebratenes Huhn oder gar ein ganzes Schwein gegessen, aber nach ihrem langen Ritt in der nicht gerade einladenden Witterung fühlten sie sich geradezu fürstlich bewirtet.

„Erstaunlich, dass es doch immer wieder etwas zu essen gibt", überlegte Thomas laut, während er an seinem Stück Fleisch kaute.

Der Hauptmann lachte.

„Du glaubst aber nicht, dass alles Viecherzeug, das in den Gaststuben angeboten wird, aus den Ställen der Bauern stammt?", fragte er. „Es wird viel gewildert überall, und manches Kaninchen hatte einen langen Schwanz, bevor man ihm das Fell abgezogen hat."

„Und hat gebellt oder miaut", stimmte Heiner ihm zu. „Ich habe sogar schon gesehen, dass Ratten und Eichhörnchen oder Igel an den Spießen unserer Söldner steckten."

„Inzwischen wird ja auch bei uns im Lager gemunkelt, dass Sägemehl in den Broten verbacken wird", steuerte der Martl bei. Dabei hielt er seinen Blick unter zusammengezogenen Brauen fest auf Thomas gerichtet.

„Davon habe ich noch nichts gemerkt", warf Heiner trocken ein. „Ich habe gar keines mehr erwischt, seitdem …"

„Lasst uns schlafen gehen", unterbrach Leonhart ihn und stand auf. „Wir haben noch ein gutes Stück Weges vor uns und sollten uns ausruhen, bevor wir nach München aufbrechen."

Es war bereits am späten Nachmittag des vierten Tages, als die beiden Türme der Kathedrale Unserer Lieben Frau mit den glockenförmigen Hauben über den Dächern der Stadt München auftauchten. Leonhart hatte sie unterwegs mehrmals daran erinnert, Augen und Ohren offenzuhalten, da auch auf diesem Weg durchaus mit Wegelagerern zu rechnen sei. Außer ein paar armseligen Gestalten und Bauern, die sie argwöhnisch musterten, waren ihnen aber nur ein paar Söldner entgegengekommen. Die hatten gefragt, wo ihre Truppe lagere, damit sie sich ihnen anschließen konnten. Sie waren murrend weitergezogen, nachdem Leonhart sie hatte wissen lassen, dass er ihnen keinen Sold bezahlen konnte.

„Zieht nach Norden“, hatte er ihnen empfohlen. „Wir werden über kurz oder lang nachkommen.“

Thomas ließ sein Pferd anhalten, als ihr Ziel in beinahe greifbarer Nähe sichtbar wurde. Der Anblick der Stadt war überwältigend.

„Jetzt halt hier nicht Maulaffen feil!“, rief der Martl ihm zu. Die drei waren bereits ein gutes Stück weitergeritten, und Thomas musste seinem Pferd die Sporen geben, um wieder aufzuholen.

„Beiß die Zähne zusammen, es ist nur noch ein kleines Stück, dann sind wir da“, sagte er und wusste nicht so genau, ob er sein Pferd oder sich selber damit gemeint hatte.

Es sollte jedenfalls aufmunternd klingen, aber Thomas hatte inzwischen große Mühe, sich auf dem Rücken seines Braunen zu halten. Sein Hinterteil und seine Schenkel taten so weh, dass er am liebsten abgestiegen und mit oder ohne Erlaubnis den Rest zu Fuß gegangen wäre.

„Du wirst noch genügend Gelegenheit haben, München

kennenzulernen.“ Heiner streckte den Arm aus und zeigte auf zwei Gebäude, die rechts vor ihnen auftauchten. „Das Siechenhaus.“ Er zwinkerte Thomas verschwörerisch zu. „Wenn du dich mit dem Trossweibel anlegen willst, dann sag ihm, dass du es gesehen hast.“

Der Martl winkte unwirsch ab.

„Lass ihn“, sagte er. „Er hat auch so genug Ärger mit dem Kerl.“

Heiner zuckte die Schultern.

„Wieso, was ist mit dem Oswald und dem Siechenhaus?“, wollte Thomas wissen.

„Seine Mutter ist dort“, antwortete Heiner und lenkte sein Pferd hinter Leonhart auf die Brücke, die über die verzweigten Arme der Isar führte. „Sie ist angeblich an der Französischen erkrankt.“

Thomas starrte ihn entsetzt an.

„An der Französischen?“

„Sie war eine der Trosshuren“, antwortete Heiner und schnalzte mit der Zunge. „Ein ganz liederliches Weibsbild. Die hat es sogar mit ihrem eigenen Sohn getrieben, wenn der ihr genug dafür bezahlt hat.“

„Das sind allerdings Gerüchte, Heiner“, befand der Martl. „Da wird viel geredet!“

„Wahrscheinlich“, lenkte Heiner ein. „Ich habe sie aber recht gut gekannt. Sie ist zum Schluss hin immer wirrer geworden im Kopf. Angeblich hat Herbert sie hierhergebracht, nachdem sie krank wurde. Er wollte sie so weit wie möglich vom Tross weghaben. Nicht nur wegen der Krankheit. Vor allem wegen der Unruhe, die das Weibsbild und ihr Sohn immer wieder ins Lager gebracht haben. Angeblich soll sie noch leben und hier weiter ihr Unwesen treiben.“

Thomas erinnerte sich noch gut an den Herbert. Er war Trossführer, als er zusammen mit Magdalena zu ihnen stieß. Kurz darauf war er wie vom Erdboden verschwunden, und Oswald hatte seine Stelle eingenommen.

„Der Herbert hat sie weggebracht?", fragte Thomas erstaunt.

„Na ja, er wollte wohl verhindern, dass sich die Seuche im ganzen Lager ausbreitet", antwortete Heiner mit einem schnellen Blick zu Martl, der jedoch nur schweigend den Kopf schüttelte. „Wobei viele nicht so genau wussten, woraus diese Seuche in Wahrheit bestand. Es war ja nur ein Gerücht, wie alles andere auch. Oswald hat jedenfalls getobt wie ein Wahnsinniger, als er rausgekriegt hat, dass Herbert hinter dem Verschwinden seiner Mutter steckte. Immerhin hat sie ihr Hurengeld mit ihm geteilt, das ihm plötzlich gefehlt hat. Herbert ist nach einigen üblen Schlägereien mit Oswald aufgebrochen, um ihm zu zeigen, wohin er sie gebracht hat."

„Er ist aber nicht wieder zurückgekommen."

Heiner zuckte die Schultern. „Nein. Es wird gemunkelt, dass Oswald seine Hand dabei im Spiel hatte."

„Zuzutrauen ist ihm das", bestätigte der Martl.

Auch das war Thomas zu Ohren gekommen. Er hatte sich keine weiteren Gedanken darum gemacht, was wohl vorgefallen sein mochte, dass der Herbert so plötzlich verschwand. Ihm war der eine so zuwider wie der andere, und er war froh gewesen, beim Schmied Arbeit gefunden zu haben und sich aus dem allem heraushalten zu können. Der wurde von allen geachtet, und Thomas als dessen Geselle stand unter seinem besonderen Schutz. Er wusste, dass er Jost viel zu verdanken hatte, weshalb ihn auch ein wenig das Gewissen plagte, seitdem der Hauptmann ihn an seine Seite befohlen hatte. Allerdings hatte sein Meister ihn wissen lassen, dass er jederzeit zurückkehren konnte, sollte es sich so ergeben.

Etwas beschäftigte ihn allerdings: „Heißt das, dass die Trosshuren ihr Geld mit dem Oswald teilen müssen?"

Herbert gab ihm einen Klaps auf den Rücken.

„Allerdings, mein Freund. Was auch immer du der Alma für ihre Dienste bezahlst: Einen Teil davon muss sie dem Trossweibel abgeben."

Das hieß, der Kerl wusste längst, dass Thomas bei ihr gewesen war und sie kein Geld dafür von ihm hatte haben wollen.

Ein ungutes Gefühl beschlich ihn.

München empfing sie in der anbrechenden Dämmerung mit Nieselregen und mürrisch dreinblickenden Stadtwachen am Isartor. Die brauchten eine schier endlose Zeit, die Ausweispapiere der vier Reiter zu kontrollieren und sich erklären zu lassen, was sie in der Stadt zu erledigen hatten. Nachdem sie sich zur Zufriedenheit der Wachen ausgewiesen hatten und Leonhart ihren Befehl an den kurfürstlichen Hof mit einem Schriftstück belegt hatte, konnten sie ihren Weg fortsetzen.

Inzwischen war es schon so dunkel geworden, dass sie Fackeln anzünden mussten. Während Leonhart weiter auf seinem Hengst sitzen blieb, gingen die anderen drei Männer zu Fuß und führten ihre Pferde am Zügel neben sich.

Zuerst gingen sie an der inneren Seite der Stadtmauer entlang, bogen beim Barfüßerkloster ab und erreichten gleich darauf das lang gestreckte, zweigeschossige Hauptgebäude der Residenz. Leonhart hielt auf eines der drei Tore in der Mitte zu, und seine drei Begleiter folgten direkt hinter ihm.

Thomas wusste nicht, wohin er zuerst schauen sollte: auf das imposante Bauwerk zu seiner Rechten oder auf die Menschen, die ihnen trotz des nasskalten Wetters auf der breiten Straße mit Fackeln in der Hand entgegenkamen oder neben ihnen hergingen. Hier war nichts von dem zu spüren, was er in Aychstätt wahrgenommen und was ihn davon abgehalten hatte, die Stadt öfter als notwendig zu besuchen. Die Leute hier schienen nicht von dem betroffen zu sein, was inzwischen landauf, landab zum Leben vieler gehörte: Krankheiten, Hunger, Krieg und Elend. Sie gingen einfach ihrer Wege. Die einen langsam, die anderen schnell, wieder andere mühsam und gebeugt, und so gut wie alle schienen ein Ziel zu haben, das es sich zu erreichen lohnte. So, wie es überall sein hätte können, wenn die Zeiten eben anders gewesen wären.

Die vier Männer passierten das mittlere Tor des beeindruckenden Gebäudes, nachdem sie sich erneut ausgewiesen hatten, und Leonhart winkte seine Begleiter in einen geräumigen Innenhof, der durch Fackeln an den Wänden beleuchtet wurde.

„Ihr beiden wartet hier auf mich“, befahl er Heiner und Martl, während er sich von seinem Hengst gleiten ließ. „Lasst die Pferde füttern und tränken, aber bleibt bei ihnen. Ihr könnt euch dort unterstellen.“ Dabei zeigte er auf einen Bogengang, der den Innenhof zur Straßenseite hin abgrenzte. An Thomas gewandt, sagte er: „Du kommst mit mir.“

Dem jungen Mann, der es gerade genossen hatte, wieder festen Boden unter den Füßen zu spüren, blieb der Mund offen stehen.

„Herr?“, brachte er mühsam hervor.

Aber Leonhart war bereits durch eine der Türen getreten, die rechter Hand zu sehen waren, und in der ein livrierter Diener mit einer Fackel in der Hand offenbar bereits auf ihn wartete.

„Frag nicht, geh!", raunte ihm Heiner zu, und gab ihm einen Stoß in die Rippen. „Wir kümmern uns um deinen Gaul."

Thomas stolperte mehr als er ging hinter dem Hauptmann her und stand kurz darauf staunend in einer der riesigen, mit kostbaren Kerzen in flackerndes Licht getauchten Hallen, die sich hinter der Tür und einem langen Flur verbargen. Bedienstete hasteten hin und her, ein paar in wertvoll wirkende Gewänder gekleidete Herren standen mit ihren ausladenden Hüten in der Hand zusammen und unterhielten sich halblaut. Ein weiterer Diener kam auf die beiden zu und fragte nach ihrem Begehr, während er sie argwöhnisch musterte.

„Der Kurfürst hat uns herbeordert", antwortete der Hauptmann. „Ich bin Junker Leonhart Seitz vom Walde, Hauptmann seiner Durchlaucht, Kurfürst des …"

„Der Kurfürst hat sich bereits zum Abendmahl zurückgezogen", unterbrach ihn der Lakai kurz angebunden. „Ihr werdet morgen um Schlag acht Uhr erwartet."

Er bedeutete den beiden Männern, den Raum zu verlassen.

Einer der anwesenden Herren drehte sich nach ihnen um.

„Wartet!", rief er und gab einem der Diener ein Zeichen, woraufhin der eilig durch eine Seitentür verschwand. „Ich bin Johann von Mandl, Hofkammeradvokat, Fiskal am bairischen Hof, Geheimsekretär des Kurfürsten und Direktor für das pfälzische Kammerwesen", stellte er sich vor. Ehe Leonhart sich vorstellen konnte, fuhr er fort: „Der Kurfürst hat mir von Eurem Besuch Kenntnis gegeben, Hauptmann. Deshalb habe ich eine Bitte an Euch: Bringt einem gewissen Professor Leo Menzel in Ingolstadt die Druckschrift der Aufzeichnungen zu meiner Erfahrung als Diplomat und Begleiter unseres Kurfürsten im Felde."

Thomas war hin und her gerissen von der Art des hohen Herrn, sich auszudrücken. Er hatte keine Ahnung von dem, was das alles bedeutete, aber das aufregende Gefühl beschlich ihn, einem wahrhaft bedeutenden Mann gegenüberzustehen.

In diesem Augenblick nahm Johann von Mandl ihn prüfend in Augenschein.

„Euer Diener?", fragte er den Hauptmann, indem er mit dem Kinn auf Thomas wies.

„Ja, Herr", antwortete Leonhart.

Thomas bekam einen roten Kopf und schaute betreten zu Boden.

Diener! Das klang doch schon viel besser als ‚Bursche'. Zumindest angesichts der Diener hier, die in recht vornehmer Gewandung zwischen den hohen Herren herumliefen. Sie sahen alle recht gut genährt und sauber aus und machten auch nicht den Eindruck, als müsste man sie zu ihrer Arbeit zwingen.

„Nun gut", fuhr von Mandl fort. „Ihr werdet Professor Menzel entweder in seiner Pfarrei Sankt Moritz, seiner geliebten Moritzkirche, oder irgendwo in den Gängen der Hohen Schule zu Ingolstadt finden und ihm die Abschrift überreichen, ich bitte Euch."

Der Diener kam zurück, den er zuvor weggeschickt hatte. In der Hand hielt er ein Buch, das er auf einen Wink seines Herrn dem Hauptmann überreichte.

„Die Abschrift“, wiederholte der Geheimsekretär des Kurfürsten. „Ihr bürgt mir dafür, dass sie unbeschadet in die Hände des Professors gelangt.“ Er hob kurz die Hand und wandte sich dann wieder den Herren zu, in deren Gesellschaft er sich vor diesem Gespräch befunden hatte.

„Herr?“, ließ sich da jemand neben ihnen verlauten.

Erst jetzt fiel Thomas auf, dass der erste Diener, der sie hereingeführt hatte, noch immer in gebührendem Abstand auf sie wartete.

Leonhart überreichte Thomas das Buch, das mit einem Lederband umwickelt und verschlossen war. Der nahm es ehrfürchtig in Empfang, als habe man ihm die Kronjuwelen überreicht, und folgte den beiden durch verwirrend viele Räume und Gänge zurück zu den wartenden Gefährten.

6. Kapitel

In der kurfürstlichen Residenz zu München

„Folgt mir“, gebot der Diener, der vor ihnen her auf den gegenüberliegenden Durchgang zulief.

Sie hatten die Nacht in einem Gasthaus nahe der Stadtmauer verbracht und waren zum Glockenschlag pünktlich um acht Uhr wieder zur kurfürstlichen Residenz gekommen.

Der Hauptmann wies Heiner und den Martl an, sich um die Pferde zu kümmern und sich zum Aufbruch bereitzuhalten. Thomas sollte mit ihm kommen. Der hatte Mühe, dem Diener und seinem Hauptmann zu folgen, nachdem sie die Residenz betraten, so eilig hatten es die beiden, und zu sehr war er beeindruckt von dem Prunk, der um ihn herrschte. Noch immer hallte in ihm nach, wie sich sein Herr am vergangenen Abend vorgestellt hatte.

Leonhart Seitz vom Walde.

Wie das klang!

Es war ihm nicht in den Sinn gekommen, dessen Herkunft zu hinterfragen, und er hatte ihn auch noch nie so gewählt reden gehört wie gestern. Aber auch die Begegnung mit dem Generalsekretär des Kurfürsten am Abend zuvor hatte einen bleibenden Eindruck bei ihm hinterlassen. Im Schatten seines Hauptmanns zu stehen war für Thomas mehr, als er sich jemals hätte träumen lassen.

Er hatte ihn am vergangenen Abend gefragt, was denn seine Aufgabe während dieses Rittes nach München sei und weshalb er ihn überhaupt in seine Dienste genommen habe.

„Ich brauche einen Burschen“, hatte ihm der Hauptmann geantwortet. „Nachdem du gut mit meinem Pferd umgehen kannst und auch sonst nicht gerade aussiehst, als wärst du auf der Brennsuppe dahergeschwommen, ist meine Wahl eben auf dich gefallen.“

Plötzlich ärgerte Thomas sich darüber, nicht lesen zu können. Er stellte sich vor, selbst einmal der Empfänger solch einer geheimnisvollen Niederschrift zu sein, das Band um die Blätter zu lösen und sich in das zu vertiefen, was darin aufgeschrieben stand. Es gab doch nichts Geheimnisvolleres als ein Buch!

Während Leonhart eher verärgert darüber zu sein schien, als Bote des Sekretärs fungieren und einen Umweg in Kauf nehmen zu müssen, freute sich Thomas darauf, nach Ingolstadt reiten zu dürfen.

Magdalena fiel ihm ein und ihre Geschichte, die sie mit diesem Mann verband, und da fiel es ihm wie Schuppen von den Augen: Sie war ihm viele Tage und Nächte lang eine treue Gefährtin gewesen, doch ihr Herz hatte offenbar immer jemand anderem gehört. Ihm war nur nicht in den Sinn gekommen, dass es sich dabei um den Hauptmann handeln könnte. Obwohl ihn diese Erkenntnis auch schmerzte: Er konnte sie verstehen. Er glaubte aber auch, Leonharts Beweggründe zu verstehen.

Leonhart war von – wenn auch niedrigem – Adel und vermutlich schon deshalb nicht gewillt, sich mit der Tochter eines einfachen Schmieds einzulassen, die er irgendwo unterwegs aufgelesen hatte. Das wusste Magdalena sicherlich auch oder hatte es von Leonhart auf die bestimmende Weise erfahren müssen, die man von ihm kannte.

Was musste es doch für ein Gefühl sein, wenn man in

einen höheren Stand hineingeboren worden war und sich aussuchen konnte, mit wem man es zu tun haben wollte und mit wem nicht!, ging ihm durch den Kopf. Oder wenn man das Privileg hatte, eine Schule oder gar eine Universität zu besuchen und mit anderen gescheiten Männern beispielsweise über all das reden konnte, was er in den Abschriften Mandls vermutete. Was für Welten erschlossen sich denjenigen, die in diesen Kreisen verkehrten – und lesen konnten! Wenn der Hauptmann schon fand, dass er nicht auf der Brennsuppe dahergeschwommen war, dann hätte für ihn doch sicherlich die Möglichkeit bestanden, eines Tages zwischen den Scholaren und gelehrten Herren der Universität zu stehen und geistreiche Gespräche mit ihnen zu führen.

Aber er war nun einmal in ein einfaches Bauernhaus hineingeboren worden. Sein Vater konnte kaum das Schulgeld für ihn bezahlen, und dass er gut mit Pferden umgehen konnte, das hatte er auch erst begriffen, als er den Falben des Hauptmanns zum ersten Mal halten durfte.

Während er noch seinen Gedanken nachhing, waren sie in einem mit wertvollen Gobelins und herrlichen Deckengemälden und Möbeln ausgestatteten Raum angekommen. Ein dicker Läufer auf dem wundervoll gearbeiteten Holzboden schluckte die Schritte des Dieners, der den beiden gebot, stehen zu bleiben und auf weitere Anweisungen zu warten. Dann verschwand er an einem großen Schreibtisch vorbei durch eine Tapetentür.

Thomas verrenkte sich fast den Hals, um die Gemälde an der Decke betrachten zu können, die im Schein unzähliger Kerzen zu erkennen waren, die wiederum in kunstvollen Lüstern steckten. So etwas hatte er noch nie gesehen und er wünschte sich, zu verstehen, was sie darstellten.

Bei einem Blick auf die Umstehenden schien ihm, als sei er der Einzige, den das alles beeindruckte. Entweder die anderen waren es gewöhnt, sich mit solcherlei Prunk zu umgeben, oder sie wussten einfach nichts mit dem anzufangen, was es zu sehen gab. Ihm selber jedenfalls gab es das Gefühl, klein und unscheinbar zu sein.

Dann öffnete sich die geheime Tür wieder, und der Diener kam zurück.

„Seine Durchlaucht hat noch zu tun. Nehmt so lange da Platz", sagte er mit einer angedeuteten Verbeugung. Er zeigte auf zwei mit rotem Samt bezogene Hocker zwischen den raumhohen Fenstern, die auf einen Innenhof hinausführten, und wartete, bis sich die Männer gesetzt hatten. Dann verschwand er in einen Nebenraum, kam aber sofort mit einem kleinen, kunstvoll geschnitzten Tischchen wieder zurück, das er zwischen den beiden Besuchern abstellte. Ein gänzlich in Schwarz gekleidetes Mädchen war ihm gefolgt. Sie hielt eine Karaffe mit Wasser und zwei Becher in den Händen, die sie auf das Tischchen stellte, worauf sie sich schnell wieder zurückzog.

Hatten alle hohen Herren solche Bedienstete?

Er musste leise lachen, war er inzwischen doch selber einer von ihnen als Bursche seines Hauptmanns.

„Weshalb habt Ihr mich hierher mitgenommen?", fragte Thomas erneut, aus seinen Gedanken auftauchend.

„Na gut, hör zu: Wir werden im Februar in den Norden ziehen und die Katholische Liga unterstützen, wie du weißt. Da brauche ich jemanden an meiner Seite, dem ich nicht alles erklären muss, sondern der ohne viele Worte weiß, was zu tun ist. Dazu musst du aber alles wissen, was ich mache, um verstehen zu können, was ich von dir will. Hierher habe ich dich mitgenommen, weil sich in Aychstätt nicht viele Möglichkeiten bieten, dass du lernst, was noch auf dich zukommen könnte." Der Hauptmann sah ihn eindringlich an. „Außerdem wollte ich, dass du dich nicht weiter und allzu lange in der Nähe des Trossführers aufhältst."

Dem jungen Mann blieb die Spucke weg. So viele Gedanken hatte sich der Hauptmann um ihn gemacht?

Bevor er etwas sagen konnte, öffnete sich die Tapetentür hinter dem Schreibtisch, und ein schon etwas in die Jahre gekommener, in vornehmen dunkelblauen Samt gekleideter Herr trat ein, gefolgt von zwei weiteren Herren, die nicht minder vornehm gekleidet waren. Kurfürst Maximilian hatte ein strenges, blasses Gesicht mit etwas melancholisch wirkenden, dunklen Augen unter einer hohen Stirn. Sein Kinn zierte ein modischer Spitzbart.

Sowohl Thomas als auch sein Hauptmann hatten sich erhoben und standen den drei Herren mit ehrfürchtig gesenkten Häuptern gegenüber, ihre Hüte an die Brust gedrückt. Der Kurfürst begrüßte den Junker freundlich, würdigte Thomas jedoch keines Blickes. Der Diener, der sie hergebracht hatte, winkte zum Zeichen, ihm zu folgen. Thomas warf seinem Herrn einen fragenden Blick zu, den jener mit einem kurzen Nicken beantwortete, bevor er zusammen mit den drei hohen Herren durch die Tapetentür verschwand.

Während Thomas völlig durcheinander hinter dem Diener herlief, kroch ganz langsam etwas in ihm hoch, das ihn die Zähne zusammenbeißen ließ. Ausgelöst wurde dieses Gefühl durch den Geruch, der in den Räumen stand. So elegant die Herren auch gekleidet sein mochten, die sich gegenseitig in ihrer Wichtigkeit zu übertrumpfen versuchten, so sehr stachen ihre Ausdünstungen in die Nase des jungen Mannes.

Es war ein Gemisch aus altem Schweiß, feuchten Kleidern und dem Duft irgendwelcher Ingredienzien, in die sich die Männer förmlich einzuhüllen versucht hatten. Selbst einer der anwesenden Herren hielt sich ungeniert einen Schal vor Mund und Nase, und Thomas schenkte ihm einen verständnisvollen Blick.

Er war froh, als ihn der Diener in den angrenzenden Innenhof winkte.

Thomas holte zuerst einmal tief Luft. Auch im Lager roch es nicht immer angenehm, besonders, wenn der Scheißplatz nicht ordentlich abgedeckt wurde. Aber inmitten des Prunks und des höfischen Gehabes der Männer hätte er etwas anderes erwartet.

All das brachte ihn völlig aus der Fassung.

Und nicht nur das.

Der Hauptmann hatte ihm vor wenigen Minuten gesagt, weshalb er ihn als seinen Burschen hatte haben wollen. Er wusste zwar immer noch nicht genau, welche Aufgaben auf ihn zukommen würden. Aber er wusste, dass es eine hohe Auszeichnung für einen wie ihn war. Einen wie ihn, der aus dem Nichts kam, der vor wenigen Monaten fast sein Leben verloren hätte und mehr oder weniger zufällig jener Frau begegnet war, der er letztendlich das alles zu verdanken hatte. Thomas wäre auch gerne bei Meister Jost geblieben, um weiterhin als Schmied zu arbeiten. Aber der Begleiter von Junker Leonhart Seitz vom Walde zu sein war mehr, als er jemals zu träumen gewagt hätte, gestand er sich ein.

Schade, dass Magdalena das nicht miterleben konnte. Sie wäre sicherlich stolz auf ihn gewesen. Aber die Alma. Er würde zu ihr gehen und diese Neuigkeit mit ihr feiern. Auch wenn sie eine Hure war: Er mochte sie.

Thomas blieb unter dem Türsturz stehen und ließ seinen Blick an den Fassaden der Gebäude entlangschweifen, die den gepflasterten Innenhof umgaben. Unruhiges Licht der fortschreitenden Morgendämmerung fiel auf das Pflaster des Hofes, begleitet von einer lieblichen Musik aus einem der vielen Fenster, der Thomas mit geschlossenen Augen lauschte. So etwas hatte er noch nie gehört, und die leisen Töne ließen ihn alles um sich herum vergessen. Er wünschte sich nichts sehnlicher, als nie wieder aus diesem Traum zu erwachen.

Wie lange er da gestanden und der Musik gelauscht hatte, vermochte er später nicht zu sagen. Leonhart musste ihn dreimal ansprechen, bevor Thomas aus seiner Verzückung erwachte und erschrocken feststellte, dass ihn zwei Augenpaare aus einem der oberen Fenster beobachteten. Sie gehörten zu den hübschesten Gesichtern, die Thomas jemals gesehen hatte. Als er mit offen stehendem Mund zu ihnen hinaufsah, huschten sie wie verschreckte Vögelchen vom Fenster weg und nahmen seinen Traum mit.

„Ich muss mit dir reden", hörte er Leonhart sagen, der ihn unsanft am Arm nahm und zielstrebig durch eine Tür aus dem Innenhof hinaus und in einen langen Gang schob. Sie durchquerten wieder mehrere großartig ausgestattete Räume, bis eine Wache ihnen eine Tür öffnete, die in einen parkähnlichen Garten führte. Thomas war überrascht, wie gut sich der Hauptmann auskannte. Offenbar war er schon öfter in diesen Räumen gewesen.

Heiner und Martl warteten bei den Pferden auf sie. Leonhart zeigte auf seinen Hengst.

„Der Kurfürst möchte sein Gestüt um Pferde wie meines erweitern", sagte er. „Mein Hengst gefällt ihm so gut, dass ich Mühe hatte, ihn behalten zu dürfen. Er hat ihn bei meinem letzten Besuch hier schon bewundert und da wohl bereits den Entschluss gefasst, ihn als Zuchthengst in sein Gestüt aufzunehmen." Er schüttelte missgelaunt den Kopf. „Ich gebe mein Pferd aber nicht her und musste ihm dafür versprechen, einen Hengst wie meinen und mindestens drei oder vier Stuten zu beschaffen und in sein Gestüt zu bringen."

Thomas hatte überrascht die Augen aufgerissen.

„Kann man …", begann er, doch Leonhart unterbrach ihn.

„Mein Hengst stammt aus einem Gestüt im Württembergischen. Ich habe ihn als Dreijährigen dort gekauft, als ich in der Nähe einen Händler besuchte, der mich mitgenommen hat. Es hat mich reichlich Mühe gekostet, bis ich ihn bekommen habe und schließlich auch reiten konnte. Er ist sehr eigensinnig, wie du weißt, und das Gestüt wollte ihn aus mehreren Gründen nicht hergeben. Aber die Mühe hat sich gelohnt. Bislang habe ich kein zweites Tier seiner Qualität irgendwo gesehen." Er hielt kurz inne und schaute mit zusammengekniffenen Lippen zu den wartenden Gefährten und den vier Pferden hinüber. „Der Kurfürst auch nicht."

Thomas trottete mit gesenktem Kopf hinter dem Hauptmann her zu den beiden Männern, die ihnen erwartungsvoll entgegensahen. Er hatte nicht die geringste Ahnung, was ihm der Hauptmann damit sagen wollte. Aber eines verstand er sehr gut: Leonhart würde sich um nichts auf der Welt von seinem Ross trennen, und das war eines von den Dingen, die Thomas an diesem Mann immer mehr zu schätzen wusste.

„Ich kann meine Männer in Aychstätt nicht allein lassen", sagte der. „Wir haben Befehl, uns früher als ursprünglich geplant Graf Johann T'Serclaes von Tilly anzuschließen, der mit seinen Söldnern im Norden gegen den Dänenkönig zieht, wie mir der Kurfürst gerade eröffnet hat. Wenn ich seinem Befehl nicht folge, streicht er uns sofort alle Gelder. Wir werden gleich nach Ingolstadt aufbrechen, wo ich ein paar Dinge zu erledigen habe, bevor wir nach Aychstätt zurückkehren. Außerdem müssen wir dem Herrn Professor diese Papiere von Herrn Mandl übergeben. Für dich habe ich anschließend eine besondere Aufgabe."

Thomas schaute seinen Hauptmann fragend an.

„Es ist nicht sicher, dass sich der Krieg ewig im Norden des Reiches hält. Der Kurfürst und unser Kaiser befürchten, die Auseinandersetzungen mit den Protestanten verlagern sich irgendwann auch in den Süden."

Thomas schluckte. Ganz gleich, wohin sie sich verlagerten: Es bedeutete für viele einen erbitterten Kampf um Leben und Tod. Was bislang weit entfernt gewesen war, rückte mit diesem Satz beinahe in spürbare Nähe. Thomas wusste, dass er über kurz oder lang gezwungen sein würde, sich darin zurechtzufinden. Es jagte ihm einen eiskalten Schauer über den Rücken, der all seine hochtrabenden Gedanken um ein Leben in Wohlstand und Frieden mitriss.

„Das Gestüt, aus dem mein Falbe stammt, soll dem Verlauten nach einige der besten Stuten und Hengste weggebracht und irgendwo versteckt haben", hörte er den Hauptmann weiter sagen. „Man will nicht, dass sie womöglich gestohlen und letztendlich am Spieß hungriger Söldner landen werden, nachdem man es einem von ihnen unter dem Hintern weggeschossen hat. Dazu sind sie einfach viel zu wertvoll." Leonhart wartete, bis Thomas ihm signalisierte, zugehört und bis dahin verstanden zu haben. „Der bairische

Kurfürst und Herzog Johann Friedrich von Württemberg sind nicht gerade die allerbesten Freunde, aber Letzterem gehört das Gestüt, von dem ich spreche. Nachdem ich mein Ross unter keinen Umständen hergeben werde, wirst du dich darum kümmern, dass der Kurfürst bekommt, was er zu haben wünscht."

Thomas schüttelte entrüstet den Kopf.

„Ich bin doch kein Pferdedieb, Herr!"

Leonhart nickte ihm amüsiert zu.

„Wie kommst du denn darauf? Nein. Ich würde auch niemandem befehlen, Pferde zu stehlen, ganz gleich, für wen." Er legte dem Jungen eine Hand auf die Schulter. „Du wirst herausfinden, wo diese Pferde sind und vier oder fünf davon kaufen."

Thomas riss erstaunt die Augen auf.

„Herr?"

„Für mich. Du kaufst sie für mich."

Thomas schüttelte ungläubig den Kopf. Aber bevor er etwas einwenden konnte, fuhr Leonhart fort:

„Du wirst zusammen mit Heiner und Martl reiten. Der Kurfürst vermutet, dass die Tiere irgendwo in der Nähe von Ulm untergebracht wurden. Wenn nicht, stehen auf jeden Fall noch welche im herzoglichen Gestüt Marbach. Da geht ihr zuerst hin."

„Und das Geld?", wollte Thomas wissen, der vor lauter Aufregung fast zu atmen vergessen hätte. „Herr?"

Leonhart seufzte.

„Na gut. Nachdem viele Fürsten in den vergangenen Jahren schlechte Münzen prägen ließen, die nicht einmal den Dreck wert waren, der sich im Laufe der Zeit auf ihnen abgesetzt hat …"

„Kipper und Wipper …“

„Richtig. Vor ein paar Jahren haben sich kluge Köpfe in Nürnberg daran erinnert, dass vor langer Zeit ein Ritterorden eine Möglichkeit gefunden hatte, ohne Geld zu bezahlen. Ein Gedanke, der bereits in anderen großen Handelsstädten wie Hamburg erfolgreich umgesetzt worden ist. Diesen Gedanken also haben zwei Nürnberger 1622 aufgenommen, und einen sogenannten Banco Publico gegründet. Da bezahlen Kaufleute gutes Geld ein, und wenn sie ihre Geschäfte abgeschlossen haben, bekommen ihre Geschäftspartner den Rechnungsbetrag von dort auch in guter Währung ausgehändigt. Bevor ich Hauptmann meiner Truppe wurde, war ich als Kaufmann in Österreich und Deutschland unterwegs, und weil ich mich nicht der Gefahr aussetzen wollte, unterwegs überfallen und ausgeraubt zu werden, habe ich schon länger mit solchen Banken zusammengearbeitet. Es mag überall Krieg sein im Land, aber das Leben geht trotzdem weiter.“

„Ich verstehe nicht …“, wollte Thomas einwenden, aber der Hauptmann schüttelte energisch den Kopf.

„Das mit der Geschäftsabwicklung werde ich dir noch genauer erklären, sobald wir in Aychstätt sind.“

Das war auch nicht der Grund seines Einwands gewesen. Wenn die beiden anderen wussten, wie diese sogenannten Bankgeschäfte abliefen, sollte es ihm recht sein. Was er nicht verstand, war, weshalb der erklärt protestantische Hauptmann dem katholischen Kurfürsten von Baiern Pferde aus dem Gestüt dieses württembergischen Erzherzogs besorgen wollte. Weshalb er überhaupt für den katholischen Kurfürsten arbeitete und damit den katholischen Kaiser als erklärten Feind aller Protestanten unterstützte. Aber nachdem Leonhart weitersprach, behielt er seinen Einwand lieber für sich.

„Ihr werdet die Tiere nach Augsburg zu ehemaligen Geschäftspartnern von mir bringen. Ihr Name ist Fucker. Damit ist eure Aufgabe erledigt. Dort erfahrt ihr dann, wo ich mich inzwischen aufhalte. Solltet ihr wieder zu meinem Trupp stoßen wollen, dann macht das. Wenn ihr es euch anders überlegt, ist es auch in Ordnung."

Thomas schluckte. Er konnte sich einfach nicht vorstellen, dass das alles so einfach gehen sollte, wie es sich anhörte. „Wo liegen denn die Heere dieses Grafen Tilly zur Zeit?", fragte er.

„Auch das zeige ich dir, sobald wir zurück in Aychstätt sind", antwortete Leonhart, der den Grund für diese Frage sehr gut verstehen konnte. „Ich habe eine Karte in meinem Zelt. Da zeige ich dir auch, wie ihr reiten müsst und wo ihr das Gestüt findet."

Thomas holte tief Luft und blies die Backen auf. Er war nicht in der Lage, etwas zu all dem zu sagen.

„Jetzt seht zu, dass wir hier wegkommen. Ich will in spätestens drei, vier Tagen in Ingolstadt sein!", befahl der Hauptmann, als sie bei den beiden Wartenden angekommen waren.

„Ingolstadt?" Heiner überreichte dem Hauptmann die Zügel seines Falben. „Habe ich richtig gehört: Wir reiten nach Ingolstadt?"

„So ist es", bekam er zur Antwort. An Thomas gewandt, fügte Leonhart noch an: „Der Heiner kennt Ingolstadt wie den Inhalt seiner Geldkatze und freut sich ganz bestimmt drauf, die Stätte seines einstigen Wirkens wiederzusehen."

Heiner lachte.

„Den Inhalt meiner Geldkatze kenne ich wahrlich sehr genau!“, pflichtete er dem Hauptmann bei. „So wenig, wie da drin ist?“

Leonhart zog amüsiert die Augenbrauen hoch.

„Und nicht nur das: Er kennt auch den Weg von Aychstätt nach Ulm“, fuhr er dann fort, etwas ernster geworden. „Er wird ihn dir zeigen, falls du ihn vergessen haben solltest.“

Thomas starrte den Hauptmann entsetzt an.

Ulm.

Leonhart wusste also, dass er die drei Frauen in diese Richtung auf den Weg gebracht hatte.

Ohne ein weiteres Wort führte er sein Pferd durch eines der bewachten Tore auf die Straße vor der Residenz. Seine drei Begleiter folgten ihm, Thomas mit hängenden Schultern.

Nein. Er verstand überhaupt nichts.

7. Kapitel

Ingolstadt, im Spätherbst des Jahres 1626

Die vier Männer hatten erneut einen anstrengenden Ritt hinter sich, als an diesem Morgen die schon vor einhundert Jahren zur Landesfestung ausgebaute Stadt vor ihnen auftauchte. Dieses Mal hatten sie sowohl das Dachauer als auch das Moor zwischen Neuburg, Ingolstadt und Pöttmes auf der östlichen Seite umgangen.

Es war sehr kalt geworden, und erste Schneeflocken bedeckten das Land mit einem dünnen weißen Teppich.

Die Stadt lag an der Grenze des Herzogtums Baiern zu Pfalz-Neuburg, auf der Kreuzung der Straßen von Regensburg nach Ulm und von Nürnberg nach München. Das machte sie zu einem wichtigen Ort für den Handel, war aber auch für den bairischen Kurfürsten und die Katholische Liga von strategischer Bedeutung. Außerdem gab es dort eine der wenigen Brücken über die Donau, die es um jeden Preis zu kontrollieren galt.

Die kleinen Ortschaften an der Grenze zwischen den Herzogtümern Pfalz-Neuburg und Baiern bestanden zum großen Teil aus armseligen Behausungen, in denen Kleinbauern ihr nicht minder armseliges Leben fristeten. Das sumpfige Gebiet zwischen den Donauarmen und Zuflüssen im Süden der Stadt war nur bedingt zur landwirtschaftlichen Nutzung geeignet, und doch trotzten die Bewohner der Audörfer dem Boden so viel ab, dass sie überleben konnten.

Viele Menschen waren nicht zu sehen. Die meisten

schienen sich in ihre Häuser zurückgezogen zu haben, manche der Gebäude sahen so heruntergekommen aus, dass man davon ausgehen konnte: Ihre Bewohner waren weggezogen oder verstorben. Es wirkte fast schon ein wenig gespenstisch, und selbst der Martl verkniff es sich, eine seiner Schauergeschichten zum Besten zu geben.

Vor einem Häuschen am Rand des Dorfes Oberstimm, das zum Herzogtum Pfalz-Neuburg gehörte, stand ein junges Mädchen in zerschlissenem Rock, darüber ein nicht minder löcheriges und schmutzstarrendes Hemd. Sie hatte ein von zerzausten Haaren umrahmtes, von der Kälte gerötetes Gesicht und sah den Reitern aus großen Augen neugierig entgegen. Als Thomas an ihr vorbeiritt, hob sie schüchtern grüßend eine Hand, die sie bislang hinter dem Rücken verborgen gehalten hatte. Dann zog sie die andere Hand hervor und streckte dem Reiter ein paar Nüsse entgegen. Walnüsse. Zum letzten Mal hatte er welche von jenem Baum gepflückt, den der Vater anlässlich der Geburt seines Sohnes gepflanzt hatte.

„Da, bitte nimm!“, rief sie Thomas zu, der völlig überrascht sein Pferd angehalten und auf die Nüsse gestarrt hatte.

„Wer bist du denn?“, wollte er wissen, während er sich zu dem Mädchen hinunterbeugte, das ihm ihre Nüsse in die ausgestreckte Hand legte.

„Rosa.“ Sie kniff kurz die Lippen zusammen und schaute verlegen zu Boden. „Willst du mir nicht eine Kupfermünze dafür geben?“, fragte sie leise.

Thomas lachte. Er hatte sich zwar keine Gedanken darüber gemacht, aber ihm hätte klar sein müssen, dass diese Rosa ihm die Nüsse nicht aus reiner Gefälligkeit geben wollte.

Er kramte eine Münze aus seiner Geldkatze und reichte sie ihr.

„Und wer bist du?“, wollte sie wissen, während sie die Münze wie einen Schatz mit beiden Händen umschloss.

„Ich heiße Thomas.“

Er nickte ihr freundlich zu und beeilte sich dann, seine Gefährten einzuholen.

„Kommst du wieder?“, hörte er Rosa rufen und drehte sich im Sattel noch einmal nach ihr um.

„Ja! Aber dann will ich mehr als eine Handvoll Nüsse von dir haben!“

Zwar hatte er eher an ein Huhn oder einen Laib Brot gedacht, die er ihr abkaufen würde, aber wie sie jetzt vor ihrer ärmlichen Behausung stand und ihm aus großen Augen nachsah, wusste er, dass sie seinen Zuruf auch anders verstanden haben könnte.

Kurz darauf wurden die Reiter an der Sonnenbrücke südlich von Ingolstadt aufgehalten, wo sich das pfalz-neuburgische Zollhaus befand. Man ließ sie jedoch ohne Weiteres passieren, nachdem Leonhart sich ausgewiesen und Leo Menzel, den Moritzpfarrer und Prokanzler der Ingolstädter Universität, als Ziel angegeben und eine Empfehlung des kurfürstlichen Generalsekretärs präsentiert hatte.

„Den alten Professor findet Ihr wahrscheinlich irgendwo in seiner Kirche, wenn er nicht gerade an der Hohen Schule unterrichtet“, ließ ihn einer der Wachhabenden wissen. „Im Pfarrhaus ist er jedenfalls selten anzutreffen.“

Leonhart bedankte sich und winkte seine Männer zum Aufbruch, die von ihren Pferden gestiegen waren und etwas abseits gewartet hatten.

„Alt ist der Professor also geworden“, sinnierte Heiner

laut vor sich hin. „Ist ja schon eine Zeit her, dass ich ihn das letzte Mal gesehen habe."

„Ob er dich erkennt?", fragte der Martl.

Heiner zuckte die Schultern.

„Das glaube ich nicht. Der hat so viele Studenten gesehen, da ist ihm einer wie ich vermutlich kaum aufgefallen. Außerdem habe ich seine Vorlesungen ja nur ein paarmal besucht. Seinen Bruder kenne ich besser, einen Medicus. Der hat ab und zu mit uns jungen Kerlen ein Bier getrunken und ein bisschen gewürfelt."

Zuerst waren über die Stadtmauer hinweg die beiden bislang unvollendet gebliebenen Türme des Münsters zu sehen, dann tauchten nach und nach auch die Dächer und Türme eines Schlosses und etlicher stolzer Bürgerhäuser darüber auf. Von irgendwo war das Läuten einer Glocke zu hören.

Zusammen mit den vier Reitern strebten noch etliche andere Leute der Stadt zu. Die meisten unter ihnen waren Händler mit ihren Karren, die sie zum Teil selber zogen. Auch ein paar Bauern waren zu sehen. Woher sie die in Körben und Käfigen mitgeschleppten Tiere und das Gemüse haben mochten, erschloss sich Thomas nicht. Er hatte unterwegs nur zum Teil sehr kleine, allesamt jedoch längst abgeerntete Felder gesehen, die nicht danach aussahen, als hätten sie reichlich Frucht getragen. Er vermutete, dass diese Menschen versuchten, aus purer Not auch das in bare Münze umzuwandeln, was in ihren eigenen Gärten gediehen war und was sie dort ursprünglich mühsam für den eigenen Haushalt gezogen hatten.

Auch eine Gruppe Söldner überholte sie, die Ingolstadt zu Fuß zustrebten und den Farben ihrer Schals zufolge dem bairischen Kurfürsten unterstellt waren. Außerdem waren Männer und Frauen unterwegs, die mit Schaufeln und Spaten ausgerüstet waren. Schanzenbauer, wie Heiner die übrigen drei Männer wissen ließ.

Ingolstadt rüstete sich für alle Fälle.

Auch hier sah man also der Entwicklung im Norden mit Bangen entgegen. Noch hatte man nur mit Hunger und Krankheit zu kämpfen, und das war schon schwer genug. Aber die Nachrichten von den Gräueln, denen manche Städte und Dörfer und ihre Bewohner ausgesetzt waren, hatten ihren Weg längst nach Baiern gefunden. Man wollte nicht unvorbereitet sein und solches Übel so weit und gut es ging von der Stadt fernhalten.

Heiner zeigte mit ausgestrecktem Arm nach links, wo die beiden mächtigen Türme des Münsters über die Mauer und Dächer der Stadt ragten.

„Das Münster Zur Schönen Unserer Lieben Frau, oder ganz einfach das Liebfrauenmünster“, sagte er. „Als diese Kirche gebaut wurde, hat der Teufel vom Baumeister verlangt, dass sie nicht vollendet wird“, wusste er zu erzählen. „Der hat sich davon aber nicht beeindrucken lassen und fleißig weitergebaut. Als der Teufel das gesehen hat, hat er vor lauter Zorn einen großen Stein aufgehoben und gegen das Bauwerk geworfen, um es zu zerstören, verfehlte es jedoch um Haaresbreite.“

Thomas schüttelte lachend den Kopf. Er hatte unterwegs so viele zum Teil haarsträubende Geschichten gehört, dass er keine davon mehr glauben wollte.

„Sie ist ja nicht vollendet“, wandte er ein und zeigte auf die beiden Türme. „Er hat also gewonnen, der Herr der Finsternis, wenn deine Geschichte stimmen sollte!“

„Ja, noch ist sie nicht fertig“, gab Heiner zu. „Aber darum geht es doch überhaupt nicht, sondern darum, dass jemand dem Teufel getrotzt hat! Ich zeige dir auch den Stein, wenn du mir nicht glaubst“, schlug er vor, als er den skeptischen Gesichtsausdruck seines Kameraden sah. „Der liegt noch immer neben der Kirche, wo er im Erdreich stecken geblieben ist. Den traut sich niemand anzufassen, geschweige denn, von da wegzunehmen.“

„Ich will ihn auch nicht haben“, gab Thomas achselzuckend zurück. „Ich würde viel lieber dieses Ingolstädter Bier probieren wollen, von dem du so beeindruckt bist.“

Heiner hob lachend die Hand.

„Das wird sich machen lassen“, sagte er und deutete auf den vorausreitenden Hauptmann. „So er will.“

Kurz darauf überquerten sie die Donaubrücke im Süden der Stadt und erreichten über einen kahlen Uferstreifen und einen der kleinen Zuflüsse und Seitenarme des Flusses das gut bewachte Stadttor. Sie mussten warten, bis die Wächter einen Mann mitsamt seiner Familie und deren mit allerlei Werkzeug beladene Karre abgefertigt hatten, bevor man sie vorließ.

Thomas schaute nach oben. Über dem Tor prangte ein in Stein gehauenes doppeltes Wappen mit einem feuerspeienden Ungeheuer auf der einen und den Rauten des bairischen Kurfürsten auf der anderen Seite.

„Das ist ein Panthertier“, belehrte ihn Heiner. „Das Wappentier der Stadt.“ Der ehemalige Ingolstädter Studiosus zeigte nach vorne die Straße entlang. „Und der spitze Kirchturm dort gehört zur Moritzkirche, auch Untere Pfarr genannt. Da müssen wir hin.“ Und gleich darauf: „Das daneben ist der Wachturm der Stadt, der Pfeifturm. Der

Türmer hält Tag und Nacht Ausschau nach Bränden und anderen Gefahren und zeigt sie den Bürgern durch laute Pfiffe an. Siehst du den Jesus da oben an der Ecke? Den hat der gelehrte und fromme Petrus Steuartius zum Gedenken an die Leiden Christi dort anbringen lassen." Er zeigte zu dem Standbild hinauf. „Angeblich hatte der Christus zuerst die Hände vor der Brust gefaltet, aber entsetzt ausgebreitet, als ein besoffener Student in der Gasse vor ihm gotteslästerlich geflucht hat."

Thomas seufzte abgrundtief, während Heiner begeistert immer neue Kenntnisse über Ingolstadt weitergab, die er während seines kurzen Studiums erworben hatte. Seine Gedanken schweiften ab und kehrten zurück zu der Erinnerung an die großen Augen des Mädchens aus Oberstimm, das nach wie vor in seinem Kopf umhergeisterte.

Rosa.

Sie lebte in einer recht armseligen Behausung. Und er? Er hatte nicht einmal das.

Ein weiteres Bild tauchte vor seinem inneren Auge auf. Der Hof seiner Eltern. Ein gutes Zuhause hatten sie gehabt, in dem er und seine Geschwister aufgewachsen waren. Einen Stall mit vier Stück Vieh, Hühnern, Gänsen und einem Schwein. Und einem Pferd. Es war nicht so schön gewesen wie das des Hauptmanns, war ja auch kein Reittier. Aber es hatte dem Vater viel Arbeit abgenommen. Als die marodierenden Söldner über das Dorf herfielen, hatten sie den Vater gezwungen, ihnen das Pferd zu überlassen. Er war der Ortsvorsteher gewesen und hatte geglaubt, damit sei alles erledigt. Für ihn, seine Familie und das Dorf.

Wie sehr er sich getäuscht hatte, musste er kurz darauf erfahren. Weder er, seine Frau, seine beiden Töchter noch die übrigen Bewohner des kleinen Dorfes hatten den Überfall überlebt. Nur Thomas.

Er wischte sich mit der Hand über die Stirn, um das Bild seines Elternhauses und dessen, was darin geschehen war, wieder loszuwerden. Dann atmete er tief durch und schaute vorsichtig zu Heiner hinüber, der ihn schweigend beobachtet hatte. Er schien zu ahnen, was in ihm vorging. Thomas kniff die Lippen zusammen und wandte sich dann den beiden vorausreitenden Männern zu. Er hatte nur mit Magdalena über das sprechen können, was ihn wohl sein Leben lang verfolgen würde, und dabei würde es auch bleiben.

Während sie auf die Moritzkirche zuhielten, begleitete sie der Geruch einer Stadt, deren Bewohner nicht sehr viel auf Reinlichkeit zu halten schienen. Rinderkot und Pferdeäpfel bedeckten den Boden, deren Gestank sich mit dem anderer verrottender Abfälle vermischte. Die Menschen waren nicht gerade ärmlich gekleidet, aber man sah ihnen an, dass auch sie unter der schlechten Ernte litten. Die voll beladenen Karren der fahrenden Händler konnten darüber nur mäßig hinwegtäuschen.

Moritzpfarrer Leo Menzel war tatsächlich in der Kirche, wo er mit ein paar Studenten über die Statik des Baus diskutierte. Als er Leonhart mit seinen Männern hereinkommen sah, ging er freudig auf sie zu.

„Kommt Ihr wegen der Ausschreibung …“ Er unterbrach sich, als Leonhart vor ihm stand. „Ah, Ihr seid in einem anderen Auftrag da“, stellte er angesichts der eher militärisch anmutenden Bekleidung des Hauptmanns fest. „Hat Euch der Fürstbischof geschickt?“

Leonhart verneinte, bestätigte aber die weitere Vermutung

des Professors, dass sie in Aychstätt lagerten, und bat Thomas, ihm die Schriften des Generalsekretärs Mandl zu reichen. Menzel nahm sie überrascht entgegen und blätterte kurz darin.

„Das ist ja eine Freude!“, rief er. „Dass er daran noch gedacht hat, der gute Mandl. Vielen Dank. Sie werden einen Ehrenplatz in meiner Bibliothek bekommen.“ Bei einem skeptischen Blick auf die drei Begleiter des Hauptmanns wollte er wissen: „Werdet Ihr in der Stadt bleiben?“ Offenbar missfiel ihm der Gedanke, noch mehr Söldner zwischen den immer unruhigen Studenten zu wissen, als ohnehin schon da waren.

„Nein. Es ist noch ein gutes Stück Weg bis Aychstätt. Wir waren lange genug vom Lager weg, ich will vor Einbruch der Dunkelheit zurück sein.“ Er wandte sich zu seinen Begleitern um. „Das Aychstätter Bier schmeckt nicht minder gut als das Ingolstädter!“

Der Pfarrer schüttelte schmunzelnd den Kopf.

„Nachdem sowohl die Ingolstädter als auch die Aychstätter Biere nach dem Ingolstädter Reinheitsgebot von 1516 gebraut werden, sollte es da keinen großen Unterschied geben. Was aber von Bierkennern immer wieder heftig diskutiert wird.“ Er zwinkerte dem Hauptmann verschwörerisch zu. „Man muss selber herausfinden, welches Bier einem besser mundet.“

„Der Unterschied ist nur, dass man in Ingolstadt sein Bier zusammen mit ein paar lustigen Gesellen trinken kann, denen der Sinn bestenfalls nach einer harmlosen Rauferei steht“, murmelte Heiner. „In Aychstätt muss man aufpassen, wer neben einem sitzt.“

Thomas wusste, dass Heiner sehr gerne noch dageblieben

wäre, um in alten Erinnerungen zu schwelgen. Den Nachsatz verstand er erst, als er in sein grimmiges Gesicht schaute.

Der Hauptmann verabschiedete sich von dem Professor. Er winkte seine drei Begleiter zur Seite, die wie festgewachsen unter dem Kirchenportal standen, um an ihnen vorbei ins Freie zu gelangen.

„Also gut: Einen Krug Bier, während ich mich auf den Weg zu den Bürgermeistern mache. Dann müssen wir uns beeilen, damit wir heute noch unser Lager erreichen!“, sagte er und zeigte auf Heiner. „Du weißt, wo das nächste Brauhaus steht. Aber ich will keinen von euch besoffen bei irgendwelchen Raufereien erwischen!“

8. Kapitel

Zurück im Lager zu Aychstätt, November 1626

Den vier Reitern war schnell klar, dass etwas nicht stimmte, als sie am Abend im Söldnerlager eintrafen. Es herrschte eine seltsame Anspannung.

„Man hat die drei Bäckerinnen gefunden, die aus dem Lager verschwunden sind“, erfuhren sie von einem der Männer, der neugierig herbeigelaufen kam. Er warf einen vorsichtigen Blick zu Thomas hinüber. „Der Trossführer hat noch mal ein paar berittene Männer hinter ihnen hergeschickt, nachdem die ersten ohne Erfolg zurückgekehrt sind. Die haben sie wohl auch zu fassen bekommen. Die eine, auf die er es besonders abgesehen hatte, hat sich gewehrt wie eine Wildkatze.“ Er lachte und schaute sich Beifall heischend um. Aber niemand lachte mit. „Im Gerangel sind die beiden anderen entkommen“, fuhr er um einen sachlichen Ton bemüht fort. „Die eine, der nachgesagt wird, eine Hexe zu sein, hat ein Waffenstreich böse erwischt, sodass sie totgefallen ist. Die Männer haben sie liegen gelassen und nur ihren Rock mitgenommen. Den haben sie dem Trossführer gegeben zum Zeichen dafür, dass sie wahr gesprochen haben.“

Heiner schüttelte fassungslos den Kopf.

„Weshalb ist das ganze Söldnerlager jetzt in Aufruhr?“, wollte er wissen. „Nur, weil man ein Weibsbild erschlagen hat, das vom Tross weggelaufen ist, wird sich hier doch niemand so aufregen!“

Der Mann warf erneut einen schnellen Blick zu Thomas hinüber, der mit zusammengezogenen Augenbrauen schweigend zuhörte.

„Vor drei Tagen wurde eines der Hurenweiber aus dem Tross von den Bütteln aufgegriffen, das, wie es heißt, anstelle des anderen Weibsbildes, von dem ich erzählt habe, auf der Hinteren Waschette Teufelsbuhlschaft getrieben haben soll." Er schluckte und wich dem Blick seines Hauptmanns aus, der jetzt dazugekommen war und ihn finster ansah. „Sie wird in Aychstätt verhört."

Leonhart gab ihm mit einer unwirschen Geste das Zeichen, den Mund zu halten. Der Kerl gehorchte achselzuckend, bevor er sich unter die übrigen Männer mischte, die abwartend näher gekommen waren.

„Du hast gehört, was er gesagt hat?", wandte der Hauptmann sich an Thomas, der dem Gespräch mit bestürzt aufgerissenen Augen gefolgt war. Magdalena war tot? Das konnte doch nicht wahr sein! Da war sie knapp dem Tod auf dem Scheiterhaufen entkommen und lag jetzt irgendwo wie eine Ratte erschlagen am Straßenrand, wie der Kerl gesagt hatte. Was war der Unterschied?

Bevor er etwas sagen konnte, drehte der Hauptmann sich um und fuhr seine Männer an: „Herrgott noch mal, wir müssen noch eine Zeit lang hier ausharren, bevor wir weiterziehen können. So lange werdet ihr gefälligst Ruhe geben, habt ihr mich verstanden? Wenn ihr der Meinung seid, euch aufführen zu müssen wie eine gackernde Schar Hühner, steht euch frei, eurer Wege zu gehen. Ich kann keine Männer brauchen, die sich wegen ein paar Weibern gegeneinander aufstacheln lassen!"

Für seine Lautstärke war der Hauptmann erstaunlich ruhig

geblieben, fand Thomas. Allerdings kannte er Leonhart inzwischen und wusste, dass er innerlich vor Zorn darüber bebte, was der Trossweibel angerichtet hatte. Die meisten der Anwesenden schienen sich darüber zu freuen, dass durch diese Gräueltaten etwas Abwechslung in das langweilige Trossleben kam. Jetzt galt es, wieder Ordnung und Ruhe ins Lager zu bringen, um nicht die Aufmerksamkeit des Fürstbischofs zu erregen. Es wäre nicht im Sinne des Hauptmanns gewesen, dass unter Truppe und Tross nach weiteren Fällen von Teufelsbuhlerei gesucht wurde, die das gesamte Lager spalten würden. Wenn diese Kluft nicht bereits bestand.

„Der Kurfürst hat inzwischen den Befehl ausgegeben, das Lager noch vor Jahresfrist aufzulösen und nach Norden zu ziehen, wo wir uns einem der kaiserlichen Heere um General Tilly anschließen sollen“, fuhr er fort. „Tilly stand im August erfolgreich bei einem Flecken namens Lutter am Barenberge gegen die Streitmacht des dänischen Königs, den es jetzt weiter in seine Grenzen zurückzuweisen gilt.“ Es war nicht nur für Thomas offensichtlich, dass der Hauptmann die Aufmerksamkeit seiner Männer auf Wichtigeres lenken wollte als das Gerede um die davongelaufenen Weiberleute. Er war der Hauptmann einer kleinen Truppe, nicht der Trossweibel. „Oder nach Osten, wo General Albrecht von Waldstein mit seinen Männern ein Winterquartier bezogen hat. Wer mitkommen will, meldet sich bei meinem Schreiber, der euch auf der Soldliste notiert. Wer das nicht will, mag gehen. Sold bekommen nur diejenigen, die mit mir ziehen.“ Er zeigte auf Heiner, der etwas abseits stand und seinen Hauptmann überrascht ansah. „Heiner ist ab heute mein Schreiber“, stellte er klar. Als sich allgemeines Gemurmel vernehmen ließ, hob der Hauptmann die Hand. „Das Geld bekommt ihr erst, wenn wir ein neues Lager aufgeschlagen haben und ich ganz sicher weiß, wer mit dabei ist."

Thomas, der dem Ganzen bislang unbewegt zugehört hatte, zog die Schultern hoch. Er war froh, dass Heiner das übernehmen musste. Er selber konnte ja bestenfalls seinen Namen schreiben. Das bedeutete allerdings, dass jener ihn nicht zu diesem Gestüt begleiten konnte. Oder hatte der Hauptmann das Unternehmen schon wieder vergessen? Wäre ihm ganz recht.

Wie Thomas wusste, kam es oftmals vor, dass sich Männer in ein Regiment oder einen Haufen wie den hier einschreiben und sich ihr Handgeld auszahlen ließen, um dann heimlich wieder zu verschwinden. Dem galt es entschieden entgegenzutreten. Die Kassen waren seit Langem nicht mehr so gut gefüllt wie am Anfang der Auseinandersetzungen. Es galt, hauszuhalten. Und darin war Junker Leonhart wirklich gut.

Viele unter seinen Männern waren Söldner geworden, weil sie kein Geld und keine Heimat mehr hatten, geschweige denn einer Arbeit nachgehen konnten. Mindestens genauso viele waren allerdings auch Söldner geworden, weil sie Spaß am Morden, Plündern und Brandschatzen gefunden hatten und obendrein das ungezügelte Leben als Söldner liebten. Dass sie hier einigermaßen in Ruhe leben konnten, war ihnen anfangs ganz recht gewesen. Gerade in der letzten Zeit jedoch fielen immer wieder einige Männer durch Raufereien auf, oder weil sie im Suff und vor lauter Langeweile anderen Unfug trieben. Sie waren es offenbar müde geworden, tatenlos herumzulungern, statt ihrer Berufung nachzugehen: dem Kampf und dem Plündern. Wichtig für Leonhart war, dass nur Männer in der Truppe blieben, auf die er sich verlassen konnte. Wenn der Hauptmann sich einem der großen Generäle unterstellen musste, war Gehorsam das alleroberste Gebot.

Heiner kannte sich damit besser aus als er, das wusste Thomas. Schon aus dem Grund war es gut, dass der die Aufgabe des Schreibers übernahm.

Die Versammlung löste sich nur zögerlich auf. Leonhart wies Heiner an, sich einen Platz zu suchen, an dem er diejenigen erfassen konnte, die mit dem Hauptmann weiterziehen wollten. Der verlor kein Wort darüber, dass er ursprünglich mit ins Württembergische hätte reiten sollen. Offenbar war ihm die jetzt zugeteilte Arbeit als Schreiber lieber.

Thomas zog sich in sein Zelt zurück. Er wollte allein sein mit seinen Gedanken darum, dass Magdalena irgendwo erschlagen lag.

Magdalena.

Was für eine Wut musste der Trossführer auf diese Frau noch immer haben, die sich nicht wie die anderen Weiber wehrlos ihrem Schicksal ergeben, sondern sich der Willkür des grobschlächtigen Mannes widersetzt hatte.

Einer der Gründe dafür, weshalb sie schließlich zusammen mit den beiden Bäckerinnen aus dem Tross verschwand, war doch, dass sie um ihr Leben fürchten musste.

Ohne großes Interesse hörte er später am Lagerfeuer zu, was die Kameraden zu diesem Grafen Tilly und Albrecht von Waldstein zu erzählen hatten, von dem Leonhart gesprochen hatte. Dass Letzterer ein böhmischer Katholischer sei, der den Kaiser als Feldherrn überzeugt habe, weil er innerhalb kürzester Zeit ein Heer von mehreren zigtausend Mann zusammengestellt und finanziert hatte. Jetzt sei er wie der oberste Heerführer der Liga, General Johannes von Tilly, auf dem besten Weg, den Protestanten das Gruseln zu lehren. Der eine im Norden, der andere im Osten. Allerdings wurde auch gemunkelt, dass dieser Albrecht von Waldstein mit seinen eigenmächtigen Entscheidungen nicht immer in der Gunst des Kaisers stehe.

Der aus Brabant stammende General Tilly hingegen hatte zwar eine Niederlage gegen den evangelischen Heerführer Mansfeld einstecken müssen, sich aber beim Kaiser schnell wieder beliebt gemacht, weil er aus weiteren Schlachten als Sieger hervorgegangen war.

Einem der beiden Feldherren also konnten sich die Männer aus dem Söldnertrupp Leonharts anschließen, sobald sie das Lager über Aychstätt geräumt hatten. Aber zunächst galt es, die Zeit bis zum Jahreswechsel zu überstehen. Da ging es ihnen mit Sicherheit besser als manch anderer Einheit, deren Männer den Gerüchten im Lager zufolge nur noch durch Plünderungen oder Kontribution belagerter Städte überleben konnten. Außerdem war längst bekannt geworden, dass in den Truppen der beiden großen Generäle die meisten Söldner nicht im Kampf fielen, sondern von Hunger, Kälte und Krankheit dahingerafft wurden.

Das gute Leben der kleinen Einheit von Hauptmann Leonhart würde sich ändern, sobald sie ihr Lager verließen, und was ihnen dann bevorstand, konnten sie alle nur ahnen. Das Ende ihrer ruhigen Zeit auf dem Hasenbuck über Aychstätt stand kurz bevor.

„Hast du gehört, was die Männer sich erzählen?“

Heiner hatte seinen Kopf in Thomas’ Zelt gesteckt, in das jener sich inzwischen zurückgezogen hatte, und war auf dessen Wink hereingekommen.

„Die Bauern in deiner alten österreichischen Heimat haben ihren Kampf gegen den Kaiser verloren.“ Nachdem Thomas nur regungslos dasaß und ihn anstarrte, fuhr er fort: „Unser Hauptmann hat erfahren, dass es mehrere erfolgreiche Aufstände im Land ob der Enns gegeben hat, aber dann mussten die Bauern gegen eine Überzahl bestens ausgerüsteter Männer bei Efferding aufgeben.“

„Efferding?“

„Kennst du den Ort?“

„Mein Vater stammte aus Efferding. Er ist lange tot, und ich bin froh, dass er das nicht auch noch miterleben musste.“

Heiner hatte sich zu Thomas auf dessen Lager gesetzt und müde den Kopf in die Hände gestützt.

„Ich hätte so gerne in Ingolstadt weiterstudiert“, sagte er leise. „Wollte so gerne eines Tages nach Hause zurückkehren, die Geschäfte meines Vaters weiterführen und ein hübsches Mädchen ehelichen, das mir eine Schar Kinder gebären sollte.“

„Dazu musstest du studieren?“, fragte Thomas ungläubig.

„Mein Vater wollte es so“, antwortete Heiner. „Er hat selber in Ingolstadt studiert und war der Meinung, das bringe Ansehen bei seinen Geschäftspartnern.“

„War?“

„Er wurde auf der Rückkehr von einem Besuch in unserer Nachbarstadt von Wegelagerern überfallen, ausgeraubt und erschlagen.“

„Dann war dein Vater wohl ein reicher Mann“, sinnierte Thomas vor sich hin.

„Nicht sehr reich, aber es hat allemal gereicht“, antwortete Heiner. Leise fuhr er fort: „Nachdem mein Vater tot war, hatte ich kein Geld mehr zum Weiterstudieren, meine Mutter hat das Geschäft aufgegeben. Sie wollte und konnte es nicht allein weiterführen und hat mich im Gegensatz zu meinem Vater nicht für fähig gehalten, dessen Stelle einzunehmen. Sie hat aber auch nicht geschafft, es zu verkaufen. Also bin ich zunächst in der Stadt geblieben und habe mich da und dort mit Kartenspielereien durchgeschlagen, die ich von den Ingolstädter Studiosi gelernt habe. Eines Tages bin ich an ein paar Söldner dieses Trupps hier geraten, die mich fragten, ob ich mitkommen wollte. Da war mein Auskommen sicherer als bei den kleinen Gaunereien mit den Karten. Deshalb bin ich hier.“ Er zwinkerte Thomas freundschaftlich zu. „Ist nicht das Schlechteste, glaub mir.“

Daran bestand auch für Thomas kein Zweifel, solange sie ihr Lager hier noch hatten. Wie es im Angesicht eines feindlichen Heers aussah, wollte er sich nicht ausmalen. Allerdings hatte er so oder so bereits auf dem Weg von München zurück den Entschluss gefasst, nicht für immer unter den Söldnern zu bleiben. Ganz gleich, wie der Hauptmann das sehen mochte: Sein Herz gehörte dem Schmiedehandwerk.

„Willst du nicht eines Tages wieder so leben wie früher, in deine alte Heimat zurückkehren?“, fragte er.

„Wollen?“, fragte Heiner zurück. „In diesen Zeiten nützt wollen leider überhaupt nichts.“ Er seufzte. „Du hast es doch gehört: Ich habe keine Heimat mehr.“

Am nächsten Tag hielt es Thomas nicht länger im Söldnerlager. Zur Mittagszeit machte er sich auf den Weg hinüber zum Tross. Er wollte unbedingt wissen, um wen es sich bei der Hure handelte, die von den Bütteln abgeholt worden war. Eine dunkle Ahnung trieb ihn an, es könnte sich dabei um die Alma handeln. Dem Trossführer war zuzutrauen, dass er sich an ihr anstelle Magdalenas rächte. Der hatte inzwischen mit Sicherheit längst erfahren, dass das Mädchen auch mit ihm zusammen gewesen war, und rächte sich jetzt an ihr. Dabei hatte sie überhaupt nichts mit allem zu tun! Wenn dem so war, wollte er wenigstens wissen, wohin man sie gebracht hatte und was mit ihr geschehen sollte. Vielleicht war sie ja auch schon wieder zurück?

Als er ins Lager kam, war er sprachlos. Es hatte sich natürlich auch hier herumgesprochen, dass Hauptmann Leonhart das Lager noch vor Jahreswechsel anstatt erst im Februar des kommenden Jahres auflösen würde. Offenbar hatte niemand mehr Interesse daran, ein wenig Ordnung zu halten. Überall lag Unrat herum, Kinder spielten im Dreck neben dem Scheißplatz, der trotz des kalten Wetters längst mit Erde bedeckt und woanders neu ausgehoben hätte werden müssen. Die Hütten und Zelte der Trossleute boten einen so jämmerlichen Anblick, dass Thomas sich fragte, wie deren Bewohner die kommenden Wochen überstehen wollten. Das ganze Lager sah völlig verwahrlost aus. Der Trossweibel hatte wohl anderes zu tun, als sich um seine Aufgabe zu kümmern.

Am Rand des Lagers, da, wo die Huren ihre Hütten errichtet hatten, blieb Thomas wie vom Donner gerührt stehen. Almas kleine Hütte war völlig zerstört, ihre Sachen lagen verstreut um die Überreste dessen herum, was einmal ihre Behausung gewesen war. In den Resten einer erkalteten Feuerstelle davor waren bunte Glasperlen zu sehen, die zu ihrer Halskette gehört hatten. Er bückte sich, um ein paar davon aufzusammeln.

Drei Weiber standen ängstlich aneinandergedrückt am Waldrand und schauten ihm dabei zu. Er erkannte in ihnen die anderen Hurenweiber, die an jenem Abend mit der Alma am Feuer gesessen hatten, als er zu ihr gegangen war. Jetzt hatten sie ganz offensichtlich Angst.

Also doch Alma, wie er befürchtet hatte.

„Oswald, was hast du getan?“, brüllte Thomas und drehte sich auf den Absätzen seiner Stiefel wütend im Kreis. Der Trossführer war nirgends zu sehen. Es herrschte plötzlich eine beängstigende Stille.

„Was hast du getan?“, schrie er erneut und trat wütend in den Dreck.

„Du machst viel Aufheben um ein verdorbenes Weibsbild“, ließ sich die Stimme eines Mannes hören, der aus einem Spalt seines Zeltes zu ihm herüberspähte. Es war der Trosspfaffe. „Was hast du mit ihr zu schaffen?“

Thomas fuhr auf ihn zu und riss die Plane weg, hinter der sich der Mann verborgen hielt. Der fuhr erschrocken zurück.

„Wo ist sie?“, schrie er ihn an. „Warum hat man sie mitgenommen? Hast du auch damit zu tun?“ Er zeigte zu der zerstörten Hütte hinüber.

„Weißt du es nicht? Die Büttel haben sie abgeholt, und wie es scheint, zu Recht“, gab der Mann ungerührt zurück und versuchte, Thomas vom Eingang seines Zeltes wegzuschieben.

„Ist sie noch in den Händen der Büttel?“, wollte Thomas aufgebracht wissen. „Was haben die mit ihr vor?“

„Was willst du von ihr? Sie ist nur eine Hure. Von denen gibt es hier noch ein paar mehr, nimm sie dir alle, verschwinde und lass mich in Ruhe!“ Er schlug mehrere Kreuze hintereinander und streckte dann die Hände in die Höhe. Als wolle er predigen, verkündete er: „Wer sich der Hexerei schuldig macht wie das Weibsbild, das aus dem Tross verschwunden ist und ganz offensichtlich über dich auch jenes angesteckt hat, das jetzt die Büttel abgeholt haben, den straft unser gerechter Gott und Herr! Seine Gnade und Barmherzigkeit ist mit all jenen, die ein gottgefälliges Leben führen, sein Zorn aber richtet sich gegen diejenigen, die sich dem Herrn der Finsternis zugekehrt haben!“

Dem stimmte ein weiterer Mann mit einem „Amen!“ zu, und schließlich fielen ein paar Frauen aus dem Tross in Beschimpfungen ein, die ihnen wohl längst auf der Zunge gelegen hatten und die jetzt eine Möglichkeit fanden, herausgeschrien zu werden.

„Wohin haben die Büttel Alma gebracht und warum?“, wiederholte Thomas unbeeindruckt seine Frage. Der Trosspfaffe hatte sich wieder ins Innere seines Zeltes zurückgezogen und stand mit vor der Brust verschränkten Armen da.

„Ich sagte es dir doch schon: Das Hurenweib ist eine Hexe wie das andere Weibsbild, das sie auf der Flucht ergriffen und erschlagen haben. Auf der Hinteren Waschette hat sie sich herumgetrieben, der Trossweibel hat sie dort bei ihrem schändlichen Treiben beobachtet.“ Der Geistliche schlug erneut ein Kreuz. „Liederlichen Weibern wie diesem muss Einhalt geboten werden, damit sie keinen Schaden anrichten können! Dieses Natterngezücht gehört ausgerottet! Der Fürstbischof tut gut daran, sie auf den Scheiterhaufen zu bringen, um ihre verdammte Seele durch Feuer zu läutern.“

„Sie ist eine Hexe!“, ließ sich ein Mann hören. „Auf den Scheiterhaufen mit ihr!“

„Was wolltest du jetzt von ihr? Gehörst du auch zu denen, die es mit den Weibern auf dem Hexenplatz treiben wollen?“, kam es lauernd aus dem Zelt. „Dazu kommst du zu spät.“

Thomas verschlug es die Sprache. Der Hexentanzplatz! Wenn das stimmte: Was hatte dieses dumme Weibsbild auf der Hinteren Waschette zu suchen gehabt? Sie wusste doch, welche Gerüchte über diesen Teil des Hasenbucks kursierten!

Inzwischen waren immer mehr Menschen aus ihren Zelten und Hütten gekommen und beobachteten das Geschehen gespannt.

Thomas drehte sich nach den drei Weibern um, die noch immer eng aneinandergedrückt am Waldrand standen. Sie wichen ein paar Schritte weiter zurück, die Köpfe zwischen die Schultern gezogen. Er ließ die Plane los, die er noch mit einer Hand zurückgezogen hielt, und ging zu ihnen hinüber, ohne auf das weitere Lamentieren des Pfaffen einzugehen.

„Was ist hier los?“, donnerte in diesem Augenblick die Stimme des Trossführers über den Platz. Thomas fuhr herum. Oswald stand breitbeinig am Ende einer Gasse, die sich zwischen den neugierig herumstehenden Menschen gebildet hatte, die Fäuste in die Hüfte gestemmt. Sein Gesicht war hochrot angelaufen, die Haare standen schmutzig und zerzaust um seinen Kopf, seine Wieselaugen richteten sich starr auf sein Gegenüber. Er hatte ein löcheriges, fellenes Wams über sein Hemd gezogen, seine Beine steckten in ledernen Hosen über verschlissenem Schuhwerk.

‚Er sieht aus wie ein Abgesandter der Hölle‘, schoss es Thomas durch den Kopf. Er ahnte in diesem Augenblick, dass es keine Möglichkeit für ihn geben würde, diesem Unhold zu entkommen.

Thomas stand am Ende der Gasse, die die Trossleute zwischen ihm und dem Trossführer gebildet hatten, und glaubte, die Zeit sei stehen geblieben. Seine Finger umklammerten die Glasperlen, die er aus Almas erloschener

Feuerstelle geklaubt hatte. Eine unbändige Wut stieg in ihm auf. Was auch immer dieser Unmensch geplant hatte: Er musste sich dem Ungeheuer stellen, zu dem Oswald für ihn geworden war.

Thomas suchte über die Köpfe der Menschen hinweg nach Jost, dem Einzigen, der ihm helfen konnte. Aber der Schmied schien nicht unter ihnen zu sein. Der hätte sie alle um gut einen Kopf überragt, den hätte er sofort ausgemacht. Auch der vertraute Ton seines Schmiedehammers war nicht zu hören. Wo war er?

„Was ist hier geschehen?", fragte er, um einen ruhigen Tonfall bemüht. Er wollte auf keinen Fall als Angreifer gelten, sondern wie sein Hauptmann zwar bestimmt, aber nach außen hin unaufgeregt wirken.

„Was geschehen ist?", wiederholte der Trossführer, ohne sich von der Stelle zu rühren. „Das Hurenweib wurde auf dem Hexenplatz erwischt, wo sie wohl auf ihren Teufelsbuhlen gewartet hat!", schrie er zurück. „Die steckte mit den drei Vetteln unter einer Decke, denen du Hundsfott zur Flucht verholfen hast. Sie ist eine Hexe wie das Weibsstück, dem du unter den Rock gekrochen bist, und das auf den Scheiterhaufen gehört hätte wie alle, die dem Teufel verfallen sind!"

Er hatte sich heiser geschrien. Ein paar Frauen fielen in die Hasstiraden ein, die er über die angeblichen Teufelsweiber von sich gab und die er lauthals weiter verfluchte.

„Du magst verhindert haben, dass die Seele der einen Hexe durch das Feuer geläutert wurde", fuhr er wütend fort, nachdem die Meute um ihn herum wieder leiser wurde, um nichts von dem zu verpassen, was sich hier noch weiter tun würde. „Aber die andere wird ihrer gerechten Strafe nicht entkommen, dafür habe ich gesorgt. Sie alle sind dem Teufel verfallen!" Er musste tief Luft holen, so sehr schüttelte ihn die Wut: „Es ist nur recht und billig, dass die Menschheit von solcherlei Verderbnis errettet werde!"

Dabei schielte er zum Zelt des Trosspfaffen hinüber, der sich jedoch nicht blicken ließ.

Die Menschen um Oswald schrien jetzt wieder mit erhobenen Fäusten auf Thomas ein, sodass er nicht verstehen konnte, was jener ihm weiter zurief. Sie wurden allerdings erneut ein wenig leiser, als endlich der Schmied auftauchte und sich einen Weg durch die Menge bahnte. Es schien, als hätte sich inzwischen der ganze Tross auf dem Platz um Almas zerstörte Hütte versammelt.

„Weder sie noch Magdalena waren irgendjemandem verfallen!", schrie Thomas verzweifelt gegen die aufgebrachten Stimmen um ihn herum an. „Sie haben in deinen Augen nur den Fehler gemacht, sich dir nicht unterzuordnen!"

Oswald ließ ein böses Lachen hören.

„Das sagt der Richtige", brüllte er zurück. „Pass auf, dass dich der Teufel nicht auch eines Tages holt, dem du die Weiber unter dem Arsch weggeritten hast! Der Teufel und ich, wir vergessen nichts, hast du mich verstanden?"

„Hört auf damit", war jetzt die tiefe Stimme des Schmieds zu hören, bevor Thomas weiter auf die Unverschämtheiten des Trossführers eingehen konnte. „Geht an euer Tagwerk."

Der Trossführer machte bebend vor Zorn ein paar Schritte auf Jost zu, blieb aber dann doch in gebührendem Abstand stehen. Obwohl ihm seine Wut bestimmt Bärenkräfte verliehen hätte, wusste er, dass er dem kräftigen Mann körperlich deutlich unterlegen war, der ihn außerdem um Haupteslänge überragte.

„Du hast hier nichts zu befehlen", blaffte er ihn trotzdem an.

„Das ist richtig", gab der Schmied ruhig zurück. „Das ist deine Aufgabe." Und an die Umstehenden gewandt, die gespannt auf das warteten, was sich hier erneut anbahnen mochte: „Also folgt seinen Anweisungen!"

Oswald fiel die Kinnlade herunter. Er hatte überhaupt keine Anweisungen gegeben, und trotzdem trollten sich die Leute einer nach dem anderen.

Jost fasste Thomas fest ins Auge.

„Dein Herr erwartet dich", sagte er und wandte sich zum Gehen, ohne sich weiter um die beiden Streithähne zu kümmern.

Thomas löste sich langsam aus seiner Starre und holte tief Luft. Nach einem hasserfüllten Blick auf den immer noch wie angewurzelt dastehenden Trossführer folgte er seinem ehemaligen Meister, der mit ausholenden Schritten die Menschenansammlung verließ.

„Dich krieg ich auch noch!", hörte er Oswald hinter sich herschreien. „Verlass dich drauf! Dass du inzwischen zum Speichellecker deines Herrn Hauptmann aufgestiegen bist, schützt dich noch lange nicht vor Strafen."

„Strafen wofür?", schrie Thomas zurück, die Hand des Schmieds von seinem Arm schüttelnd, der ihn davon abhalten wollte, zurückzulaufen und auf den Trossführer loszugehen.

„Das erfährst du schon noch rechtzeitig!", brüllte Oswald, bevor er sich von ein paar Männern beschwichtigen ließ, die ihn inzwischen umringt hatten. „Das werden dir die Aychstätter Büttel sagen, oder die Büttel irgendeiner verdammten anderen Stadt! Ich krieg dich schon noch, glaub mir."

„Du gehst jetzt besser zur Truppe zurück", hörte Thomas den Schmied sagen, der ihn wieder festgehalten und aus dem Blickfeld des aufgebrachten Trossführers gezogen hatte.

„Was hat er nur gemacht?", jammerte Thomas verständnislos. „Die Weiber haben ihm doch nichts getan!"

Der Schmied drehte ihn an einer Schulter zu sich herum. „Du gibst jetzt Ruhe, hast du mich verstanden?"

Thomas kniff die Lippen zusammen und nickte.

„Aber – was hat die Alma denn mit dem allem zu tun?", wollte er trotzig wissen.

Der Schmied ließ einen abgrundtiefen Seufzer hören.

„Also gut: Die Alma muss sich wohl ein bisserl in dich verguckt haben, weil sie nach deinem Besuch in ihrer Hütte keinen mehr unter ihre Röcke gelassen hat."

Thomas schluckte. Das hätte er nie gedacht. Sie war doch eine Hure, die für Geld tat, was man von ihr erwartete. Obwohl – von ihm hatte sie kein Geld haben wollen.

Der Griff um Thomas' Arm wurde härter.

„Das hat etlichen Männern nicht gepasst, allen voran dem Trossführer", fuhr Jost fort. „Dafür wollte er sich rächen. Zuerst an dem Hurenweib, und dann an dir. Er hat sie unter dem Vorwand auf die Hintere Waschette gelockt, dass du zurückgekommen seist und dort auf sie warten würdest. Das dumme Weibsstück hat ihm geglaubt und ist in die Falle getappt, die der Sauhund für sie in Form einiger Büttel dort aufstellen hat lassen." Er ließ den Arm des Jüngeren los, der die Stelle rieb, an der die Pranken des Schmieds ihre Spuren hinterlassen hatten. „Er wird keine Ruhe geben, solange du hier bist! Du solltest so schnell es geht von hier verschwinden. Sprich mit deinem Hauptmann darüber." Jost nickte ihm aufmunternd zu. „Ich weiß von deiner Aufgabe, Pferde für den Kurfürsten zu besorgen. Das Gestüt des Herzogs von Württemberg hat einen guten Ruf. Kein Wunder, dass ihm unser Kurfürst neidig ist." Der Schmied legte Thomas seine Hände auf die Schultern. „Und jetzt sieh zu, dass du von hier wegkommst."

Während Thomas durch den beginnenden Nieselregen zu seinem Zelt zurückstapfte, wurde ihm klar, dass er nicht die geringste Möglichkeit hatte, Alma zu helfen. Wie nur hatte er das überhaupt glauben können? Wütend biss er sich auf die Unterlippe, um damit den Schmerz zu überdecken, der sich in seinem Inneren ausgebreitet hatte und langsam seinen Hals heraufkroch.

„Der Hauptmann erwartet dich!", rief Martl ihm zu, als er am Rand des Lagers auftauchte.

Thomas wischte sich mit der Hand übers Gesicht, auf dem sich Wuttränen mit Regentropfen vermischt hatten.

„Du wirst bereits morgen zusammen mit dem Martl nach Nürnberg aufbrechen", kam Leonhart zur Sache, ohne zu warten, bis Thomas sich in dessen Zelt auf ein Bündel Felle gesetzt hatte.

„Nach Nürnberg?"

„Ihr werdet euch dort mit Martin Peller treffen, der den Banco Publico gegründet hat. Sein Mittelsmann weilte zur selben Zeit in München wie wir und kennt den Auftrag, die Bezahlung der Pferde zu übernehmen. Wenn du Fragen dazu hast, frag mich."

Thomas starrte ihn verblüfft an. Nicht nur, dass der Hauptmann das beschleunigte, was der Schmied für dringend notwendig erachtet hatte. Da war noch etwas, das er nicht so richtig fassen konnte und jetzt einfach ansprechen musste.

„Die Nürnberger sind doch allesamt Protestanten, dachte ich. Und die machen Geschäfte mit dem katholischen Kurfürsten in Baiern?“, wagte er, seine Gedanken auszusprechen.

„Auch Württemberg ist protestantisch“, ergänzte Leonhart. „Aber Religion ist das eine, Geschäft das andere.“

Thomas schüttelte seufzend den Kopf. Die Notwendigkeit der Auseinandersetzungen zwischen katholischen und protestantischen Lagern schien ihm immer weniger gerechtfertigt. Falls es dafür überhaupt jemals eine Rechtfertigung gegeben hatte. Magdalena und die Worte seines Kameraden fielen ihm ein, die beide sagten, es ginge längst nicht mehr um Religion, sondern nur noch um Macht und Geld. Menschenleben spielten da schon lange keine Rolle mehr. Religion war nur noch ein Vorwand.

Thomas zog die Schultern hoch. Fragen würden sich bestimmt ergeben, sobald er vor Ort war. Jetzt wusste er nicht, was er fragen sollte, weil er so etwas ja noch nie gemacht hatte und deshalb auch nichts davon verstand.

„Sobald ihr die Tiere habt, du und der Martl, bringt ihr sie wie gesagt nach Augsburg in die Fuckerey, die kümmern sich um alles Weitere. Dann kommt ihr wieder hierher zurück.“ Leonhart wartete auf eine Reaktion des jungen Mannes, der jedoch nach wie vor nur irritiert dasaß und offenbar nicht in der Lage war, etwas zu sagen, geschweige denn, etwas zu fragen.

„Du kennst dich mit Pferden aus und lässt dir keine Schindmähren für gute Zuchttiere verkaufen, wie der Kurfürst es haben möchte“, fuhr Leonhart fort. „Ich denke, dass die Herde, aus der mein Falbe stammt, noch dort ist. Nur solche Pferde will der Kurfürst haben, keine anderen.

Dafür bürge ich, und du bist der geeignete Mann dafür, dass ich nicht in Ungnade falle."

„Ich kenne mich doch nicht mit Zuchtpferden aus!", wandte Thomas ein, der langsam aus seiner Erstarrung erwachte. Der Gedanke, dass er aus Unkenntnis für den bairischen Kurfürsten Pferde kaufte, die nichts taugten, ließ Übelkeit in ihm aufsteigen. Die Verantwortung dafür war ihm einfach zu groß.

„Du kennst meinen Falben besser als jeder andere und wirst zusehen, dass du einen Hengst und zumindest drei Stuten in seiner Farbe und Rasse findest. Auch auf Gestüten gibt es Betrüger, aber du weißt, worauf zu achten ist. Schau dir vor allem ihre Zähne an, aber auch ihre Augen, ihren Rücken, ihre Fesseln, ihre Hufe. Lass sie ein gutes Stück gehen, geh selber mit ihnen ein Stück und achte darauf, dass sie nicht hinken oder sonst auffällig sind. Der Martl kennt sich auch sehr gut mit Pferden aus, weiß genau, worauf er achten muss, und wird dir helfen."

„Sollen sie bereits zugeritten sein?", wollte Thomas noch wissen, dem inzwischen klar geworden war, dass er diesen Befehl auszuführen hatte.

„Das ist nicht so wichtig. Darum soll sich der Kurfürst kümmern. Jetzt geh und besorg uns was zu essen."

Thomas gehorchte und trat vor das Zelt des Hauptmanns. Er musste erst ein paarmal durchatmen, bevor er in der Lage war, einen klaren Gedanken zu fassen. Es war einfach zu viel gewesen heute.

Über einem Lagerfeuer in der Nähe sah er einen Topf hängen, aus dem nach Fleischsuppe riechender Dampf zu ihm herüberwehte. Fleisch war inzwischen knapp geworden. Die letzten Schweine und Hühner waren bereits in den

Töpfen und über den Feuern der Trossleute und Söldner gelandet, und die Aychstätter weigerten sich, ihnen welche zu verkaufen. Sollte sich doch der Fürstbischof darum kümmern, der hatte sie ja unbedingt hierhaben wollen, sagten sie. Ihr gutes Mehl war auch auf den Berg gewandert anstatt in die Bäckereien der Stadt. Also sollten die Leute auf dem Hasenbuck zusehen, wie sie satt wurden.

Thomas wollte nicht wissen, von welchem Tier die paar Bissen Fleisch stammten, die in der Brühe schwammen. Manche Ratte, mancher Igel und manches Eichhörnchen waren in der Not schon im Suppentopf nicht nur der Söldner gelandet. Ganz sicher waren solche Zustände ein guter Grund für viele der Männer, das Lager zu verlassen, sobald es möglich war. Denn was nützte ihnen ihr Sold, wenn sie sich nichts dafür kaufen konnten?

Thomas ließ sich eine Schüssel für den Hauptmann füllen.

„Brot gibt es keines“, sagte der Mann mürrisch, der ihm die Suppe gab. „Haben wir dir zu verdanken.“

Thomas antwortete nicht darauf, obwohl ihm eine trotzige Antwort auf der Zunge lag. Er brachte Leonhart die Suppe und ließ sich dann wieder auf dem Bündel Felle nieder, während er seinem Hauptmann beim Ausschlürfen der Schüssel zusah.

„Hast du dir nichts mitgebracht?“, wollte der wissen.

Thomas schüttelte den Kopf. Er hatte keinen Hunger. Ihn quälten zum einen seine Gedanken um die Frauen, die der Wut des Trossführers zum Opfer gefallen waren, zum anderen aber auch um die Aufgabe, die Leonhart ihm gestellt hatte und die ihm beinahe unlösbar schien.

„Herr, Augsburg – ist das nicht auch protestantisch?“

Der Hauptmann schüttelte den Kopf.

„Nein, nicht mehr. Vor über sechzig Jahren wurde dort übrigens ein Vertrag unterzeichnet, dass jeder Mensch im Kaiserreich sich zu der Religion bekennen darf, die er ausüben möchte. Leider hält sich ausgerechnet unser Kaiser nicht mehr daran."

„Da sollen wir hin?", fragte Thomas ungläubig. „Als Söldner des katholischen bairischen Kurfürsten mit Pferden aus dem protestantischen Württemberg, die wiederum für den katholischen bairischen Kurfürsten bestimmt sind?" Seine Stimme überschlug sich fast.

„So ist es. Die Augsburger Familie Fucker, zu der ihr die Pferde bringen sollt, betreibt Handel mit sämtlichen Fürstenhäusern Europas und wird sich aus gutem Grund darum kümmern, dass die Pferde wohlbehalten in München ankommen. Sobald ihr die Tiere bei ihnen abgegeben habt, kommt ihr sofort wieder hierher zurück."

„Aber warum müssen wir sie dann abholen, und nicht jemand von …"

„Weil du Herrgott noch mal weißt, wie mein Hengst aussieht, und dich darum kümmern wirst, dass keine Schindmähren in München ankommen, sondern genau die Tiere, die der Kurfürst haben will!", schnauzte Leonhart ihn an. „Wie oft soll ich dir das noch erklären? Außerdem interessiert mich das alles nicht, es ist ein Befehl!"

Der ungewohnt scharfe Ton seines Hauptmanns ließ Thomas den Kopf einziehen.

„Ich garantiere bis Augsburg dafür, dass der Handel im Sinne des Kurfürsten abläuft", erinnerte ihn der Hauptmann ungehalten. „Ab da kümmern sich die Fucker um den weiteren Ablauf. Die werden den Teufel tun und die Pferde gegen schlechte tauschen, falls dir das gerade durch den Kopf gehen sollte. Und jetzt verschwinde und hol dir verdammt noch mal was zu essen!", befahl er ihm weiter. „Ist ja nicht auszuhalten mit dir, solange du nichts im Magen hast."

„Die Männer werfen mir vor, dass es meinetwegen kein Brot im Lager gibt", antwortete Thomas und rührte sich nicht von der Stelle. „Ich glaube nicht, dass sie bereit sind, mir etwas von ihrem Essen abzugeben."

„Du wirst dich durchsetzen müssen oder eben hungrig schlafen gehen", stellte Leonhart ungerührt fest und zeigte auf den Zeltausgang. „Wir sehen uns wieder, sobald du deinen Auftrag erledigt hast."

Thomas erhob sich. Bevor er das Zelt des Hauptmanns verließ, sagte er: „Magdalena. Werdet Ihr nichts tun, um ihren Tod ..."

„Zu rächen?", ergänzte Leonhart. „Du kannst wohl keine Ruhe geben, wie?" Er warf Thomas einen nachdenklichen Blick zu und fuhr dann leiser fort: „Ich habe die drei Weiberleute übrigens gesehen, unten an der Straße, wo sie sich versteckt hielten. Aber ich mische mich nicht in die Angelegenheiten des Trosses ein." Er nickte Thomas zu. „Und jetzt geh."

Thomas trottete an den Lagerfeuern der Söldner vorbei zu seinem Zelt zurück. Er hatte nach wie vor keinen Hunger und lag die halbe Nacht wach.

9. Kapitel

Nürnberg, November 1626

Hauptmann Leonhart ließ Thomas über einen seiner Männer ein paar Papiere überbringen, bevor sie aufbrachen, die der Martl kopfschüttelnd betrachtete. Er konnte wie Thomas kaum ein paar Worte lesen und bat deshalb Heiner, ihm zu erklären, was er da in den Händen hielt.

„Das hier ist eine Landkarte, damit ihr den Weg nach Nürnberg und später nach …"

„Das habe ich auch gesehen", unterbrach ihn der Martl beleidigt. „Ich kann vielleicht nicht so gut lesen wie du, aber eine Karte erkenne ich sehr wohl!"

Heiner winkte ab. Er beugte sich etwas weiter über den Plan und fuhr mit einem Finger die Strecke ab, die sie reiten mussten. „Schloss Grafeneck?" Er runzelte verwirrt die Stirn. „Da in der Nähe muss dieses Gestüt wohl sein. Eingezeichnet ist es allerdings nicht. Nur bei diesem Schloss hat der Hauptmann ein Kreuz hingemalt. Vielleicht sollt ihr euch dort melden." Er zuckte die Schultern. „Ihr reitet einen riesigen Umweg über Nürnberg, wisst ihr das? Bei dem Wetter macht es mindestens vier, fünf Tagesritte aus. Das verstehe ich nicht. Hat der Hauptmann das so bestimmt?", wollte er wissen. „Ich dachte, ihr reitet nach Ulm und dann weiter zu diesem Gestüt."

„Wir sollen uns in Nürnberg mit einem gewissen Herrn Peller treffen und das mit der Bezahlung der Pferde abschließen. Hast du das nicht mitbekommen, hat der Martl nichts davon zu dir gesagt?“, wollte Thomas wissen, der seinen Blick nicht von der Karte wenden konnte. Er hatte noch nie eine gesehen und fragte sich, wer in der Lage war, so etwas herzustellen und wie.

Heiner schaute ihn verblüfft an.

„Ihr trefft euch mit Martin Peller von Schoppershof? Davon hat mir der Martl nichts gesagt.“

„So soll es wohl sein. Warum? Kennst du den?“

„Nein, ich habe ihn nie gesehen. Schade aber, dass ich nicht mit euch kommen kann, den würde ich wahrhaftig gerne einmal kennenlernen. Über diesen Mann habe ich in Ingolstadt so viel gehört! Er ist der Schwiegersohn eines hoch angesehenen Ratsherrn und Handelsunternehmers in Nürnberg und unermesslich reich.“ Heiner schnalzte mit der Zunge. „Den Namen seines Schwiegervaters habe ich vergessen, aber ich weiß, dass der den Banco Publico gegründet hat, über den Zahlungen vieler Händler im ganzen Kaiserreich abgewickelt werden. Interessante Sache. Aber den Namen seiner Frau weiß ich noch: Maria. Oder Rosa?“

Thomas, in dessen Kopf bei der Erwähnung dieses Namens das Bild des Mädchens in Oberstimm wieder auftauchte, schaute angestrengt auf die Karte. Er wollte nicht weiter darüber nachdenken.

„Schloss Grafeneck“, wiederholte Heiner und fuhr mit dem Finger die eingezeichnete Straße zwischen Nürnberg und Ulm entlang. „Vielleicht kann man euch in Nürnberg oder Ulm mehr über dieses Gestüt sagen und wo ihr es findet.“ Er griff sich die anderen Papiere und betrachtete sie eines nach dem anderen. „Passierscheine, Reisescheine, und hier ein Schreiben für … tatsächlich: Martin Peller von

Schoppershof, Banco Publico in Nürnberg. Ihr seid wirklich vom Glück gesegnet, heiliger Strohsack!“

Thomas konnte Heiners Begeisterung nicht teilen. Ihm war bei der ganzen Geschichte mehr als mulmig zumute. Nicht nur der immense Umweg machte ihm Sorgen, der ihm erst bei einem Blick auf die Karte so richtig bewusst wurde. Er scheute sich auch vor der Aufgabe, die wertvollen Tiere auszuwählen. Zwar konnte er mit Pferden umgehen, aber er befürchtete, dass man ihm Tiere verkaufte, die sich später als zuchtuntauglich herausstellen würden. Da konnten sie aussehen, wie sie wollten. Rosstäuscher und Betrüger gab es auch auf Gestüten, hatte der Hauptmann gesagt, und daran zweifelte Thomas keinen Augenblick. Herr im Himmel, was auf ihn zukommen würde, wenn er einem von denen auf den Leim ging! Er wagte es sich nicht einmal vorzustellen.

Der Hauptmann garantierte … Zum Donnerwetter, ja! Aber er, Thomas, er war derjenige, der den Kopf hinhalten musste, wenn etwas schiefging!

„Du weißt offenbar überhaupt nicht, was das alles für unsereinen bedeutet, was?“, hörte er Heiner fast ein wenig enttäuscht fragen.

„Für unsereinen? Doch. Einen immensen Umweg.“

Nach einem Blick in Thomas’ Gesicht und einem tiefen Seufzer fuhr Heiner fort: „Zeigt die Papiere überall vor, wo ihr aufgehalten werdet. Sie sind allesamt vom kurfürstlichen Generalsekretär von Mandl ausgestellt und unterschrieben.“ Er schnalzte erneut mit der Zunge. „Wahre Schätze“, fügte er noch an und faltete die Papiere zusammen.

Thomas machte ein so unglückliches Gesicht, dass Heiner ihm tröstend eine Hand auf die Schulter legte.

„Schade, dass du nicht mitkommen kannst“, stellte

Thomas schließlich fest und ließ sich die Papiere geben. „Du könntest zumindest lesen."

Heiner musterte ihn einen Augenblick lang nachdenklich.

„Das lässt sich lernen", sagte er und nahm die Hand von seiner Schulter. „Im Gegensatz zu vielem anderen ist das absolut kein Hexenwerk."

Thomas schüttelte traurig den Kopf, als Heiner über seinen eigenen Scherz lachte. Ihm war nicht zum Lachen zumute.

„Danke für deine Hilfe!", sagte er und wandte sich zum Gehen.

Sie packten ihre wenigen Habseligkeiten auf die Pferde. Ihre Zelte ließen sie stehen, da sie hofften, wieder hierher zurückkommen und zum Jahreswechsel gemeinsam mit den anderen Männern aufbrechen zu können. Außerdem würden sie ihnen unterwegs nichts nützen: Die Gefahr, von Tagedieben und anderem Gesindel nachts überfallen und ausgeraubt zu werden, war doch zu groß.

Trotz allen Zweifeln hatte Thomas inzwischen zugestimmt, erst einmal bei der Truppe zu bleiben, wenn er zurückkam. Wohin hätte er auch sonst gehen sollen? Wie der Martl hatte er am Abend zuvor sein Kreuz auf die Liste derer gesetzt, die weiter mit dem Hauptmann ziehen wollten.

„Ich tauge zu nichts anderem mehr", hatte Martl dabei gebrummt und sich zusammen mit Thomas in die lange Schlange derjenigen eingereiht, die dasselbe dachten.

Es gab nur sehr wenige Söldner, die nicht mitkommen wollten. Sie zogen es vor, zusammen mit ihren Familien ihrer eigenen Wege zu gehen, und niemand hielt sie auf.

Thomas überprüfte die Hufeisen der Pferde, bevor sie das Lager verließen, während sich der Martl um Sättel und Zaumzeug kümmerte. Die Wege waren nicht immer gut, das Wetter ohnehin schlecht: Da konnte eine gute Vorbereitung überlebenswichtig sein. Es war außerdem nicht anzunehmen, dass sie unterwegs die Möglichkeit fanden, ihre Pferde gegen ausgeruhte oder gar bessere zu tauschen, sollte das notwendig werden. Selbst in Baiern oder Franken, die bislang vom Krieg verschont geblieben waren, konnte man keine guten Pferde mehr auftreiben. Die Bauern hatten sie an die verschiedenen Heere verkaufen müssen, um nicht völlig zu verarmen. Überall waren die Ernten schlecht ausgefallen, das Getreide auf den Feldern verfault, und viele Bauern hatten kaum noch genügend Geld, um ihre Familien zu ernähren. Überall herrschte mit oder ohne Krieg Not und Elend an allen Ecken und Enden.

Thomas wunderte sich, dass es in diesen Zeiten überhaupt noch Gestüte gab. Aber die gehörten eben in Württemberg dem Herzog, in Baiern dem Kurfürsten. Diese Herren litten keine Not, wie er mit eigenen Augen gesehen hatte. Warum also nicht auch den Luxus der Pferdezucht betreiben?

Das Geschehen im Land ob der Enns kam ihm in den Sinn, wo es zu fürchterlichen Auseinandersetzungen zwischen Bauern und den Regimentern Pappenheims, Herberstorffs und Waldsteins gekommen war, wie Heiner berichtet hatte. Dass die gerade einmal mit dem Notwendigsten ausgerüsteten Bauern kaum etwas gegen die Kanonen der Söldner und die bis an die Zähne bewaffneten und berittenen Kroaten ausrichten konnten, war abzusehen gewesen. Aber die tapferen Männer hatten sich unter ihrem Leitspruch ‚Es mueß seyn!‘ geschworen, lieber auf dem Feld zu sterben, als sich katholisch machen zu lassen oder in ihren zerstörten Dörfern zu verhungern.

Es schien Thomas ungeheuerlich, dass die Haltung dieser Menschen den Kaiser nicht anrührte. Was war das nur für ein Mensch?

Es hatte wieder leicht zu schneien begonnen, als sie losritten, was den beiden Männern und ihren Tieren das Vorwärtskommen erschwerte. Aus geplanten zwei wurden deshalb drei Tagesritte, und als sie schließlich vor Nürnbergs Toren standen, waren sowohl die Pferde als auch die beiden Männer völlig durchnässt und ausgelaugt. Thomas hatte unterwegs immer wieder an die drei Frauen denken müssen, die vielleicht auf genau diesem Weg geflüchtet und ihren Häschern in die Hände gefallen waren. Irgendwo hier war Magdalena vielleicht umgebracht worden. Die Zeit heilte vielleicht viele Wunden, aber seine Wut auf Oswald würde nie vergehen.

Eine der Stadtwachen, denen sie in Nürnberg ihre Papiere zeigten, schnalzte anerkennend mit der Zunge. Als Gast bei einem ihrer angesehensten Bürger willkommen zu sein, war schon etwas Besonderes. Vor allem, da die beiden Reiter keineswegs aussahen, als wären sie von Stand und Adel.

Er zeigte ihnen den Weg zum Sitz der Familie Peller nördlich der Pegnitz, worauf sich Thomas und der Martl sofort auf den Weg machten.

Die Fassade des prunkvollen fünfstöckigen Gebäudes mit seinen Pilastern, Obelisken, Reliefs, Statuen und dem Chörlein über dem Eingang raubte Thomas fast den Atem. Er hatte von Heiner noch erfahren, dass die Errichtung dieses Wohn- und Geschäftshauses in der unmittelbaren Nachbarschaft der Patrizierfamilien Imhoff, Behaim und

Ebner recht umstritten gewesen war. Martin Peller von Schoppershof wurde als nicht in Nürnberg Gebürtiger zwar Genannter des Größeren Rates der Stadt, aber trotz seines geschäftlichen Erfolgs und Reichtums wollten die alteingesessenen Familien ihn nicht zu ihresgleichen zählen. Außer dem Banco Publico, den er zusammen mit seinem erst zwei Jahre zuvor verstorbenen Schwiegervater Bartholomäus Viatis gegründet hatte, betrieb Martin Peller unter anderem Handel mit Spezerei- und Seidenwaren, englischen Tuchen, Produkten aus dem Bergbau und Waffen. Wichtig für Thomas war jedoch nur, dass der Banco Publico die Bezahlung der Pferde übernahm, die der bairische Kurfürst unbedingt haben wollte.

Ein Diener des Herrn Peller hieß sie am Tor zur Eingangshalle willkommen und gab einem Stallburschen das Zeichen, sich um die Pferde zu kümmern.

Er führte die beiden Männer durch die riesige Eingangshalle in den Innenhof des prunkvollen Gebäudes, in dem Martin Peller von Schoppershof seit zwei Jahren residierte. Thomas verschlug es die Sprache, als er den mit Arkaden umgebenen Hof betrat, der auf den ersten Blick in seiner Pracht um nichts hinter den Innenhöfen der kurfürstlichen Residenz in München zurückstand.

„Im Hintergebäude wurde eine der Gesindekammern für euch hergerichtet", sagte der Diener in seine Gedanken hinein und übergab die Besucher einem weiteren Bediensteten, der ihnen ihre Unterkunft zeigte. Die beiden Männer würden wieder in einem richtigen Bett schlafen und sich sogar mit einem warmen Federbett zudecken können. Als der Diener die Tür hinter ihnen zugezogen hatte, ließen sich die beiden auf ihr Nachtlager fallen und gönnten sich ein wenig Ruhe.

Für eine kleine Weile träumte Thomas sich als Hausherr in ein solches Anwesen hinein. Seltsamerweise tauchte dabei wieder das Gesicht des Mädchens aus Oberstimm vor seinem inneren Auge auf.

Rosa.

Nach einem anschließend eingenommenen, geradezu üppigen Nachtmahl saßen die beiden Männer in ihrer Kammer noch lange auf ihren Betten, um über ihre Eindrücke zu reden. Vor allem Thomas konnte kaum fassen, in welchem Überfluss manche Menschen lebten, während andere kaum genug zu beißen hatten. Er hätte absolut nichts dagegen gehabt, auf dieser Seite des Lebens stehen zu können.

„Dazu bist du in die falsche Gesellschaft hineingeboren worden, kannst nicht einmal richtig lesen, geschweige denn schreiben“, wandte der Martl ein, als Thomas ihn in seine Gedanken einweihte. „Rechnen kannst du vielleicht und mit Pferden umgehen. Aber damit allein wirst du nicht reich.“

Außerdem hatte Thomas beim Essen erfahren, dass man Lehrgeld bezahlen musste, wenn man etwas anderes werden wollte als ein einfacher Bauer. In Nürnberg, so hörte er weiter, konnte übrigens nur sesshaft werden, wer Grund und Boden besaß, aus einer Nürnberger Familie stammte und außerdem nachweisen konnte, dass er im Falle eines Angriffs in der Lage war, die Stadt zu verteidigen. Das Handwerk und die Geschäfte der Bürger dieser Stadt unterlagen strengen Verordnungen, von denen Thomas jedoch nicht einmal die Hälfte verstanden hatte.

Am nächsten Morgen empfing sie einer der Angestellten des Banco Publico, der sein Kontor im Ostflügel des riesigen

Anwesens hatte. Er ließ sich das Schreiben des Kurfürsten zeigen und während er weitere Papiere ausfüllte, erklärte er Thomas, wie das Geschäft abgewickelt wurde. Da der Banco sich weder durch Religionszugehörigkeiten noch durch Grenzen einschränken ließ, war er eindeutig die beste Lösung, um diesen seltsamen Pferdekauf zu bewerkstelligen. Thomas bewunderte das raffinierte Bezahlsystem: Der Verkäufer erhielt über den Käufer ein vom Banco beglaubigtes Zertifikat ausgehändigt, das die Bezahlung gewährleistete, die nach bestätigtem Handel auch umgehend erfolgte. Die Erstattung des Betrags an den Banco erfolgte im Fall des Pferdekaufs über einen Mittelsmann des Kurfürsten von Baiern, sobald ihm der Betrag bekannt war.

Martin Peller ließ sich zu Thomas' Bedauern nur kurz blicken. Er hätte vor Heiner nur zu gerne damit angegeben, diesen Mann nicht nur gesehen, sondern auch mit ihm gesprochen zu haben. Ein vornehm gekleideter Herr und seine auffallend hübsche Tochter waren von einem der vielen Diener des Hauses in das Kontor geführt worden, worauf Martin Peller den mit viel Respekt behandelten alten Herrn abholte. Thomas erfuhr von dessen Angestellten, dass es sich bei dem Besucher um Jörg Bernreuther handelte, einen Goldschmied, der hin und wieder Geschäfte mit dem Haus Viatis-Peller tätigte. Die ehrbare Jungfer in dessen Begleitung sei seine Tochter Katharina. Eine recht eigenwillige junge Dame, wie er Thomas hinter vorgehaltener Hand wissen ließ.

Langsam schwirrte dem jungen Mann der Kopf von so viel Geschäftigkeit, die so gar nichts mit dem zu tun hatte, was er bislang kannte. Auch der Anblick der schönen Jungfer hielt ihn für kurze Zeit gefangen, deren kecker Blick in seine Richtung ihm die Röte ins Gesicht trieb.

Als die beiden Männer am späten Vormittag ihre Siebensachen auf die bereitstehenden Pferde packten, warf Thomas noch einmal einen Blick auf das riesige Anwesen der Pellers. Für eine Nacht und einen halben Tag hatte er vergessen, wie viel Elend im Land seines Kaisers herrschte. Zum Glück waren Kanonendonner und Schlachtengetümmel weit weg vom Süden dieses Landes, und Thomas hoffte für diese wundervolle Stadt, dass es so blieb.

Sie seien gegen mögliche Angriffe wohl gerüstet, sagte ihm der Bedienstete, der sie durch die riesige Eingangshalle wieder auf den Platz vor dem Gebäude führte, und den Thomas darauf ansprach. Man habe die Stadtmauern kontrolliert und ausgebessert und sei Tag und Nacht auf der Hut. Aber auch andere Städte hatten das schon geglaubt und waren dennoch den Angriffen und der List des einen oder anderen Heerführers zum Opfer gefallen, wie Thomas wusste.

Wieder kam ihm Rosa in den Sinn, die ihm für eine Kupfermünze eine Handvoll Nüsse verkauft hatte. Was sie wohl zu dem Prunk sagen würde, den er hier vor Augen hatte, oder den, den er aus München kannte?

Nachdenklich stieg er in den Sattel seines Braunen. Was Rosa wohl sagen würde, käme er als reicher Mann zurück und würde …

„Was ist denn mit dir? Kommst du mit, oder ist dein Gaul am Boden festgewachsen?“, rief der Martl ihm zu, der bereits ein gutes Stück vorausgeritten war. Er hatte sich von einem der Peller’schen Diener ihren weiteren Weg zeigen lassen, der sie vorbei an Märkten und Städten wie Heidenheim, Nördlingen und Günzburg nach Ulm führen sollte.

Thomas schloss wortlos auf.

10. Kapitel

Ulm und Marbach, Gestüt des württembergischen Herzogs

Bedingt durch das weiterhin nasskalte Wetter, brauchten sie zwei Tage bis Ulm und blieben dort außerhalb der Stadtmauern bei einem Bauern über Nacht. Der freute sich über die Münzen, die ihm die beiden Reiter für ein Strohlager, eine dünne Gemüsesuppe und ein wenig Futter für die Pferde bezahlten, bevor sie am nächsten Tag weiterritten.

Als sie sich der Stadt an der Donau näherten, hatte Thomas kaum Augen für den gewaltigen Turm des Ulmer Münsters gehabt, dessen Bau seit über achtzig Jahren ruhte. Er hörte auch nur mit halbem Ohr zu, als der Martl in bewährter Weise erzählte, was er von der Stadt wusste, die er wohl vor Jahren kennengelernt hatte. Damals, so berichtete sein redseliger Begleiter begeistert, habe er ein paar Tage lang geholfen, Reparaturen am Münster auszuführen.

„Ulm ist durch und durch evangelisch", ließ der Martl ihn wissen. „Das Münster wurde ursprünglich für katholische Gottesdienste erbaut. Aber nachdem die Ulmer sich vor gut hundert Jahren dazu entschlossen haben, evangelisch zu sein, wurde auch das Münster zu einer evangelischen Kirche. Die haben damals alles rausgeräumt und kaputt geschlagen, was an die katholischen Ursprünge erinnerte. Sogar die Altäre und Statuen, alles."

„Bist du krank?", fragte der Martl während einer kurzen Rast ein paar Stunden später, da Thomas auf nichts von dem einging, was er ihm erzählte. „Ein Wunder wär's nicht bei dem Sauwetter."

Sie hatten die Schwäbische Alb Richtung Westen durchquert, und der Martl war unterwegs nicht müde geworden, seinem Begleiter die schauerlichsten Geschichten aus der Gegend zu erzählen. Dass es ganz in der Nähe einen See gäbe, der blaues Wasser habe und bodenlos sei, wusste er zu berichten. Blautopf nenne man den. Wer da hineinfalle, käme auf der anderen Seite der Welt erst wieder heraus. „Falls er nicht vorher ertrinkt", hatte er noch laut lachend angefügt. Thomas hatte genug von diesen Schauermärchen und irgendwann nicht mehr zugehört.

„Nein", gab er dem Martl jetzt zur Antwort.

„Du sagst schon seit Stunden nichts mehr. Was ist los mit dir?"

Thomas zuckte nur die Schultern und deutete nach vorne. Durch den Regenschleier und zwischen den Ästen kahler Bäume hindurch war linker Hand ein Stück oberhalb der Straße ein Gebäude sichtbar geworden: Schloss Grafeneck, eines der Jagdschlösser württembergischer Herzöge. Es war auf Leonharts Karte als unweit ihres eigentlichen Zieles eingezeichnet.

„Wir sind auf dem richtigen Weg, Martl. Das Gestüt muss hier ganz in der Nähe sein."

Kurz darauf tauchten am Ende eines kahlen Laubwaldes die Mauern des Gestüts vor ihnen auf. Drei Gebäude schlossen einen geräumigen Hof ein, in dem sich ein paar Männer um eine kleine Herde kräftiger Pferde kümmerten. Thomas und der Martl stiegen vor dem Tor ab und zeigten einem herbeischlurfenden Mann in Stallkleidern ihre Papiere.

„Ihr kommt also vom bairischen Kurfürsten und wollt von einem protestantischen Herzog Pferde kaufen“, stellte er fest, nachdem er sich als Stallmeister vorgestellt hatte. Thomas hatte Mühe, den Mann zu verstehen, der einen breiten schwäbischen Dialekt sprach. „Das nenne ich wahrlich ein gar seltsames Ding. Einfacher wäre es doch gewesen, die Tiere über die Fucker zu besorgen, als sie von euch zwei Kerlen abholen zu lassen.“ Kopfschüttelnd führte er die beiden zu einem Brunnen. „Lasst eure Tiere hier rasten, wir kümmern uns um sie.“ Dann bat er sie in das Hauptgebäude rechter Hand und hieß sie, in einem der Nebenräume zu warten.

Wenig später kam ein Bursche mit einem Holzbrett herein, auf dem sich ein Korb mit Brot und eine Schüssel mit heißer Suppe befanden, und das er auf dem Tisch in der Mitte des Raums abstellte.

„Unser Stallmeister lässt euch einen guten Appetit wünschen“, sagte er und ließ die beiden allein.

Thomas zog seinen hölzernen Löffel aus dem Wams, der Martl tat es ihm gleich, und als der Stallmeister in die Stube trat, war die Schüssel bis auf den letzten Tropfen leer gegessen.

„Ich habe wunschgemäß vier Tiere für euch bereitstellen lassen“, sagte er. „Einen Hengst und drei Stuten.“

Thomas folgte dem Stallmeister nach draußen.

„Du kennst dich mit Pferden aus?“, fragte der ihn.

Thomas musste seinen ganzen Mut zusammennehmen. Er konnte mit Pferden umgehen, aber auskennen? Zumindest wusste er, wie der Falbe seines Hauptmanns aussah, und hoffte, mehr als deutliche Ähnlichkeiten zwischen den vier Tieren und dessen Pferd zu erkennen. Die Farbe des Fells war ihm mehr als deutlich in Erinnerung, und dass der Hengst über den ganzen Rücken von der Mähne bis zum Schweif einen dunklen Aalstrich hatte. Das hatte keines der vier Tiere, so viel sah Thomas auf den ersten Blick. Auch sonst hatten sie nicht viel Ähnlichkeit mit dem Hengst Junker Leonharts.

Thomas trat vor eine der Stuten und ließ sich ihre Zähne zeigen. Was er sah, ließ ihn den Kopf schütteln.

„Mein Hauptmann hat seinen Falben vor Jahren als Dreijährigen hier gekauft", sagte er, ohne auf die Frage des Stallmeisters einzugehen. „Die vier da dürften nicht aus derselben Zucht stammen, wie es ausgemacht ist, und sind das Heu nicht wert, das ihr ihnen zu fressen gebt. Ganz zu schweigen davon, dass sie auf keinen Fall das Geld wert sind, das Euch für sie bezahlt wird."

Der Stallmeister musterte ihn mit gerunzelter Stirn.

„Und wie heißt dein Hauptmann, wenn ich fragen darf?", wollte er wissen.

Thomas musste kurz nachdenken. Wie hatte sich Junker Leonhart in München vorgestellt? Er musste diesem Menschen zeigen, dass er sich auf keinen Fall hinters Licht führen lassen würde.

„Leonhart Seitz vom Walde", erinnerte er sich stolz an den vollen Namen seines Hauptmanns.

„Seitz vom Walde!", rief der Stallmeister überrascht aus. „Den kenne ich. Der hat vor Jahren unseren Kuni gekauft, einen prachtvollen jungen Hengst, das ist richtig. Wie geht es ihm denn?"

Thomas war sich nicht sicher, ob der Stallmeister den Junker oder sein Pferd meinte, und antwortete breit grinsend: „Stehen beide gut im Futter."

Das lockte ein fröhliches Lachen aus dem bislang eher mürrisch wirkenden Mann.

„Der Leonhart! Der also steckt hinter dem Handel. Ja, das ist natürlich was anderes.“ Er nickte Thomas zu. „Mir war nur bekannt, dass die Pferde für den bairischen Kurfürsten bestimmt sind, nicht, dass der Leonhart den Handel abwickeln soll. Ich bin der Fritz, ohne von und zu, und bitte dich, deinem Hauptmann meine besten Grüße auszurichten.“ Dann betrachtete er einen Augenblick lang nachdenklich die vier Pferde, die an der Stirnwand eines Stallgebäudes angebunden standen. „Ich glaube, dass sich meine Stallknechte geirrt und die falschen Tiere hergebracht haben. Die können was erleben!“, blaffte er in Richtung seiner Männer, die sich achselzuckend ansahen. „Ihr werdet euch sofort noch einmal im Bestand umsehen und die richtigen herbringen. Wir wollen doch nicht, dass der Herr vom Walde sich beim bairischen Kurfürsten blamiert, oder?“

‚Oder ich mich vor meinem Hauptmann‘, ging es Thomas durch den Sinn, der froh war, sich mit dem Stallmeister nicht streiten zu müssen. Er hätte mit Sicherheit den Kürzeren gezogen. Obwohl – hatte er ja nicht! Er hatte es im Gegenteil sehr gut gemacht. Hauptmann Leonhart würde stolz auf ihn sein und sich in seiner Entscheidung, ihn hierhergeschickt zu haben, bestätigt fühlen.

Mit neuem Selbstbewusstsein ausgerüstet, klopfte er der Stute auf den Hals und folgte dem Stallmeister über den Hof. Abgesehen von allem anderen gehörten die vier bereitgestellten Tiere mit Sicherheit nicht zu den Besten des Gestüts. Wobei er nicht glaubte, dass sich die Stallburschen geirrt hatten. Vielmehr war der Stallmeister nicht gewillt gewesen, ausgerechnet dem bairischen Kurfürsten die besten

Pferde zu verkaufen. Die Nennung des entscheidenden Namens hatte alles geändert.

„Der Leonhart also steckt hinter dem Handel“, brummte Fritz kopfschüttelnd, während sie über den Hof gingen. „Er war ein exzellenter österreichischer Kaufmann mit guten Verbindungen, und jetzt ist er also ein Söldnerhauptmann des bairischen Kurfürsten.“ Er zog die Schultern hoch.

Also habe ich doch recht, dachte Thomas. So geht das also. Beziehungen, Verbindungen, das ist es, was zählt!

„Immerhin hat er den Kuni noch“, hörte er Fritz sagen. „Da entlang.“

Thomas hatte nicht gewusst, dass Leonharts Pferd einen Namen hatte, und wenn ja, welchen.

Fritz führte Thomas in einen geräumigen Stall, in dem gut und gerne fünfzehn wunderschöne Tiere standen und den Eintretenden neugierig entgegensahen. Thomas erkannte mit einem Blick, dass sie in einem weitaus besseren Zustand waren als die vier, die man für ihn ausgesucht hatte. Zumindest, was ihr Aussehen betraf. Gut gefüttert waren sie zweifellos alle.

„Falben aus unserer Zucht will der hohe Herr haben“, murmelte Fritz und klopfte einem der Pferde auf den Hals. „Das kann ich gut verstehen. Die unseren sind auch von ausgezeichneter Qualität und können sich überall sehen lassen.“ Er wandte sich zu Thomas um. „Ich lasse euch ein Lager herrichten, ihr könnt hier übernachten. Morgen stehen die richtigen Pferde für euch bereit.“ Er kniff kurz die Lippen zusammen. „Ganz schön mutig, in diesen Zeiten von München ins Württembergische zu reiten, um ein paar Pferde zu kaufen!“

Thomas holte tief Luft.

„Der Herren Wille …“, sagte er nur und strich dem Pferd, das ihm am nächsten stand, vorsichtig über die Nüstern. Fritz beobachtete ihn dabei und nickte dann anerkennend.

„Scheinst es gut zu können mit denen“, stellte er fest. „Da weiß ich, dass sie gut behandelt werden, solange du mit ihnen zu tun hast. Einen wie dich könnte ich auch gut brauchen.“

„Wenn Ihr einmal Arbeit in einer Schmiede habt, komme ich gerne auf das Angebot zurück“, antwortete Thomas.

„Schmiede? Ja, auch darüber könnten wir reden.“

Mit diesen Worten begleitete Fritz ihn aus dem Stall und zeigte ihm und dem Martl anschließend eine kleine Kammer daneben, wo sie nächtigen konnten.

Am nächsten Tag standen vier wundervolle Rösser auf dem Hof bereit, die Thomas sich von Fritz vorführen und in ihren Eigenschaften beschreiben ließ. Thomas besah sich vor allem Zähne, Gelenke und Hufe der Tiere genauer und prüfte ihre Eisen. Der Aalstrich auf ihren Rücken war bei allen vier Pferden schön ausgeprägt, ihre Augen waren klar, ihre Nüstern sauber, ihre Zähne zeigten, dass sie noch jung waren, und überhaupt war ihr Fell wunderschön gezeichnet und dicht.

„Es sind wundervolle Pferde“, sagte er anerkennend, nachdem er mit seiner Prüfung fertig war. „Der Kurfürst wird sehr zufrieden sein. Sind die bereits zugeritten“

„Nein, aber ihr könnt sie getrost als Packpferde mitführen, das kennen sie, das ist kein Problem.“

Thomas zeigte auf den Stall, neben dem sie in einer der kleinen Kammern genächtigt hatten. „Da steht noch so ein Prachtexemplar“, sagte er.

„Der Schimmel ist unverkäuflich“, antwortete Fritz, der

dem Blick des jungen Mannes aufmerksam gefolgt war. „Der hat einen so sturen Kopf, den kann keiner reiten. Wir lassen ihn noch eine Zeit lang stehen, vielleicht taugt er ja als Zuchthengst, mal sehen. Ich bin gespannt, wie sich seine Fellfarbe weiterentwickelt. Jedenfalls ist sein Vater ein Apfelschimmel."

„Der würde meinem Hauptmann auch gefallen", sagte Thomas nachdenklich.

Der Stallmeister wiegte den Kopf.

„Möglich. Er hat eine gute Hand für Pferde, das muss ich schon sagen. Der Kuni war auch so ein widerspenstiges Tier. Den wollte dein Hauptmann damals unbedingt haben. Drei Mal war er hier wegen dem Hengst, bis wir ihn hergegeben haben."

„Wer hat ihn denn zugeritten?", wollte Thomas wissen.

„Na wer wohl: dein Hauptmann! Vier Wochen lang ist er nach dem Kauf auf dem Gestüt geblieben, bis er ihn so weit hatte. Leider haben wir ihn danach nicht wieder gesehen."

Als er sah, dass Thomas seinen Blick nicht von dem Schimmel wenden konnte, lachte er.

„Denk nicht einmal daran! Selbst, wenn wir ihn verkaufen würden: Er ist bestenfalls eines Königs würdig und wäre außerdem zu teuer für dich und deinen Hauptmann. Und jetzt solltet ihr losreiten. Es sind schon bei gutem Wetter drei Tagesritte bis Augsburg, wenn ihr mit Packpferden unterwegs seid. Ich habe für vier Tage Futter herrichten lassen und genug Proviant für euch."

„Weiß man, wie sicher der Weg ist bis Augsburg?", wollte der Martl wissen, der die ganze Zeit über dabeigestanden und schweigend zugehört hatte. Jetzt überprüfte er seine Pistole und die Munition.

„Mir ist nichts bekannt, dass es hier im Süden irgendwelche militärischen Geplänkel gäbe, wenn du das meinst", antwortete der Stallmeister. „Die sind doch alle weit oben im Norden, um den Dänenkönig und seine Söldner in ihr Land zurückzuscheuchen. Was sollen die bei uns? Aber es gibt Gerüchte über Wegelagerer, die arglose Bauern und Händler überfallen. Für diese Leute sind die wertvollen Tiere natürlich eine lohnende Beute. Es wundert mich eh, dass ihr nur zu zweit unterwegs seid, um sie abzuholen. Aber vielleicht wollte euer Hauptmann dadurch vermeiden, dass man auf euch aufmerksam wird. Also passt gut auf sie auf." Er kraulte eine der Stuten hinter den Ohren, die leise schnaubend antwortete. „Und auf euch."

„Das werden wir", versprach Thomas und verabschiedete sich von ihm.

Auf Anraten des Stallmeisters führte der Martl die drei durch ein Seil verbundenen Stuten mit den Futtersäcken, Thomas den Hengst, auf dessen Rücken sie ihre eigenen Habseligkeiten gepackt hatten.

Als sie das Tor passierten, drehte sich Thomas noch einmal nach dem Stallmeister um. Der war jedoch bereits in einem der Gebäude verschwunden.

Es hatte heftig zu regnen begonnen. Die Wege waren matschig und stellten Reiter und Pferde ständig vor neue Herausforderungen. Es war schon ein Wunder, dass die jungen, nicht zugerittenen Tiere überhaupt so geduldig als Packpferde mitliefen. Die beiden Männer stiegen immer wieder ab und führten ihre Tiere neben sich, bis sie am frühen Nachmittag aufgaben und bei einem Bauern um Unterkunft baten. Der schaute nicht schlecht, als er sah, was die beiden mit sich führten. Thomas beobachtete, wie er sich mit einem kräftigen jungen Mann unterhielt und dabei auf die Falben zeigte.

„Wir werden bei den Pferden bleiben“, raunte er dem Martl zu, der das auch beobachtet hatte.

„Wir werden weiterziehen“, antwortete der bestimmt und zog den Sattelgurt seines Braunen wieder fest. „Wenn denen was Dummes einfällt, ziehen wir den Kürzeren.“

„He du!“ Thomas winkte den Bauern zu sich her, der mit gerunzelter Stirn auf ihn zukam. „Wir haben es uns anders überlegt. Wir müssen weiter, wenn wir unser Ziel rechtzeitig erreichen wollen.“

Der Bauer schüttelte energisch den Kopf.

„Bei dem Wetter kommet ihr ned weit. Wem gehören die Gäule überhaupts?“, wollte er in breitestem Schwäbisch wissen. „Euch bestimmt ned. Mir hend die Brandzeichen gseah und uns überlegt, ob ihr sie ned gstohla habt. Die sehn aus wie vom Marbacher Hof, und die geben keinen dahergelaufenen Kerlen wie euch solche Gäule mit. Also?“

Thomas war ratlos. Was sollte er dem Bauern sagen? Dass die Pferde dem bairischen Kurfürsten gehörten? Sie befanden sich noch auf württembergischem Boden.

„Sie gehören eurem Landesherrn, dem Herzog von Württemberg“, ließ sich Martl vernehmen, der Thomas angesehen hatte, was er dachte. „Wir haben sie vom Gestüt Marbach geholt und sollen sie an einen geheimen Ort bringen.“

Thomas erinnerte sich daran, was der Hauptmann ihm gesagt, und an ein Gespräch, das Martl mit einem der Stallburschen geführt hatte. Der erzählte ihm, dass sie etliche Pferde an geheimen Orten versteckt hielten, um im Falle eines Angriffs auf das Gestüt sicherzugehen, dass die Zucht im Sinne des Herzogs weitergeführt werden konnte. Es würde sonst unter Umständen Jahrzehnte dauern, bis sie wieder auf dem heutigen Stand waren, wenn so etwas passierte. Mit Sicherheit gehörten auch die vier, die sie gerade gekauft hatten, zu den versteckt gehaltenen Tieren. Deshalb hatte es seine Zeit gedauert, bis sie zum Gestüt gebracht werden konnten. Wenn sich der Bauer damit auskannte, wusste er, dass so etwas durchaus im Bereich des Möglichen lag.

Der Bauer musterte ihn einen Augenblick lang mit zusammengekniffenen Augen.

„Führt sie in den Stall“, sagte er dann. „Und legt euch von mir aus dazu. Mir hend keine Bettstatt für euch. Futter hend ihr selber mitbracht, wie ich seah kann. Ich kann euch nix geben, mir hend selber nix mehr. Kommt ins Haus, wenn ihr fertig seid. Mein Weib hat eine Abendsuppe gekocht, die langt auch noch für euch zwei.“

Der Stall, in dem sie die sechs Pferde unterstellten, machte keinen vertrauenswürdigen Eindruck. Das Dach hatte Löcher, die Stützen waren bereits morsch, und in den Wänden fehlte so gut wie jedes dritte Brett. Der Regen war inzwischen in nassen Schnee übergegangen. Es tropfte überall herein, was ihnen eine unruhige Nacht bescheren würde. Aber besser so, als im Freien übernachten.

Nachdem Martl die Pferde gefüttert und getränkt hatte, zeigte er auf den Dolch, den er am Gürtel hängen hatte. „Solltest deinen auch mitnehmen“, befand er, bevor er den Stall verließ. „Sicher ist sicher.“

„Und die Tiere?“, fragte Thomas ratlos zurück. „Soll nicht lieber abwechselnd einer von uns bei ihnen bleiben?“

Martl kratzte sich am Bart und zuckte dann die Schultern. „Wir behalten die Männer im Auge“, antwortete er dann. „Wenn einer von denen rausgeht, gehen wir mit.“

„Hoffen wir, dass nicht noch jemand irgendwo draußen darauf wartet, dass wir ins Haus gehen.“

Um einen runden Tisch in der kleinen Küche saßen nicht nur der Bauer und der junge Mann, dem sie draußen bereits begegnet waren, sondern auch eine Frau und zwei halbwüchsige Buben, die ihnen neugierig entgegensahen.

„Das ist Erna, mein Weib, und des send Karl und Georg, meine Buben. Der Große ist der Ernst, unser Knecht“, stellte der Bauer sie vor. „Ich bin der Ewald. Setzet euch! Viel können mir euch ned anbieten, aber es reicht allemal, um ned zu verhungern.“

Martl fasste sich als Erster ein Herz und ließ sich auf einem der beiden dreibeinigen Hocker nieder, die am Tisch noch frei waren. Thomas zögerte noch einen Augenblick, dann tat er es ihm gleich.

„Wohnt ihr alle hier?“, wollte Thomas wissen. „Ich meine, seid ihr nicht mehr Leute?“

„Noi.“ Der Bauer legte seinen Kopf schief. „Mehr sind mir ned. Hast Angst, dass dir jemand die Gäule stiehlt, während mir euch hier drin ablenken, ha?“

Beschämt schüttelte Thomas den Kopf.

„Wir sind euch dankbar für eure Gastfreundschaft“, lenkte Martl ein und faltete brav die Hände.

Erna holte einen Kessel vom Herd, den sie mit einem scheuen Seitenblick auf die beiden Fremden auf den Tisch stellte. Nachdem der Bauer ein Tischgebet gesprochen und sich bekreuzigt hatte, begannen sie, gemeinsam daraus eine kräftige Gemüsesuppe zu löffeln. Ihre Wärme tat den beiden durchgefrorenen Männern gut.

„Ihr hattet Pferde?", fragte Thomas und wies mit dem Löffelstiel in Richtung Stall, den er von seinem Platz aus durch ein kleines Fenster sehen – und überwachen – konnte.

Der Bauer nickte traurig.

„Ja, zwei gute Ackergäule. Bis vor einem Jahr. Dann mussten mir sie verkaufen." Er hob seinen vollen Suppenlöffel hoch, deutete darauf und fuhr dann fort: „Gemüse haben mir noch ernten können dieses Jahr, und ein paar Hennen sind uns auch blieben. Aber die diesjährigen Bieberl hatten den Zipf und sind daran gstorben. Jetzt müssen mir zusehen, wie mir den Winter überstehen."

„Vielen Dank noch mal für das Essen", sagte Thomas, dem längst klar war, welches Opfer die Menschen hier brachten, um die Fremden wenigstens mit einer warmen Suppe zu versorgen.

„Wo ist denn der nächste Ort?", wollte der Martl wissen.

Der Bauer schloss kurz die Augen. Dann holte er tief Luft und antwortete: „Eine knappe Viertel Wegmeile von hier, vielleicht auch ein bissle weniger, so genau geht's bei uns da heraußen ned. Aber es lebt dort keiner mehr. Sind alle krank geworden und nacheinander weggstorben." Er räusperte sich. „Die Pest, sagt man, aber das weiß ich ned so genau. Nur der Ernst ist übrig blieben. Der arbeit' bei uns schon seit längerer Zeit als Knecht. Mir haben kaum ebbes zu tun für ihn, und zahlen können mir ihn au ned. Aber er hat ja niemand mehr, deshalb haben mir ihn hierbehalten." Sein Blick ruhte einen Augenblick lang auf dem Gesicht des jungen Mannes, der regungslos dasaß und vor sich hinstarrte. „Das Dorf ist eines Tages in Flammen aufgangen."

Der Bauer hob bedauernd die Schultern. „Wurde von ein paar elenden Lumpen anzünd, wie sie gemerkt haben, dass dort nichts zu holen ist. Sind ein paar Alte und Sieche noch in den Häusern gwesn. Sind alle verbrannt. Seitdem gehen dort ihre Geister um."

Der Knecht hatte inzwischen den Kopf gehoben und die beiden Besucher schweigend gemustert. Was der Bauer über sein Dorf und letztendlich über seine Familie erzählte, schien ihn nicht weiter zu berühren. Nicht mehr.

„Gehört ihr zu einem der Regimenter, von denen jetzt immer öfter die Red ist, und die angeblich gegen die Nordmänner ziehen sollen?", fragte er. „Weil ich euch die Gschicht mit den Pferden ned glaub."

Bevor Thomas darauf antworten konnte, mischte sich der Martl ein. Er hob auffordernd das Kinn in Richtung des Knechts.

„Kannst ja mitkommen, wenn du willst, dann siehst du, zu welchem Regiment wir gehören. Wir bringen die Pferde noch in ihr Versteck, dann ziehen wir weiter. Wie es aussieht nach Norden."

„Ihr seid Katholische."

„Wir sind Söldner."

Thomas schaute seinen Kameraden überrascht an. Der zog nur grinsend die Augenbrauen hoch und beschäftigte sich wieder mit der Suppe. Er hatte sich fein herausgeredet.

„Ich ziehe gegen niemand in den Krieg", antwortete Ernst mit einem bedeutungsvollen Blick auf den Martl. „Das mag machen, wem nichts an einem ehrbaren Leben liegt."

„Es sind viele Mordbrenner und Lumpen unter den Söldnern", brummte der Martl. „Da hast du wohl recht.

Aber du solltest vorsichtiger sein mit dem, was du sagst.“ Er musterte den Knecht finster. „Und zu wem.“

Bevor jemand etwas darauf erwidern konnte, legte Thomas seinen Löffel beiseite und fasste den Knecht ruhig ins Auge.

„Meine Familie wurde von marodierenden Soldaten abgeschlachtet, die mein Dorf zerstört haben.“ Er zeigte auf den Martl, der mit Zornesfalten auf der Stirn neben ihm saß und den Knecht wütend anfunkelte. „Frag ihn, weshalb er bei den Söldnern ist!“

Der Bauer hob beschwichtigend die Hand.

„Lasset es gut sein. Unser Herzog ist ned dran interessiert, sich in die Angelegenheiten des Kaisers einzumischen. Deshalb ist es bei uns auch friedlich und mir hoffen, es bleibt weiter so. Man hört so viel Schlimmes aus Österreich und aus dem Norden, das macht uns Angst.“ Er biss sich kurz auf die Lippe. „Das mit dem Dorf waren aber wie gsagt keine Söldner, das war eine üble Räuberbande. Deshalb sind mir auch so vorsichtig mit Leuten, die mir ned kennen. Wenn die mit sechs Gäulen daherkommen, von denen ein paar auch noch das Brandzeichen der Marbacher tragen, sind mir doppelt vorsichtig.“ Er zeigte auf den Dolch, den der Martl sichtbar an der Seite trug. „Den hättest bei uns da herin ned braucht.“ Als der Martl die Augenbrauen hob, fügte er breit grinsend noch hinzu: „Ich moin, bei uns gibt’s nix mehr zu essen, das man aufspießen könnt.“

Die Männer bedankten sich für ihre Abendsuppe und machten sich umgehend auf den Weg hinüber zum Stall, wobei der Martl laut vor sich hin schimpfte.

„Du hast gehört, weshalb die so vorsichtig sind, also lass es gut sein“, versuchte Thomas, ihn zu beschwichtigen.

„Ja, aber wachsam werde ich bleiben, das kannst du mir glauben!"

Der Regen war in wässrigen Schnee übergegangen, der durch sämtliche Ritzen und Löcher in den Stall troff. Von irgendwoher waren unheimliche Laute zu hören, die den beiden durch Mark und Bein gingen. Auch die Pferde waren unruhig, scharrten mit den Hufen und schnaubten leise.

„Wölfe", stellte der Martl fest und schüttelte sich. „Wir sollten auf der Hut sein heute Nacht."

„Nicht nur vor ihnen", antwortete Thomas und suchte im Dunkeln nach seiner Decke. Er hörte den Martl laut auflachen.

„Hast Angst vor den Toten?"

Was Thomas befürchtet hatte, trat ein: Der Martl konnte nicht aufhören, laut über die umtriebigen Toten nachzudenken, von denen der Bauer erzählt hatte, und hielt sie beide damit in angespannter Wachsamkeit.

11. Kapitel

Augsburg, November 1626

Die beiden Männer hatten in dieser Nacht so gut wie kein Auge zugetan und waren froh, als es endlich hell wurde und sie aufbrechen konnten. Thomas schmerzten alle Glieder, da er die halbe Nacht frierend an einen Pfosten gelehnt auf dem harten Boden gesessen hatte.

Der Bauer stand in der Tür seines Hauses und schaute zu, wie sie ihre Pferde sattelten und auch die mitgebrachten Packtiere zum Abmarsch fertig machten.

„Wenn ihr der Straße weiter folgt, die ihr kommen seid, kommt ihr morgen noch vor Einbruch der Dunkelheit in Augsburg an. Es ist nicht mehr weit, aber schwierig bei dem Wetter. Das ist doch euer nächstes Ziel, oder?" Er wies mit dem Kinn auf den Martl, der gerade die vier Falben aus dem Stall führte. Er hatte ihnen wohl kein Wort von dem geglaubt, was sie über ein geheimes Versteck für die Tiere erzählt hatten.

Thomas zog den Sattelgurt seines Braunen fest und ging dann zu dem Bauern hinüber.

„Hier, für das Quartier und die Suppe", sagte er anstelle einer Antwort.

„Behüt euch Gott!", rief der Bauer ihnen nach, während sie gleich darauf aus dem Hof ritten und den genannten Weg einschlugen. „Passt gut auf euch und die Viecher auf!"

Als sie nach einem kurzen Wegstück dessen ansichtig wurden, was einmal ein Dorf gewesen sein mochte, lief es beiden eiskalt über den Rücken: Es bestand nur noch aus verrußten Resten einiger Häuser und Stallungen, die – vom nassen Schnee wie mit einem Leichentuch bedeckt – in einer Talsenke vor ihnen zu sehen waren. Ein Dorf wie so viele, die es in jenen Zeiten gab. Und doch war die Stimmung hier anders. Zwischen den Häusern waren unzählige Spuren zu sehen, die der Martl sofort als die Pfotenabdrücke von Wölfen ausmachte, die aber nirgends zu sehen waren. Daher also waren die unheimlichen Laute in der vergangenen Nacht gekommen.

Aber nicht nur das ließ die beiden frösteln. Zwischen den Ruinen meinten sie im erneut einsetzenden leichten Schneetreiben vermummte Gestalten umherhuschen zu sehen. Thomas erinnerte sich an die Hintere Waschette in Aychstätt, die als Hexentanzplatz verschrien war, und ließ sein Pferd ein wenig schneller gehen. Offensichtlich steckten ihm noch die Gruselgeschichten in den Knochen, die der Martl die halbe Nacht lang von sich gegeben hatte. Selbst die Pferde schienen froh zu sein, trotz des knöchelhoch liegenden Schnees in eine schnellere Gangart wechseln zu können.

Hinter dem zerstörten Dorf war die Straße kaum noch als solche zu erkennen. Das Schneetreiben wurde stärker, und die beiden Männer hatten Mühe, ihren Weg zu finden.

Als sie den Rand eines kleinen kahlen Wäldchens passierten, glaubte Thomas, erneut Gestalten herumhuschen zu sehen. Aber dieses Mal waren es nicht die möglichen Geister Verstorbener, sondern Menschen, die sich den beiden plötzlich in den Weg stellten.

Sie waren in schmutzige Lumpen gehüllt und schauten die

Reiter unter ihren löcherigen Kapuzen hervor aus dunkel umschatteten Augen lauernd an.

„Wirf ein paar Münzen in den Schnee!“, raunte der Martl seinem Kameraden halblaut zu.

„Herunter von den Gäulen!“, herrschte im selben Augenblick eine der Gestalten die beiden an und hob etwas hoch, das entfernt an eine Arkebuse erinnerte. Thomas wusste, dass es fast unmöglich war, mit den schweren Kalibern ein Scheunentor auf wenige Fuß Entfernung zu treffen, wenn man sie nicht irgendwo auflegte. Dennoch waren sie nicht zu unterschätzen.

„Runter von den Gäulen!“, herrschte ihn die Lumpengestalt erneut an und hielt ihre Waffe auf ihn gerichtet. Im selben Augenblick flog etwas direkt an seinem Kopf vorbei und versank neben seinem Braunen im Schnee. Der Martl hatte ein kleines Ledersäckchen mit ein paar Münzen geworfen. Einer, der hinter dem mit der Waffe gestanden hatte, klaubte es auf. Thomas ließ sein Pferd bereits antraben, bevor sich ihnen die Gestalten wieder zuwenden konnten, denen er schnell selber noch ein paar Münzen zuwarf. Sie stürzten sich wie die Raubtiere auf die kleinen Löcher, die das Geld im Schnee hinterließ, und fingen an, sich laut um ihre Beute zu balgen. Der Martl zog mit seinen drei Packtieren an Thomas vorbei und beeilte sich wie er, unbehelligt wegzukommen.

Da fiel plötzlich ein Schuss. Thomas hörte, wie eine Kugel an ihm vorbeipfiff und keine zehn Fuß entfernt die Rinde eines Baumes zerfetzte. Sein Pferd erschrak so, dass es einen Satz nach vorne machte und Thomas fast abgeworfen hätte. Auch der Hengst, den er mitführte, und der ohnehin schon recht unruhig gewesen war, bäumte sich kurz auf und keilte nach allen Seiten aus, dass der Schnee unter seinen Hufen aufstob.

„Verdammte Scheißkerle!“, hörte er den Martl fluchen, als gleich darauf ein zweiter Schuss fiel. Die Kugel verfehlte nur ganz knapp eine der drei Stuten, die in panischer Angst einen Sprung nach vorn machte und die anderen mitriss. „Herrgott Sakrament noch mal!“, schrie der Martl, der Mühe hatte, sich im Sattel und die Tiere im Zaum zu halten. Thomas lenkte seine beiden Pferde zur Seite, um ihm auszuweichen, und geriet unversehens in eine Schneewehe, die er nicht gesehen hatte. Sein Brauner strauchelte und hätte ihn beinahe doch noch abgeworfen. Auch der mitgeführte Hengst taumelte, und Thomas befürchtete schon, er könne sich verletzt haben.

Ein dritter Schuss fiel, traf aber nur einen Haufen Schnee, aus dem eine kleine Fontäne in die Höhe schoss.

Thomas ließ sich aus dem Sattel gleiten und zog seinen Braunen auf den Weg zurück, indem er ihm leise zuredete. Beide Pferde folgten ihm zögernd. Der Martl war schon ein ganzes Stück vorausgaloppiert. Offenbar ließen sich seine Pferde nicht beruhigen, und er tat das für ihn einzig Richtige: Er ließ sie laufen und hielt sich dabei tapfer im Sattel.

Thomas schaute sich um und sah, dass die Räuberbande stehen geblieben war. Er vermutete, dass der Schütze nachlud und erneut auf sie feuern würde.

Ein prüfender Blick auf die Beine und Gelenke des Falben sagte ihm, dass zumindest nichts gebrochen war. Auch sein Brauner schien unbeschadet. „Steig auf und hau ab!“, brüllte ihm der Martl zu, der inzwischen seine Pferde hatte anhalten können und auf Thomas wartete.

Bevor der vierte Schuss fiel, saß Thomas wieder im Sattel

und drückte seinem Braunen die Hacken in die Flanken. Doch der war durch den Knall und das Geräusch der knapp an ihm vorbeizischenden Kugel sowieso schon so panisch, dass beide Tiere losstürmten. Thomas konnte sich nur mühsam im Sattel halten und schloss schnell zu Martl auf. Schnee stob unter ihren Hufen auf, während die Pferde sich ihre Angst aus dem Leib galoppierten. Die beiden Reiter schickten Stoßgebete gen Himmel, dass sich darunter kein Eis befinden möge.

Erst eine ganze Wegstrecke hinter dem Wäldchen verlangsamten sie ihr Tempo, hielten aber erst an, als sie ganz sicher sein konnten, dass ihnen niemand folgte.

„Das war verdammt knapp", stellte der Martl keuchend fest, nachdem sie die dampfenden Leiber der Pferde untersucht und vor allem ein Augenmerk auf deren Beine und Fesseln gerichtet hatten. „Denen ist Gott sei Dank nichts passiert."

Thomas klopfte seinem Braunen auf den Hals.

„Die haben schon länger keine Schüsse mehr gehört", stellte er dabei fest. „Ich dachte, die halten so was aus."

„Die im Gestüt sowieso nicht", antwortete der Martl. „Die hatten dort ein ruhiges Leben. Der Kurfürst wird die meisten von ihnen auch nicht alle als Reitpferde für seine Söldnergeneräle verwenden. Er will sie ja für die Zucht haben und vermutlich an andere Fürstenhäuser weiterverkaufen." Er zeigte auf das dampfende Fell der Tiere. „Wir müssen zusehen, dass wir Augsburg so schnell es geht erreichen. Ich hoffe, es gibt hier nicht noch mehr Tagediebe." Als der Martl das zweifelnde Gesicht seines Kameraden sah, lachte er. „Du hättest besser schießen üben sollen als dich mit dem Trossweibel zu streiten", stellte er fest. „Aber keine Angst, ich kann das."

„Davon habe ich nichts gemerkt", brummte Thomas und stieg wieder auf seinen Braunen.

„Wieso? Ich habe sie immerhin abgelenkt!" Der Martl stieg ebenfalls auf sein Pferd, das sich sofort in Bewegung setzte. „Vom Pferd aus schießen und treffen, das können nur die Krabaten, die wilden Hunde, die."

Augsburg empfing sie in der bereits früh einsetzenden Abenddämmerung des nächsten Tages bei dichtem Schneetreiben. Für die Nacht hatten sie glücklicherweise einen Gasthof gefunden, in dem sie sicher untergebracht waren. Sie konnten gerade einmal das rußende Licht der Fackeln am Stadttor ausmachen, als sie auf die Mauern der Stadt zuritten, und waren heilfroh, dass man sie noch vor der Schließung durchließ.

Die Stadt war bekannt dafür gewesen, dass in ihren Mauern katholische und protestantische Bürger ein friedliches Zusammenleben gefunden hatten. Selbst im Rat und sämtlichen Ämtern herrschte ein per Verfassung geregeltes, ausgewogenes Verhältnis zwischen den Anhängern der beiden Religionen. Wie es jetzt dort aussah, wussten die beiden Reiter nicht.

Einen ganz besonderen Stand hatten die Fucker in Augsburg erreicht, waren sie doch neben Peller in Nürnberg die erfolgreichsten Geschäftsleute im ganzen Reich. Einer ihrer Vorfahren, Hans Fucker, war vor gut zweihundertfünfzig Jahren aus einem winzigen Nest namens Graben in die Stadt am Zusammenfluss von Wertach und Lech gezogen. Er war zunächst als Weber und später als Tuchhändler so erfolgreich, dass seine Nachkommen bald zu den reichsten Männern der damals bekannten Welt zählten und sogar geadelt wurden.

Schon am Stadttor erfuhren die beiden Reiter, welche Besonderheit diese Fuckerey war, die vor gut einhundert Jahren von einem gewissen Jakob Fucker gestiftet wurde. Darin fanden arme Handwerker und Tagelöhner Unterkunft, die für ein tägliches Vaterunser, das Glaubensbekenntnis und ein Ave Maria für die Familienmitglieder ihrer Wohltäter dort leben durften. Sie gingen tagsüber ihrer Arbeit nach und sobald sie wieder selber für sich sorgen und ihre Familien ernähren konnten, mussten sie sich eine neue Heimstatt suchen. Bettler und Hausierer waren nicht erwünscht.

Thomas und der Martl wurden angewiesen, die Pferde zum Stadtpalast der Fucker zu bringen, von wo aus die Tiere weiter ins kurfürstliche Gestüt Maximilians verbracht werden sollten, sobald die Voraussetzungen dafür passten.

Eine der Wachen begleitete sie bis vor das Adlertor, das sich in der Mitte der kaum überschaubaren Front des riesigen Palastes befand. Dort überließ er sie den Bediensteten des Hauses Fucker.

Thomas hatte sich inzwischen zwar schon ein wenig an den Dialekt gewöhnt, der auf der Schwäbischen Alb und ganz ähnlich wohl auch hier gesprochen wurde. Er musste jedoch immer sehr genau hinhören, um zu verstehen, was man von ihm wollte oder ihm sagte. Auch ohne Worte verstand er, dass der Stallmeister sich sehr viel Zeit ließ, bis er endlich im Innenhof des mit Fackeln erhellten Palastes auftauchte.

„Ich werde die Pferde bei uns einstellen lassen und sie morgen einer genaueren Inspektion unterziehen“, sagte er, nachdem er einen prüfenden Blick auf die Tiere geworfen hatte. „Ich will sichergehen, dem Kurfürsten von Baiern kein Glump zu übergeben.“ Er strich mit der Hand über die Knöchel der Vorderbeine einer der Stuten. „Lahmt die nicht?“

„Bislang war sie in bester Verfassung“, erwiderte Thomas, dem das überhebliche Getue des Stallmeisters ganz und gar nicht passte. „Müde sind sie, und der Weg war denkbar schlecht. Aber sie haben es gut überstanden, brauchen nur Futter, Wasser und einen trockenen Unterstand.“

Der Stallmeister warf ihm einen zornigen Blick zu.

„Du musst mir nicht sagen, was ich zu tun habe, Bursche, verstanden?“

Thomas gab sich weiterhin unbeeindruckt.

„Ich brauche ein Papier für meinen Hauptmann von Euch, in dem bestätigt ist, dass wir die Pferde abgegeben haben.“

„Ach ja? Kannst du überhaupt lesen?“

„Kann er“, log der Martl. „Ist ja nicht auf der Brennsuppe dahergeschwommen!“

Thomas hob, ein Lachen unterdrückend, herausfordernd das Kinn.

„Also?“

„Morgen“, wiederholte der Stallmeister ungehalten und winkte einen wartenden Burschen herbei, der die Tiere wegbringen sollte. „Sobald ich sie mir genauer angeschaut habe.“

Er zeigte den beiden noch den Weg zur Fuckerey, wo sie die Nacht verbringen konnten.

„Zwei Tagesritte bei dem Wetter“, antwortete einer der Stallburschen am nächsten Tag auf die Frage, wie lang es zu Pferd denn dauerte bis Ingolstadt.

Thomas beobachtete angespannt, wie der Stallmeister die vier Pferde untersuchte. An jedem hatte er etwas auszusetzen. Wenn er noch länger brauchte, konnten sie heute nicht mehr aufbrechen. Es hatte zwar aufgehört zu schneien, aber die Straßen und Wege waren matschig und schwer zu bereiten. Der Martl stand an die Stallwand gelehnt und kaute auf einem Strohhalm, während er missgelaunt darauf wartete, endlich losreiten zu können. Ihre beiden Pferde standen bereits gesattelt und bepackt im Stallgang.

„Euer Ziel ist Ingolstadt?“, fragte der Stallmeister, während er um den Hengst herumging, der die Untersuchungen unruhig über sich ergehen ließ. „Gehört ihr zu denen, die in der Stadt einquartiert wurden?“

„Nein“, antwortete Thomas wahrheitsgemäß. „Wir lagern vor Aychstätt, wohin uns der Kurfürst beordert hat.“

„Dein Hauptmann heißt vom Walde?“, fragte der Stallmeister weiter, der mit seiner Begutachtung fertig zu sein schien und sich die Hände an den Beinkleidern abwischte. „Bringt sie in den Stall zurück!“, rief er den wartenden Stallburschen zu. „Und passt gut auf sie auf!“

„Vom Walde, das ist richtig.“

„Steht so in den Papieren. Den Namen habe ich schon mal gehört“, antwortete der Stallmeister nachdenklich. „Da kam vor Jahren mal einer ab und zu hierher, ein Händler, der hieß auch so.“

Thomas antwortete nicht darauf. Er hatte keine Lust, sich mit dem Kerl über seinen Hauptmann zu unterhalten. Er wollte sich überhaupt nicht mehr mit ihm unterhalten. Er wollte einfach weiter.

„Dafür, dass ihr schlechte Wege nehmen musstet, sind sie in guter Verfassung“, ließ der Stallmeister sich schließlich zu einem freundlichen Wort herab. „Die paar Blessuren an den Beinen verheilen schnell.“ Er nickte Thomas anerkennend zu. „Gute Wahl! Die werden dem Kurfürsten gefallen.“

Thomas verkniff sich ein erleichtertes Aufatmen für diese unerwarteten Worte. Er bedankte sich für die Herberge und winkte den Martl zu seinem Pferd.

„Werdet ihr Weihnachten und den Jahreswechsel noch in Aychstätt verbringen?“, wollte der Stallmeister wissen. Irgendwie schien ihn das zu interessieren.

Thomas hob die Schultern.

„Das erfahren wir, sobald wir zurück im Lager sind“, antwortete er ausweichend und stieg auf seinen Braunen.

„Richtet eurem Hauptmann Grüße von mir aus. Die Zeiten ändern sich auch wieder. Vielleicht kommen wir ja irgendwann mal wieder ins Geschäft! Das Haus Fucker würde sich freuen, sagt es ihm.“

„Ins Geschäft?“, fragte der Martl stirnrunzelnd zurück.

„Er war ein guter Kaufmann, mit dem wir immer gerne gearbeitet haben“, hörte er die Antwort des Stallmeisters.

„Der scheint ja bekannt zu sein wie ein bunter Hund, unser Herr vom Walde“, brummte der Martl, und Thomas konnte ihm ansehen, dass er ein wenig stolz auf seinen Hauptmann war.

„Zwei Tagesritte haben wir noch vor uns, wenn alles gut geht“, rief er ihm zu. „Also schlaf nicht ein!“

„Wieso hast du ihn nach dem Weg Richtung Ingolstadt gefragt? Das ist ein Umweg“, fragte der Martl zurück, nachdem sie Augsburg verlassen hatten und auf der Landstraße Richtung Osten ritten.

„Weil ich da noch was zu erledigen habe, bevor wir ins Lager zurückkehren. Darum. Du kannst ja den direkten Weg nehmen.“

„Ich kann dich doch nicht allein nach Ingolstadt reiten lassen“, befand der Martl und schnalzte mit der Zunge, um sein Pferd ein wenig anzutreiben. Als er sich auf gleicher Höhe mit dem Kameraden befand und in dessen Gesicht sehen konnte, lachte er. „Ein Weibsbild, hab ich recht?“ Da Thomas nicht antwortete, fuhr er fort: „Wie hast du das denn gemacht? Wir waren kaum ein paar Glockenschläge lang in der Stadt. Also ich hab kein Weiberleut dort gesehen, das es wert wäre, nach ihm zu suchen.“

„Aber ich“, gab Thomas zurück. „Ich muss sie auch nicht suchen. Ich weiß, wo ich sie finde.“

12. Kapitel

Zurück in Aychstätt, Anfang Dezember 1626

Sie erreichten Aychstätt nach zwei anstrengenden Tagesritten kurz vor Einbruch der Dunkelheit. Unterwegs hatten sie sich nach kurzer Besprechung entschieden, doch nicht nach Ingolstadt zu reiten. Das Wetter war so schlecht geworden, dass sie beide keinen Sinn darin sahen, eines Weibsbildes wegen noch länger unterwegs zu sein.

Schon von Weitem konnten sie zwischen kahlen Bäumen hindurch den Schein der Lagerfeuer oben auf dem Hasenbuck sehen. Rechts an der Straße entlang begleitete sie die zugefrorene Altmühl mit der Insel, auf der sich zwei Mühlen befanden. Dorthin hatte Thomas Magdalena begleitet, wenn sie Mehl für die Trossbäckerei kaufen musste. Ein wenig wehmütig schaute er zu den verschneiten Dächern der Mühlen hinüber, bevor er nach links abbog, wo der Weg zum Lager hinaufführte.

„Im Tross gibt es genug Weiber, mit denen du dich vergnügen kannst, das weißt du doch“, fand der Martl und kam damit auf den Grund zurück, weshalb Thomas zuerst nach Ingolstadt reiten wollte. „Du musst nicht gleich eine ganze Kuh kaufen, wenn du nur einen Becher Milch haben willst.“

„Es geht nicht um die Milch“, antwortete Thomas mürrisch. „Es geht um die Kuh.“

Der Martl lachte daraufhin so schallend, dass Thomas schließlich einstimmte und beschloss, sich in der nächsten Zeit einmal unter den jungen Trossweibern umzusehen.

Er wollte wieder eine Gefährtin haben.

Zwei Wegwachen hielten die Männer auf. Sie konnten im Licht ihrer Fackeln nicht gleich ausmachen, wer den Berg heraufgeritten kam, und versperrten ihnen mit ihren Lanzen den Weg.

„Ja Alois!“, rief der Martl dem einen der beiden lachend zu. „Blind wie ein Maulwurf, aber Wache stehen. Wenn das nur gut geht auf Dauer!“

Der Angesprochene hatte bereits seine Fackel etwas in die Höhe gehoben, um die Reiter besser sehen zu können.

„Na, die Stimme kenne ich doch! Wenn das nicht der Martl ist?“

„Der ist es. Und jetzt lass uns durch, mir frieren sonst noch die Füße ab.“

„Ihr wart lange weg“, stellte Alois fest. „Wo sind die Pferde, die ihr abholen solltet?“

Der Martl schnalzte mit der Zunge, und sein Pferd setzte sich langsam wieder in Bewegung.

„Erzähle ich dir alles, sobald ich wieder aufgetaut bin“, antwortete er.

Als Thomas an den Wachen vorbeiritt, hörte er den anderen der beiden mit bedeutungsvollem Blick zu ihm hinauf sagen: „Ist das da nicht der Kerl, der vor ein paar Wochen noch auf seinen Gaul gehoben werden musste wie ein Weibsbild?“

Was Alois darauf antwortete, ging im Lachen der beiden unter. Thomas zog die Schultern hoch und beeilte sich, zu Martl aufzuholen. Zwar ärgerte ihn die Bemerkung gewaltig, aber er war auch stolz auf das versteckte Kompliment: Denn inzwischen konnte er wohl recht gut reiten, wie die Aussage zeigte. Sogar sein Hintern hatte sich inzwischen daran gewöhnt.

Die meisten Söldner hatten sich in ihre Zelte zurückgezogen oder waren im Trosslager bei ihren Familien, als die beiden oben ankamen. Ein paar saßen auch um die Lagerfeuer, die vor ihren Zelten brannten, um sich aufzuwärmen oder etwas zu essen. Als die beiden Reiter eintrafen, erhoben sich einige von ihnen und schauten ihnen neugierig entgegen.

„Der Martl!“, rief eine vertraute Stimme, und gleich darauf kam Heiner auf die beiden zugelaufen. „He, Männer, unsere beiden Rosstäuscher sind zurück!“

Dafür bekam er vom Martl von seinem Pferd herunter einen Tritt gegen die Schulter, dass er fast rückwärts in den Schneematsch gefallen wäre.

„Steig ab, du Feigling! Oder traust du dich nur von deinem Gaul herunter frech zu sein?“, wollte Heiner wissen und zog den Freund am Arm vom Pferd. Die beiden begrüßten sich, als hätten sie sich jahrelang nicht gesehen. Ein paar andere Männer kamen dazu und empfingen den alten Haudegen lachend und mit tausend Fragen.

Thomas harrte reglos auf seinem Braunen aus und sah dem Schauspiel mit gemischten Gefühlen zu. Niemand schien ihn wahrzunehmen oder sich gar darüber zu freuen, dass er heil wieder zurückgekommen war.

Hauptmann Leonhart war vom Lärm der Männer aus seinem Zelt gelockt worden. Jetzt stand er mit vor der Brust verschränkten Armen davor und sah zu ihnen hinüber.

Thomas ließ sich aus dem Sattel gleiten und führte sein Pferd in den Unterstand, den die Männer inzwischen zum Schutz der Tiere gebaut hatten, und in dem außer ein paar anderen Pferden auch der Falbe des Hauptmanns stand. Er nahm den Sattel und sein Bündel vom Rücken seines

Braunen und rieb ihn mit einem Büschel Stroh ab, das er aus einem Haufen im Unterstand zog.

„Scheint, als sei alles gut gegangen", hörte er die Stimme Leonharts hinter sich sagen. „Wenn du hier fertig bist, machst du Meldung."

Thomas fütterte und tränkte sein Pferd, gab ihm einen Klaps auf den Hintern und machte sich auf den Weg zum Zelt des Hauptmanns. Der Martl stand noch immer neben einem der Feuer, umringt von neugierig fragenden und laut lachenden Männern, die sich freuten, ihn wieder in ihrer Mitte zu haben. Heiner hatte einen Arm um den Kameraden gelegt und hielt ihm einen Schlauch mit Wein unter die Nase.

„Ich bin froh, dass ihr gesund wieder zurück seid", begrüßte ihn der Hauptmann am Eingang seines Zeltes. Thomas folgte ihm schweigend ins Innere. Der Schein des Feuers davor beleuchtete es gerade so, dass man außer dem mit einem dicken Fell bedeckten Schlafplatz einen Tisch und zwei Hocker darin erkennen konnte. Auf einen davon deutete der Hauptmann, während er zum Zelteingang zurückging.

„Setz dich." Nach draußen rief er: „Was zu essen und heißen Wein!"

„Ja, Herr, ich komme!", hörte Thomas die Stimme Heiners, der gleich darauf im Zelteingang stand. „Ich wollte nur …"

„Was zu essen und heißen Wein!", unterbrach ihn der Hauptmann und setzte sich Thomas gegenüber.

„Wein?"

„Warmes Bier habe ich inzwischen genug getrunken, heißer Wein ist besser", antwortete der Hauptmann. „Und jetzt berichte."

Während Thomas seinem Hauptmann erzählte, was sie unterwegs erlebt hatten, und ihm bestätigte, dass die vier

Pferde wohlbehalten in Augsburg angekommen waren, brachte Heiner eine Pfanne herein und einen Krug mit dampfendem Wein. Thomas lief das Wasser im Mund zusammen. Er hatte den ganzen Tag über nichts gegessen und war so hungrig, dass er zuerst gar nicht sah, was da zwischen den paar Fleischstückchen noch in der Pfanne brutzelte.

„Erdäpfel."

Thomas schaute Heiner mit großen Augen an.

„Erdäpfel?"

„Ja, haben wir unten in Aychstätt auf dem Markt gefunden. Die soll irgendein Kerl aus dem Böhmischen mitgebracht haben, wenn ich mich recht erinnere. Wir haben auch wieder Brot, aber es lohnt sich ..."

„Danke. Und jetzt lass uns wieder allein", unterbrach ihn der Hauptmann erneut. „Man nennt sie auch Tartuffeln", wandte er sich an Thomas. „Ich kenne sie noch aus Niederösterreich, wo ich sie in einer Benediktinerabtei vor etlichen Jahren zum ersten Mal gesehen und gegessen habe. Sie sind sehr teuer, und ich habe deshalb verboten, sie weiterhin zu kaufen. Dabei wäre ihr Anbau sicherlich dazu geeignet, Hungersnöte zu mildern. Sie wachsen unter der Erde und sind deshalb weniger anfällig gegen das schlechte Wetter und die Abbrennerei der Felder durch manche Söldnerheere." Er nickte Thomas aufmunternd zu. „Probier sie, sie schmecken sehr gut!"

Das ließ sich Thomas nicht zweimal sagen. Während der Hauptmann sich an den Zelteingang stellte und im Licht des Lagerfeuers die Papiere durchsah, die ihm Thomas gegeben hatte, löffelte der die Pfanne mit einer Geschwindigkeit leer, die seinem Hauptmann ein Grinsen übers Gesicht huschen ließ.

„Wir brechen endgültig nach dem Jahreswechsel auf", sagte er. „Ich habe Befehl erhalten, mich den Truppen General Tillys anzuschließen. Er und General Waldstein haben den dänischen König im Norden erfolgreich besiegt, der protestantische Heerführer Mansfeld ist in den Osten geflüchtet, weil er dort angeblich ein neues Heer ausheben wollte, ist aber irgendwo unterwegs gestorben. Die kaiserlichen Heere haben sich in ihre Winterquartiere zurückgezogen." Er hatte eine Karte auf den Tisch gelegt, auf der er Thomas zeigte, wovon er sprach. „Waldstein hat offenbar mehrmals in Erwägung gezogen, die Kampfhandlungen einzustellen, da ein Großteil seiner Söldner an Erschöpfung, Hunger und Krankheiten gestorben sind. Dem Kaiser fehlt Geld für weitere Feldzüge, aber er hält daran fest, dass sein Reich katholisch werden muss, koste es, was es wolle." Er machte eine kurze Pause. „Vor allem *wem* es wolle. Wir hatten Glück mit unserem Quartier hier in Aychstätt, aber das wird sich demnächst ändern."

„Wohin ziehen wir also?", wollte Thomas wissen, der den Ausführungen Leonharts gebannt zugehört und sich seinen eigenen Reim darauf gemacht hatte.

„Ich habe noch keinen ausführlichen Befehl erhalten", gestand der Hauptmann seufzend. „Aber es scheint, als gelte es tatsächlich, General Tilly zu unterstützen. Warten wir ab."

Damit war Thomas entlassen. Er holte sein Bündel aus dem Unterstand der Pferde und ging zu seinem Zelt hinüber, das verlassen am Rand des Lagers stand. Da kein Feuer in der Nähe brannte, das ein wenig Wärme spendete, und auch niemand sich darum gekümmert hatte, die Planen seines Zeltes zum Schutz vor Kälte und Schnee mit Fellen abzudecken, fror er in dieser Nacht erbärmlich.

Am nächsten Morgen suchte sich Thomas trockenes Holz für ein Feuer zusammen, das er gerade anzünden wollte, als der Martl zu ihm kam.

In seinen unruhigen Träumen in der vergangenen Nacht hatten sich die Bilder vermischt, die Thomas von der kurfürstlichen Residenz in München und dem prachtvollen Gebäude der Fucker in Augsburg im Kopf hatte. Diener trugen die feinsten Speisen auf, und er musste abseits stehen und zusehen, wie gut gekleidete Männer und Frauen darüber herfielen. Auch das Gesicht Magdalenas wähnte er unter denen, die sich über das Essen hermachten. Dabei warf sie ihm immer wieder scheue Blicke zu, als schäme sie sich für ihr Handeln. Dann verschwand ihr Traumbild, und an ihrer Stelle tauchte Rosa auf, das Mädchen aus Oberstimm, das ihm die Nüsse verkauft hatte.

Als er aufwachte, tat ihm der Kiefer weh, so fest hatte er im Schlaf die Zähne zusammengebissen.

‚Ich bin vom einfachen Bauernsohn zum Burschen des Hauptmanns aufgestiegen', ging ihm durch den Kopf. Die Bilder tauchten wieder in seinem Inneren auf, die ihm aus den Herrenhäusern im Kopf geblieben waren. Wie gut es denen doch ging im Gegensatz zu den Söldnern und Trossleuten, die dafür sorgten, dass es auch so blieb! Thomas schüttelte zornig den Kopf. Endlich wusste er, was er wollte. Er wollte lesen und schreiben lernen. Er wollte einer von denen sein, über die man voller Achtung sprach, wenn die Rede auf sie kam. Einer wie der Hauptmann. Er hatte keine Lust mehr, nächtelang allein in einem eiskalten Zelt zu liegen und abzuwarten, was ihm jemand zu tun befahl.

‚Er war ein guter österreichischer Kaufmann, und jetzt ist er ein Söldnerhauptmann', kam ihm die Stimme des

Stallmeisters wieder in den Sinn. Ja, es ging auch umgekehrt, das wusste Thomas.

„Brot“, hörte er den Martl jetzt sagen, der Thomas einen Ranken davon gab, während er sich auf ein Bündel Fell setzte, das er unter dem Arm mitgebracht hatte. „Der Trossweibel hat jemand gefunden, der die Bäckerei der drei Weiberleute übernommen hat. Allerdings ...“ Er schnupperte an einem zweiten Stück Brot, das er noch in der Hand behalten hatte. „Allerdings glaube ich, da ist Sägemehl mit drin.“

Thomas besah sich sein Stück einen Augenblick, spießte es dann auf und hielt es über sein Feuer. Kleine Funken sprühten auf, und zeigten, dass der Martl recht hatte mit seiner Vermutung. Mit Sägemehl gestrecktes Mehl hatte Magdalena energisch zurückgewiesen. Wer auch immer jetzt seinen Vorrat beim Müller auf der Altmühlinsel erwarb, schien sich nicht darum zu kümmern. Es würde nicht lange dauern, bis der Fürstbischof das erste Stück davon im Mund hatte ... Aber da sie nicht mehr lange hier lagerten, war diese Einnahmequelle für den Tross ohnehin schon so gut wie versiegt.

„Der Oswald ist nicht gut auf dich zu sprechen“, wusste der Martl weiter zu berichten. „Was unter anderem daran liegen dürfte, dass die Alma wieder zurück ist, wie man mir erzählt hat. Jetzt wird sie von den Weibern im Tross versorgt. Die Aychstätter Büttel sind nicht gerade freundlich mit ihr umgegangen, wie man mir erzählt hat. Angeblich fehlen ihr sämtliche Zähne.“

Thomas warf sein Brot in die Flammen und faltete die Hände um seine Knie. Er freute sich, dass die Hure nicht auf dem Scheiterhaufen gelandet war, und hatte irgendwie immer gehofft, dass sie die Prozedur in den Folterkammern des Fürstbischofs überlebte. Aber es erschütterte ihn trotzdem bis ins Mark, dass man sie so übel zugerichtet hatte.

„Man hat sie in die Altmühl geworfen, wo sie von ein paar unserer Männer eher zufällig entdeckt und halb tot herausgezogen wurde“, fuhr der Martl fort. „Die haben sie heraufgeschleppt. Der Oswald soll getobt haben wie ein Wahnsinniger. Die konnten ihn nur mit Mühe davon abhalten, sie totzuschlagen.“ Er hatte sein Brot aufgegessen und wischte sich den Bart ab. „Nachdem er erfahren hat, dass wir zurück sind, soll er gedroht haben, sich den Lumpen vorzuknöpfen, der schuld ist an allem.“ Er zeigte auf Thomas. „Dich.“

„Das wär dem Oswald wohl recht, wenn er die Schuld für seine Missetaten auf mich abwälzen könnte“, zischte Thomas, in dem es vor Wut brodelte. Wochenlang war er weg gewesen – und nichts hatte sich verändert! Oswald konnte offensichtlich nicht verzeihen.

„Der Oswald wird dir nie verzeihen, dass du bei Frauen gelegen bist, die ihn nicht haben wollten“, gab der Martl zurück, der seine Gedanken gelesen zu haben schien. „Lass dir aber geraten haben, nichts Unüberlegtes zu tun. Unser Hauptmann ist wirklich nicht gut aufgelegt und kann keine Unruhen brauchen. Dass wir nach Österreich aufbrechen sollen, gefällt ihm überhaupt nicht.“

„Wir ziehen nach Österreich?“, fragte Thomas überrascht. „Ich dachte …“

Martl zog die Schultern hoch.

„Angeblich ja. Es wird so viel geredet. Was weiß denn ich!“

Thomas schaute dem Martl sprachlos hinterher, wie er zu einer Gruppe Söldner hinüberging, die um ein Feuer saßen und auf ihn warteten. Der hatte wohl die halbe Nacht damit verbracht, sich von seinen Kameraden über die Lage der Söldner berichten zu lassen, während Thomas allein in seinem Zelt lag und sich einsam fühlte wie selten zuvor.

Gedankenverloren wärmte er sich die Hände über seinem neu entfachten Feuer, als Heiner zu ihm kam und sich neben ihn setzte.

„Du musst mir lesen und schreiben beibringen."

Heiner schaute ihn verblüfft an.

„Es ist kein Hexenwerk, hast du gesagt", fuhr Thomas fort. „Ich will das lernen!"

Heiner lachte leise und nickte dann.

„Gut. Nachdem wir noch ein paar Tage hierbleiben werden, haben wir Zeit dazu. Besorg uns eine Bibel."

„Eine Bibel?"

„Ja, aber eine protestantische. Es sei denn, du kannst Latein."

Thomas schüttelte ergeben den Kopf. Der Trosspfaffe war Katholik, der hatte bestimmt keine protestantische Bibel, und in dieser erzkatholischen Gegend gab es sicherlich keine evangelischen Kirchen.

„Dann müssen wir warten, bis wir in eine Stadt mit evangelischen Kirchen kommen", stellte Heiner seufzend fest.

„Ulm", fiel Thomas ein.

„Ulm, ja. Aber ob die uns eine Bibel geben? Warum willst du denn jetzt auf einmal lesen und schreiben lernen?"

Thomas malte mit einem Stock Kreise in die Asche seines erlöschenden Feuers.

„Warum nicht?"

Heiner zog die Schultern hoch.

„Es wird einen Weg geben", sagte er. „Ich überlege mir etwas."

„Ich gehe solange zum Tross hinüber“, sagte Thomas und erhob sich. „Ich will wissen, wie es der Alma geht.“

„Hehe!“ Heiner war aufgesprungen und hielt Thomas am Arm fest. „Du weißt schon, dass der Trossführer einen Brass auf dich hat?“, fragte er.

„Genau deshalb gehe ich da hin. Wenn du Angst um mich hast, dann komm doch mit!“, gab Thomas zurück und schüttelte die Hand des Kameraden ab.

„Um dich nicht“, murmelte Heiner.

Das Trosslager sah keinen Deut besser aus als vor ein paar Wochen, als Thomas es zuletzt gesehen hatte. Abgesehen davon, dass Schnee auf den Zelten und Hütten lag, und dazwischen schmutzige Spuren zeigten, wo die Trossleute herumgegangen waren. Es fehlten auch ein paar Zelte, also waren ihre Bewohner bereits weggegangen. Rauch stieg aus dem kleinen Backofen auf, der einmal den beiden Bäckerinnen gehört hatte, und vor dem jetzt ein junger Bursche stand und das Feuer anschürte. Aus einer der Hütten am Rand des Lagers war lautes Rufen zu hören, und gleich darauf rannte ein kleines Mädchen quer über den Platz und überreichte jemand im Inneren ein paar Tücher.

„Weißt du, wo sie die Alma hingebracht haben?“, fragte Thomas sie.

„Da drin.“ Das Mädchen zeigte auf die Hütte, in die es gerade die Tücher gebracht hatte.

Thomas ging auf den Eingang zu, der mit einem strohgefüllten Sack verhängt war. Er schob ihn etwas zur Seite und lugte ins Innere. Zwei Frauen saßen um ein Lager an der Seite und kümmerten sich um eine dritte, die reglos dalag und nur leise vor sich hin wimmerte.

„Alma?“

Die Frauen fuhren erschrocken herum.

„Raus!“, rief eine und sprang wütend auf. „Raus! Hier drin hat niemand … Thomas?“

„Wie geht es ihr?“

Die Frau schob ihn energisch aus der Hütte.

„Verschwinde“, sagte sie. „Bevor der Trossführer dich sieht.“

Aber es war bereits zu spät. Oswald kam mit in die Hüften gestemmten Fäusten auf Thomas zu.

„Du verdammter Hurenbock!“, schrie er ihn an. „Was hast du noch hier zu suchen? Kriech doch in den Arsch deines Hauptmanns, da gehörst du hin! Hier hast du nichts verloren, verstanden?“

Thomas hatte sich nach dem wutschäumenden Trossführer umgedreht und stand ihm jetzt mit ebenfalls in die Hüfte gestemmten Fäusten gegenüber.

„Das sag ihm doch einfach selber“, gab er zurück, um einen ruhigen Tonfall bemüht.

„Du musst dich gar nicht so aufmandeln, dein Beschützer ist nicht da.“ Damit zeigte Oswald in die Richtung, in der sich die Schmiede befand.

„Ich brauche keinen Beschützer“, stellte Thomas weiterhin ruhig fest und wandte sich zu der Frau um, die reglos am Eingang ihrer Hütte stehen geblieben war. „Und wenn ihr einen braucht, lasst es mich wissen.“

Unter dem Hohngelächter des Trossführers machte er kehrt und ging zu seinem Zelt zurück. War er nach außen hin ruhig geblieben, so zitterte er jetzt vor innerer Anspannung und beruhigte sich erst wieder, als Heiner auf ihn zukam und zu den anderen an eines der Feuer führte.

„Du bist einfach unbelehrbar, was? Du solltest da nicht mehr hingehen“, riet er ihm, aber Thomas winkte ab. „Was willst du denn noch? Wenn er dich allein erwischt, macht er dich fertig, glaub mir!“

„Oder ich ihn“, gab Thomas trotzig zurück.

„Alles wegen dieses Weibsbildes“, stellte der Martl kopfschüttelnd fest, der dazugekommen war und den beiden schweigend zugehört hatte.

„Nicht wegen dieses Weibsbildes“, stellte Thomas richtig. „Wegen dieses und allen Weibsbildern, die er auf dem Gewissen hat!“

„Es sind doch nur Weibsbilder“, befleißigte sich einer der Söldner zu sagen, der mit am Feuer saß und ein Fellstück flickte. „Die sind es doch nicht wert, dass man sich ihretwegen streitet.“

Thomas kochte vor Zorn.

„Das magst du so sehen“, schrie er ihn an. „Hast ja kein Weib, musst dir sogar dein Zeug selber zusammenflicken!“

„Du doch auch nicht!“, gab der andere zurück und lachte spöttisch. „Dir laufen sie ja haufenweise davon!“

Als die übrigen Männer in sein Gelächter einstimmten, stand Thomas wütend auf und lief zu seinem Zelt zurück. Leonhart fing ihn gerade noch ab, bevor er es erreicht hatte. Er packte ihn am Arm und zog ihn zum Unterstand der Rösser.

„Der Schmied ist nach Ingolstadt geritten, weil er ein paar Sachen braucht, die sie in Aychstätt nicht haben“, sagte er und zeigte auf seinen Falben. „Ich muss morgen nach München reiten, also sieh dir unsere Pferde an und kümmere dich darum, dass sie den Weg schadlos überstehen.“ Da Thomas einfach nur dastand und nichts sagte, fuhr er ihn an: „Hast du mich verstanden?“

„Ja, Herr."

„Hör zu, mein Freund. Was auch immer im Tross vorgefallen sein möge: Es geht dich verdammt noch mal nichts an!"

Thomas schüttelte traurig den Kopf.

„Ich weiß, es sind nur Weibsbilder."

„Du hast es verstanden. Es sind nur Weibsbilder."

Der Hauptmann gab ihm einen Klaps auf die Schulter und ließ ihn stehen.

Thomas kümmerte sich seufzend um die Pferde, konnte jedoch nichts finden, was sie daran hindern sollte, heil bis München und wieder zurück zu kommen.

„Du bleibst hier", befand Junker Leonhart, nachdem er ihm wie befohlen Meldung gemacht hatte. „Ich nehme Heiner mit. Ihr beide, du und der Martl, ihr ruht euch erst einmal aus. Am Donnerstag könnt ihr in den Dom zu Aychstätt gehen. Der Fürstbischof wird eine Messe für uns lesen. Ich will, dass so viele von euch hingehen, wie hier abkömmlich sind. Du gehörst dazu."

„Aber ich bin …"

„Protestantisch?" Leonhart schüttelte missbilligend den Kopf. „Dann lass dir eine gute Ausrede einfallen, weshalb du nicht an dieser Messe teilnehmen kannst."

„Ihr seid doch auch ein Protestant!"

„Aber ich bin nicht da, wenn diese Messe stattfindet." Leonhart legte den Kopf schräg. „Du kannst es halten, wie du willst. Jedenfalls habe ich dich auf die Liste derer setzen lassen, die der Messe im Dom beiwohnen werden. Du weißt, dass wir in der Stadt nicht gern gesehen werden, aber ein Messebesuch wie dieser ist eine hohe Ehre für Männer wie uns."

War da leiser Spott aus seinen Worten zu hören?

„Was ist, hast du mich nicht verstanden?“

„Doch.“

Thomas nickte ergeben und ging mit hängenden Schultern zu seinem Zelt zurück. Er konnte nicht ahnen, dass er seinen Hauptmann für lange Zeit nicht mehr sehen würde.

13. Kapitel

Aychstätt

Zunächst blieb alles ruhig in den beiden Lagern. Thomas bedauerte, dass Heiner mit dem Hauptmann nach München reiten durfte und an seiner Stelle ein weiterer Söldner die beiden begleitete. Am meisten ärgerte ihn, dass jener seinen Braunen zugeteilt bekommen hatte. Der Martl tröstete ihn mit einem Becher heißen Weins, der Thomas sofort in den Kopf stieg. Er hatte den ganzen Tag über nichts gegessen.

„Wenn du was essen willst, musst du zum Tross hinüber und dir was kaufen“, befand der Martl. „Aber pass auf, dass du dem Trossweibel nicht noch einmal begegnest. Der will dir unbedingt ans Leder.“

„Ich habe ihm nichts getan. Wenn, dann war es umgekehrt.“

„Du bist jedenfalls gewarnt. Also pass auf dich auf. Dem traue ich alles zu.“

„Ich auch. Deshalb bleibe ich hier.“

Thomas hatte tatsächlich keine Lust, dem grobschlächtigen Kerl noch einmal über den Weg zu laufen. Als sein Magen immer lauter zu knurren begann, beschloss er, sich in Aychstätt in ein Wirtshaus zu setzen und dort etwas zu essen. Gerade, als er die Straße an der Altmühl entlang auf das Stadttor zuging, sah er ein paar dick vermummte Weiberleute auf sich zukommen.

„Heda!“, rief ihm eine von ihnen zu. „Bist doch auch einer von uns. Wir haben hier was für dich!“ Sie deutete auf den

Korb, den sie mit sich führten. „Aber nicht zum Essen: zum Tragen!“, fügte sie lachend an, als sie vor ihm standen. „Ah, bist du nicht der Kerl, den der Trossführer nicht ausstehen kann, weil du seine Lieblingshure verhext hast?“, fragte sie, während sie ihn von oben bis unten musterte.

„Richtig, das ist der Kerl, der die Alma versaut hat, wie er sagt, und die deswegen bei den Bütteln gelandet ist“, geiferte eine andere. „Halb tot wurde sie zurückgebracht! Eine Schande ist das, eine Schande!“

„Tragt euren Korb doch selber“, gab Thomas zurück und wandte sich zum Gehen.

„He, nicht so schnell!“ Die Frau, die ihn zuerst angesprochen hatte, versperrte ihm den Weg. „Wenn du uns tragen hilfst, lasse ich dich unter meinen Rock.“

Thomas winkte missgelaunt ab.

„Ich will nicht unter deinen Rock, also lass mich in Ruhe“, gab er barsch zurück.

„Warum, gefalle ich dir vielleicht nicht?“

Thomas, der sie unter ihrem Schal inzwischen als eine der Trosshuren erkannt hatte, schüttelte verständnislos den Kopf.

„Das letzte Weib, das mir ihre Dienste angeboten hat, liegt jetzt mit eingeschlagenen Zähnen in eurer Hütte“, antwortete er und streifte wütend ihre Hand von seinem Ärmel. „Wenn du das auch willst, helfe ich euch gerne.“

„Lass ihn gehen“, bat eine der beiden anderen Frauen und packte den Korb an einem der Henkel. „Wir müssen weiter.“

„Wenn du Manns genug bist, hilfst du uns mit dem schweren Korb“, forderte die Erste ihn unbeirrt weiter auf. „Mich bekommst du als Dreingabe. Die Anna hat übrigens allen erzählt, dass sie mit dir ab und zu ein Körbchen Pilze sammeln war. Ich will wissen, was sie damit gemeint hat. Und jetzt komm und hilf uns."

Thomas drehte sich ein paarmal auf den Absätzen im Kreis. Die Anna war eine der Bäckerinnen, die zusammen mit Magdalena aus dem Tross geflüchtet war. Sie war das erste Weibsbild gewesen, das seine Männlichkeit entdeckt hatte, bevor Magdalena in sein Zelt gekommen und zu seiner Gefährtin geworden war.

Er hielt inne und starrte das Weib vor sich mit geschürzten Lippen an.

„Gut, komm heute Abend in das Wäldchen hinter dem Lager", stimmte er ihr schließlich zu. „Dann erfährst du, was sie damit gemeint hat." Hinter dem Wäldchen begann die berüchtigte Waschette mit dem Hexentanzplatz. Darauf würde sie nicht eingehen, dachte er, und er hatte seine Ruhe.

Die Frauen schlugen die Hände vor ihren Mund.

„Du bist ein Teufel!", schrie eine von ihnen, packte den zweiten Henkel und hob den Korb hoch. „Ein verdammter Teufel! Scher dich weg!" Und, zu den anderen: „Los, gehen wir!"

Das Weib, das sich Thomas angeboten hatte, blieb jedoch weiterhin stehen und schaute ihn aus zusammengekniffenen Augen an.

„Ich werde da sein. Das mit dem Teufel gefällt mir."

Damit wandte sie sich um und half ihren Gefährtinnen, den schweren Korb zu schleppen.

„Mir nicht", murmelte Thomas und setzte seinen Weg in die Stadt fort.

Es dunkelte bereits, als er an diesem Abend ins Lager zurückkam. Er hatte in einem der Wirtshäuser etwas zu essen bekommen und einen Schluck zu viel von dem Bier getrunken, das ihm der Wirt brachte. Als er jetzt vor seinem Zelt stand, fielen ihm die drei Weiber wieder ein, die er auf seinem Weg in die Stadt getroffen hatte. Ob das vorlaute Weibsstück tatsächlich zum Hexenplatz gegangen war? Er kratzte sich nachdenklich hinter dem Ohr. Dann trat er in sein Zelt und ließ sich auf sein Lager fallen. Dummerweise begannen seine Gedanken um das zu kreisen, was das Weib mit dem gemeint hatte, was sie über Anna sagte.

Niemand achtete auf ihn, als er kurz darauf das Lager verließ und sich auf den Weg zur Hinteren Waschette machte.

Niemand außer einem.

Thomas entdeckte das Weib dick vermummt an einen Baum gelehnt, nachdem er ihren Fußspuren im Schnee durch den Wald gefolgt war. Ein blasser Mond stand inzwischen am Himmel und beleuchtete das schneebedeckte Feld vor ihm.

„Du willst doch nicht etwa hier im Schnee deine Röcke heben?", fragte er.

Das Weib fuhr erschrocken herum.

„Ach, du bist es. Nein. Ich wollte nur sehen, ob du genug Mumm hast, herzukommen, du Teufelskerl."

Sie lachte kehlig, und Thomas wusste nicht, was er davon halten sollte.

„Lass uns zu deiner Hütte gehen, dann zeige ich dir, was du wissen wolltest", sagte er. „Das hier ist kein Spaß."

Im selben Augenblick hob sie ihre Röcke und zog ihn zu sich her.

„Hier ist es aber viel aufregender", hauchte sie an seinem Ohr und ließ ihre Hand dorthin gleiten, wo sich der Stoff über seiner Hose spannte.

Er hätte seinem Kopf und nicht dem folgen sollen, was sich zwischen seinen Beinen regte. Gerade, als er freigenestelt hatte, was zu dem Weibsbild drängte, hörte er ein verdächtiges Knacken. Er hielt inne und warf einen Blick seitlich am Stamm vorbei in den Wald, konnte aber in der Dunkelheit nichts erkennen.

„Beeil dich", raunte ihm das Weib zu, das sich inzwischen nicht mehr nur an seiner Hose zu schaffen machte. „Bevor uns jemand hier entdeckt. Immerhin ist es ein verfluchter Platz."

Aber es war zu spät. Der Trossweibel musste in unmittelbarer Nähe im Unterholz gewartet haben, denn gerade, als Thomas ihrem Wunsch nachkommen wollte, tauchte er wie aus dem Nichts auf. Das Weib riss sich schreiend los und lief in den Wald hinein.

„Du elendes Luder!"

Thomas stopfte sein bestes Stück wieder in die Hose.

„Gehst allen Weibern unter den Rock, wie?", blaffte Oswald ihn an. „Weißt aber doch, dass die mir gehören. Und wenn sie nicht spuren …" Er lachte böse.

„Die gehören dir nicht", gab Thomas ganz ruhig zurück. Dabei ließ er den Trossführer nicht aus den Augen.

„Oh doch, sie gehören mir, Rosstäuscher. Wer sie haben will, muss dafür bezahlen. Wer hier mit einem Weib erwischt wird, bezahlt es außerdem mit seinem Leben, wenn die Büttel davon erfahren. Du weißt, wo du hier bist?"

„Du elender Hurenbock", gab Thomas wütend zurück. „Hast sogar deine eigene Mutter geschändet und an Männer verkauft!"

Im fahlen Schein des Mondes sah er, wie sich Oswalds Gesicht zu einer teuflischen Fratze verzog.

„Meine Mutter hätte ich geschändet? Wer sagt das?“, fragte er lauernd.

Thomas zuckte die Schultern.

„Was willst du?“, wollte er statt einer Antwort wissen.

„Deine beiden Waffenbrüder haben dir das gesagt“, mutmaßte der Trossführer wütend, ohne darauf einzugehen. „Diese Hundsfotte, diese elenden! Das werden sie mir büßen. Aber zuerst steche ich dich ab wie eine Sau, du verdammter Dreckskerl! Versaust mir meine Weiber, dass sie niemand mehr an sich ranlassen, und dann werden sie nicht einmal gerecht bestraft. Auf den Scheiterhaufen hätten sie gehört, die elenden Hexen, auf den Scheiterhaufen!“

Im selben Augenblick sah Thomas das Messer aufblitzen, das der Trossführer hinter seinem Rücken versteckt gehalten hatte. Blitzschnell zog er seinen Dolch aus dem Gürtel und wehrte Oswald ab, der wie von Sinnen auf ihn losstürmte. Thomas packte ihn mit einer Hand am Arm und bog ihn nach unten, während er mit dem Dolch in der anderen voller Wucht in das Bein seines Gegners stach. Oswald heulte laut auf und entwickelte Kräfte wie ein Bär, während er blindwütig um sich schlug und Thomas hart am Kinn traf. Der sank für einen Augenblick benommen in den Schnee, rappelte sich aber sofort wieder auf, als er das Messer seines Angreifers im fahlen Schein des Mondes erneut über sich aufblitzen sah.

Thomas hob den Dolch, um seinen Angreifer erneut abzuwehren, drehte sich aber schnell zur Seite, als Oswald sich auf ihn stürzte. Dessen Schrei zerriss die Nacht, als er im Schnee landete, sich aber wie eine Katze fing und sofort wieder auf den Beinen stand. Eine dünne Blutspur war dort zu sehen, wo sein verletztes Bein den Schnee berührt hatte.

Thomas war nicht geübt in Nahkämpfen und reagierte deshalb nur, anstatt den Trossführer anzugreifen. Der stand ihm jetzt lauernd gegenüber, das Messer von einer Hand in die andere werfend. Dann lief er erneut auf Thomas zu, der gerade noch rechtzeitig zur Seite springen und dem Angriff entkommen konnte. Jetzt stand er mit dem Rücken zu dem Baumstamm, an dem zuvor noch das Hurenweib gelehnt hatte.

„Jaaaa", zischte ihn Oswald böse an. „Alle werden denken, der Teufel habe dich geholt, wenn sie das finden, was von dir übrig bleibt, sobald ich mit dir fertig bin." Er fletschte grinsend seine schwarzen Zähne, dass er im fahlen Schein des Mondes selber aussah wie der Herr der Finsternis. „Ich habe dem Weibsbild gesagt, dass ich sie in Ruhe lasse, wenn sie es schafft, dich hierherzulocken. Bist eben doch nur ein verdammter Hurenbock." Er lachte heiser.

„Die Hure hat mir erzählt, was unten in Aychstätt vorgefallen ist, und dass du ihr angeboten hast, sie hier zu treffen. Sie hat ihre Aufgabe gut gemacht, findest du nicht auch? Für sie war die Sache damit beinahe erledigt, aber für mich nicht, wie du siehst." Noch immer wechselte das Messer ständig die Hände des Trossweibels. „Ich habe ihr gesagt, sie soll hier auf dich warten, den Rest würde ich übernehmen. Du Hurenbock konntest dem Angebot des Weibsbilds natürlich nicht widerstehen, hast ja schon lange keines mehr gehabt, seitdem du es mit der Alma getrieben hast. Ich war mir sicher, du würdest zumindest nachsehen, ob sie tatsächlich herkommen würde. Kerle wie dich kenne ich, aber ich mag sie nicht."

Bevor Thomas etwas erwidern konnte, fuhr Oswald auf ihn zu. Im letzten Augenblick wich er zur Seite und spürte mehr als er sah, dass das Messer seines Angreifers am Stamm der Buche abprallte. Er fuhr herum und packte seinen Widersacher um den Hals. Der hatte mit diesem Angriff nicht gerechnet, sondern überrascht den Rest seines abgebrochenen Messers angestarrt, weshalb er nur röchelnd mit den Armen herumfuchtelte und versuchte, Thomas wieder loszuwerden. Der nahm den Arm von seinem Hals, drückte Oswald aber mit aller Kraft gegen den Baumstamm und ließ ihn erst wieder los, als er aufhörte, sich zu wehren.

„Hau ab." Thomas trat einen Schritt zurück und hielt sich keuchend den Bauch. „Geh zu deinem Lager und lass mich ein für alle Mal in Ruhe."

Oswald sank leise röchelnd am Baum herunter in den Schnee und blieb zur Seite gedreht liegen. Thomas hatte gute Lust, nach ihm zu treten, und tat genau das, nachdem er schon ein paar Schritte weggegangen und noch einmal zurückgekommen war. Er traf ihn auf den Mund.

„Das ist für die Alma", sagte er wütend. Da entdeckte er das Blut auf dem zerrissenen Hemd an der Brust des Trossführers.

„Wie zum Teufel ..."

Erst auf den zweiten Blick wurde ihm klar, dass er den Mann in den abgebrochenen Rest seines eigenen Messers gedrückt hatte, der fest im Baumstamm steckte.

„Verflucht noch mal!", schrie er und trat ein weiteres Mal nach dem am Boden Liegenden. „Steh auf, du Ratte! Hast du nicht gehört? Steh auf und lass dich im Lager von deinen Mätzen versorgen."

Der Trossführer versuchte, sich umzudrehen, kippte aber wieder zurück und blieb röchelnd liegen, die Hände auf seine Brust gedrückt. Thomas rüttelte ihn an der Schulter.

„Aufstehen, hab ich gesagt!"

Aber der Trossführer stöhnte nur weiter vor sich hin.

„Du verreckst hier nicht!“, schimpfte Thomas und packte den Trossführer unter den Schultern.

„Los, steh auf, du Mistkerl.“

Er zerrte den Trossweibel so gut es ging auf die Beine und zog ihn mehr als er ihn trug durch den Wald zu den Feuern, wo er ihn vor der Hütte der Huren ablegte.

„Da habt ihr euren Hurenweibel!“

Eine der Frauen streckte ihren Kopf aus dem Eingang und schlug entsetzt die Hand vor ihren Mund.

„Großer Gott! Der Trossweibel“, rief sie ins Innere der Hütte.

Eine zweite tauchte auf und starrte auf den am Boden Liegenden.

„Ist er tot?“, wollte sie wissen.

„Nein, leider nicht“, antwortete Thomas, immer noch wütend.

„Der hat ihn so zugerichtet!“, hörte er die Stimme jenes Weibsbilds aus der Hütte rufen, das sich mit ihm auf der Hinteren Waschette getroffen hatte. „Er!“

Während ein paar Hände den Trossweibel ins Innere der Hütte zogen, sah Thomas Neugierige von ihren Feuern zu ihnen herüberstarren. Schnell wandte er sich um und lief zum Söldnerlager hinüber. Erst jetzt wurde ihm bewusst, dass er nicht nur in eine üble Falle geraten war. Ganz gleich, ob der Trossweibel überlebte oder nicht: Niemand würde ihm glauben, wenn er den wahren Hergang erzählte. Und falls Oswald überlebte, würde er den Leuten eine Version des Hergangs erzählen, bei der denen das Blut in den Adern gerann. Thomas wäre in dieser Version der Antichrist – oder zumindest sein Gehilfe.

‚Alle werden denken, der Teufel habe dich geholt, wenn sie das finden, was von dir übrig bleibt, sobald ich mit dir fertig bin', schossen ihm die Worte des Trossweibels durch den Kopf. Er würde behaupten, der Teufel sei in den Burschen des Söldnerhauptmanns gefahren und deshalb habe der ihn so zugerichtet.

Thomas fuhr ein fürchterlicher Schreck durch die Glieder. Seine Dummheit würde ihm noch zum tödlichen Verhängnis werden. Er musste aufwachen und den Dingen in die Augen sehen, verdammt noch mal!

Es war ziemlich laut im Söldnerlager, und da ohnehin kaum jemand auf ihn achtete, hoffte Thomas, ungesehen zu seinem Zelt zu kommen. Vorsichtig schlich er sich an die Rückseite heran und drückte die Plane hoch, um unten durchschlüpfen zu können. Zitternd vor Aufregung ließ er sich auf sein Lager sinken und betete zum lieben Herrgott, dass er ihm helfen möge.

Am nächsten Morgen stand plötzlich der Martl neben ihm im Zelt.

„Den Trossweibel hat es schwer erwischt", sagte er. „Es heißt, der Gottseibeiuns habe eines der Weiberleute auf die Hintere Waschette gelockt. Er sei ihr nachgelaufen, weil er befürchtet habe, dass ihr dort Übles geschehe und er sie schützen müsse. Da habe er gesehen, wie ein schwarzer Unhold auf sie losgegangen ist. Er wollte sie retten und ist im Kampf von den Hörnern des Leibhaftigen schwer verwundet worden."

Thomas starrte ihn ungläubig an.

„Wer sagt das?"

„Das Hurenweib, das du dorthin bestellt hast." Er sah

Thomas lauernd an. „Hast du doch, du verdammter Hornochse, oder nicht? Sie hat alles gesehen und wird nicht müde, ein fürchterliches Bohei um das zu machen, was sie vorgibt, gesehen zu haben. Das Gesicht des Herrn der Finsternis habe sie im Übrigen an jemanden erinnert, den sie aus dem Söldnerlager kenne. Denn ab und zu habe sich die Gestalt zurückverwandelt in denjenigen, in den der Teufel gefahren war.“ Der Martl hob seufzend die Schultern und streckte Thomas die Hand entgegen, in der er dessen Dolch hielt. „Das habe ich an diesem Kampfplatz gefunden. Er gehört doch dir, oder?“

„Ja.“

„Dann nehme ich an, dass du dieser schwarze Unhold warst, von dem das Weib erzählt hat.“

„Wie geht es dem Trossweibel?“, fragte Thomas statt einer Antwort und nahm seinen Dolch wieder an sich. Dabei ließ die Erkenntnis das Blut in seinen Adern gefrieren: Oswald würde ihn als Verbündeten des Teufels brandmarken, der überall herumerzählt hat, dass er seine Huren verhext hätte.

Der Martl schüttelte indes stirnrunzelnd den Kopf.

„Nicht so gut. Es wird nicht lang dauern, dann weiß das ganze Lager, was passiert ist, und dass du es warst, von dem dieses Hurenweib bislang wirres Zeug redet. Dem Trossvolk ist seit Wochen langweilig, die sind gierig nach Einzelheiten, und davon weiß das Weibsstück offenbar viel zu berichten.“ Der Martl fuhr sich mit beiden Händen durch den üppigen Bart, der seine untere Gesichtshälfte samt Hals völlig bedeckte. „Das ist die eine Sache. Die andere ist: Der Trossweibel hat dir Rache geschworen. Noch hält er sich aus dem raus, was die Hure zu berichten weiß. Vor allem weil er nicht gut beieinander ist. Den hat es tatsächlich gescheit erwischt, wie ich gehört habe. Ob der Gehörnte oder du: Er wird dir daraus einen Strick drehen und findet bei dem dummen Gesindel drüben jede Unterstützung dabei.“ Er schüttelte mit zugekniffenen Augen den Kopf. „Er wird alles daransetzen, dich mit diesem Strick selber auf den Scheiterhaufen zu führen.“

Thomas war inzwischen aufgestanden.

„Wenn du am Waldrand hinten suchst, findest du das abgebrochene Messer des Trossweibels. In das habe ich ihn versehentlich hineingedrückt, als er sich auf mich stürzen wollte.“

Stockend erzählte er, was tatsächlich geschehen war. Gerade, als er geendet hatte, tauchte Heiner am Eingang des Zeltes auf.

„Du solltest ganz schnell von hier verschwinden“, sagte er. „Der Trossweibel hat nach den Bütteln schicken lassen.“

„Was?“

„Ganz gleich, was du erzählst: Es steht gegen das, was der Lumpenkerl und sein Hurenweib aussagen werden. Denn inzwischen wurde aus dem Geplänkel zwischen dir und ihm ein wahrer Teufelsritt. Du kannst dir ausmalen, worauf das hinauslaufen wird.“ Heiner stampfte wütend mit den Füßen auf. „Verdammt noch mal, was hast du dir nur dabei gedacht, auf den verfluchten Platz zu gehen? Wieso musstest du auch hinter dem Hurenrock herlaufen, wo du doch genau wusstest, dass es dem Trossweibel sauer aufstoßen würde? Sag mir nicht, dass du genau das wolltest, sonst schlage ich dir eigenhändig dein strunzdummes Gehirn aus dem Kopf, du dämliches Rindvieh, du dämliches! Du solltest zusehen, dass du schnellstens von hier wegkommst. Noch sind sie damit beschäftigt, sich über dieses Teufelsgeschwätz das

Maul zu zerreißen. Aber wenn die Büttel kommen, bist du verloren."

„Aber wo soll ich denn hin?", wollte Thomas wissen.

„Dahin, wohin die drei Weiber verschwunden sind", antwortete der Martl und deutete mit der Hand in die Richtung, in die Magdalena mit den beiden Bäckerinnen gelaufen war.

Damit wandten sich die beiden um und ließen den völlig verstörten Thomas allein zurück. Der hatte sich auf sein Lager fallen lassen und kaute nachdenklich auf der Unterlippe. Natürlich hatten die beiden recht, das wusste er auch. Der Trossführer würde alles daransetzen, ihn bei den Bütteln als vom Teufel besessen darzustellen. Jetzt hatte er sogar die Mittel, ihn auf den Scheiterhaufen bringen zu lassen. Was zum Teufel hatte ihn tatsächlich geritten, auf diesen verfluchten Platz zu gehen?

Nicht was.

Wer.

Es stimmte, was die Pfaffen sagten.

Der Teufel konnte Menschengestalt annehmen.

Nicht er war der schwarze Unhold gewesen, von dem die Hure überall kreischend herumerzählte.

Nicht er.

Der Teufel lag drüben im Trosslager und schmiedete Rachepläne gegen ihn. Wenn er nicht schnellstens verschwand, hatte Oswald bald allen Grund, sich über seinen Erfolg zu freuen.

Was für ein Idiot war er nur gewesen? Hatte er tatsächlich geglaubt, schlauer zu sein als dieser Teufel? Dass er – ja was bei ihm erreichen würde? Heiner hatte recht: Er war ein Hornochse, er war der dümmste Mensch auf der ganzen Welt.

Mit vor Angst und vor allem mit Wut auf sich selber zitternden Händen packte Thomas seine paar Habseligkeiten zusammen, schlüpfte auf der Rückseite aus seinem Zelt und verschwand ungesehen im Wald. Jetzt half ihm seine ganze Erkenntnis nichts mehr. Er musste von hier verschwinden. Der Trossweibel saß am längeren Hebel, wusste, er hatte die Trossleute hinter sich. Die ließen sich die Möglichkeit nicht entgehen, auf seine Kosten ein makabres Schauspiel erleben zu dürfen, das etwas Abwechslung in ihr Leben bringen würde. Magdalena kam ihm in den Sinn. Der gottverdammte Hurenbock sollte sein Ziel bei ihm nicht erreichen.

Thomas hielt keuchend inne. Das Atmen tat ihm in der Brust weh. Weiße Dampfwölkchen bildeten sich stoßweise vor seinem Mund. Er war blindlings den verschneiten Weg entlanggelaufen, den er vor Wochen den drei Weiberleuten gezeigt hatte, als sie den Tross verlassen wollten. Jetzt schaute er sich um und versuchte, sich zu orientieren. Der Weg gabelte sich vor ihm.

Nach rechts führte er um das Donaumoos herum nach München.

Geradeaus …

Plötzlich wusste er, wo sein Ziel lag.

14. Kapitel

Oberstimm bei Ingolstadt, November 1626

Das kleine Bauernhaus lag verlassen am Ende des Pfarrdorfes, als Thomas nach einem anstrengenden Tagesmarsch dort ausgelaugt und mit vor Hunger schmerzendem Magen ankam. Er konnte auf seinem Weg keinen klaren Gedanken fassen, hatte sich ständig umgeschaut, ob ihm jemand folgte. Einmal hörte er auch seinen Namen rufen, was ihn in helle Panik versetzte und schneller laufen ließ. Nachdem er den Weg erreicht hatte, von dem er ahnte, dass ihn vor ein paar Wochen auch Magdalena eingeschlagen hatte, verließ ihn fast der Mut. Hier in der Nähe musste es gewesen sein, wo Oswalds Häscher sie eingefangen und totgeschlagen hatten.

Zuerst wollte er sich seinem Schicksal ergeben, ließ sich erschöpft in den matschigen Schnee sinken. Aber dann rappelte er sich doch wieder auf und lief weiter. Oswald sollte nicht noch einmal gelingen, was ihm mit Magdalena und beinahe auch mit Alma gelungen war. Er glaubte, es sich und den Weibern schuldig zu sein, dass er dem teuflischen Kerl trotzte.

Vor allem sich.

Den Weiberleuten konnte er so oder so nicht mehr helfen. Er konnte nur beten, dass Alma wenigstens überlebte. Aber so, wie man sie in Aychstätt zugerichtet hatte, und nachdem sie anschließend auch noch in das eiskalte Wasser der Altmühl geworfen wurde, war das kaum anzunehmen.

Hatte er tatsächlich Almas Leben auf dem Gewissen?

Ein altes, zahnloses Weib starrte ihm feindselig entgegen. „Scher dich weg", nuschelte sie in seine Gedanken hinein.

„Wo ist Rosa?", fragte er und deutete auf das Häuschen, vor dem er das Mädchen gesehen hatte.

„Weg."

Thomas wollte bereits ungeduldig nachhaken, was sie damit meinte, als sein Blick dem ausgestreckten Zeigefinger der Alten folgte.

„Ingolstadt? Sie ist in Ingolstadt? Von da komme ich gerade."

Das stimmte. Er war in einem weiten Bogen um die Stadt herumgegangen in der Hoffnung, in diesem kleinen Nest hier Unterschlupf zu finden. Vielleicht würde er Rosa dazu überreden können, ihn wenigstens für eine kurze Zeit bei sich aufzunehmen, hatte er gedacht. Aber diese Hoffnung schwand zusammen mit den letzten Sonnenstrahlen, die über dem verschneiten Weg vor ihm lagen.

„Weg", wiederholte die Alte.

„Weg? Ja wohin ist sie denn gegangen?" Thomas war der Verzweiflung nahe. „Ist sie in Ingolstadt? So red doch, Weib!"

Die Alte hob nur die Schultern, drehte sich um und zog sich in ihre armselige Behausung zurück.

Außer ihr war niemand in dem Dorf zu sehen. Hinter einigen verrammelten Fenstern sah er flackerndes Licht. Die meisten Bewohner hatten sich wohl bereits in ihre Schlafkammern zurückgezogen. Was sollten sie auch in der beginnenden Dunkelheit sonst noch machen? Feuer und Talglichter waren teuer.

Erschöpft ließ sich Thomas auf dem Trittstein vor der Tür von Rosas baufälligem Häuschen nieder, nachdem er mit den Händen den Schnee weggewischt hatte. Als er sich gegen die Tür lehnte, gab sie quietschend nach. Er drehte sich erschrocken um und warf einen vorsichtigen Blick ins Innere. Im Halbdunkel konnte er jedoch nichts erkennen.

Ächzend stemmte er sich hoch, drückte die Tür vollends auf und rief Rosas Namen. Aber niemand antwortete. Das Häuschen war bis auf den gemauerten Herd und kaputtes Geschirr, das auf dem Küchenboden lag, völlig leer. Also war nicht nur Rosa, sondern wohl auch ihre ganze Familie weggegangen. Aber wohin?

Niedergeschlagen setzte er sich neben den Herd auf den Boden und lehnte sich an die eiskalte Wand. Er war hungrig, durstig und müde. Als Wind aufkam und heulend um das Haus strich, zog er seinen Umhang enger um sich, schlang fröstelnd seine Arme um die Knie und versuchte, wenigstens ein wenig zu schlafen.

Als er nach einer unruhigen Nacht am nächsten Morgen erwachte, hatte er zunächst Mühe, sich zurechtzufinden. Er hatte geträumt, dass er durch einen schier unendlichen, tief verschneiten Wald lief, immer wieder zu weißem Dampf werdenden Atem ausstoßend. Der verwandelte sich von zunächst unförmigen Wölkchen schließlich in ein schneeweißes Pferd mit wehender Mähne und langem Schweif. Ab und zu warf es den Kopf hoch, wenn er es fast eingeholt hatte, und wieherte triumphierend, weil es ihm wieder entwischen konnte.

Einen Augenblick saß er an die kalte Wand gelehnt und hing seinem Traum nach.

Er dachte an den Schimmel, den er im Gestüt Marbach gesehen hatte. Der war unverkäuflich, hatte der Stallmeister gesagt, wäre bestenfalls eines Königs würdig.

Einen König hatten sie hier im Süden des Landes nicht, und die Könige, von denen er wusste, würden das Gestüt hoffentlich nie entdecken.

Traurig dachte er daran, wie stolz er im Grunde doch darauf sein hatte können, dass der Hauptmann ihn zu sich geholt hatte. Weil er so gut mit dessen Hengst umgehen konnte, hatte er gesagt, und weil er glaubte, in ihm den Burschen gefunden zu haben, dem er nicht alles erklären musste. Der ohne großartig nachzufragen genau wusste, was zu tun war.

Was nützte ihm das jetzt alles?

Nichts. Es nützte alles nichts.

Er fuhr sich mit der Hand über die Stirn.

Er war so weit gekommen, hatte es weiter gebracht als manch anderer seines Alters und niedrigen Standes. Nur, weil er einem verdammten Weibsbild auf diesen verfluchten Platz gefolgt war, hatte er alles verdorben. Sein Hauptmann hatte sich schwer in ihm geirrt. Er war nicht der Kerl, für den er ihn vermutlich gehalten hatte. Er war einfach nur ein Idiot.

Sein Magen knurrte.

Wenn er nicht verhungern wollte, musste er nach Ingolstadt aufbrechen und zusehen, dass er dort etwas zu essen bekam.

Über Nacht hatte es wieder geschneit. Thomas verließ zögernd das Haus und schaute sich um. Auf kahlen Bäumen saßen Krähen, die ihn mit lautem Krächzen zu begrüßen schienen. Keine Menschenseele war zu sehen. Der Ort war wie ausgestorben. Ein paar Fußspuren im Schnee zeugten davon, dass es hier trotzdem Menschen geben musste.

Hier konnte er auf keinen Fall bleiben. Er musste sich Arbeit suchen und wollte Rosa finden. Vielleicht ergab sich ja beides in Ingolstadt.

Thomas zog seinen Umhang wieder enger um sich, packte sein Bündel auf die Schultern und machte sich auf den Weg.

Kurz vor dem Stadttor traf er auf einen Händler, dessen Karre sich in einer Schneewehe festgefahren hatte. Der Maulesel, den er davor gespannt hatte, schaffte es nicht, ihn wieder herauszuziehen, und der Mann versuchte fluchend, die Räder mit den Händen freizubekommen.

„Wartet, ich helfe Euch!", rief Thomas ihm zu und stemmte sich mit aller Kraft gegen die hölzerne Rückwand der Karre. Mit vereinten Kräften gelang es den beiden Männern, ihn wieder auf die Straße zurückzubefördern und in die Spur zu bringen, die andere Wagenräder zuvor gezogen hatten.

Nachdem der Händler sicher sein konnte, dass sein Wagen nicht mehr zur Seite rutschte, blieb er heftig schnaufend daneben stehen und hob dankend die Hand.

„Kann ich mit Euch in die Stadt kommen?", fragte Thomas, der sich nicht sicher war, welche Voraussetzungen dafür galten. Als er das letzte Mal hier gewesen war, hatte sich sein Hauptmann um alles gekümmert.

Der Händler musterte Thomas von oben bis unten. „Ah, wohl ein Studiosus, der für seinen Unterhalt selber aufkommen muss, so, wie du aussiehst! Schieb an und hilf dem armen Viech, dann kannst du gerne mitkommen."

Studiosus?

Während Thomas dem Händler half, die Karre mitsamt seiner Ware in die Stadt zu bringen, kam ihm Heiner in den

Sinn. An der Universität zu Ingolstadt durften nur katholische junge Männer studieren, hatte der ihm erzählt. Und dass es Geld kostete, am Unterricht teilzunehmen, was sich nur reiche Leute leisten konnten.

Geld.

Erschrocken überprüfte Thomas seine Geldkatze. Der Hauptmann war noch nicht dazu gekommen, ihm beim Zahlmeister sein Handgeld ausbezahlen zu lassen. Die paar Münzen, die er in seinem Beutel fand, würden nicht einmal für eine dünne Suppe reichen, geschweige denn für einen Humpen Bier.

Der Händler hatte ihn schweigend beobachtet.

„Scheinst ja wirklich kein Geld zu haben", stellte er fest. „Bist auch kein Studiosus, nehme ich an?"

„Nein."

Thomas kniff die Lippen zusammen. Er war kein Studiosus. Er war der geflohene Bursche Hauptmann Leonhart Seitz vom Waldes und wurde möglicherweise von den Bütteln des Fürstbischofs von Aychstätt gesucht.

„Hier, hast ein paar Kupferpfennige als Dank für deine Hilfe", hörte er den Händler sagen. „Hast eine Unterkunft für die Nacht?"

„Nein."

Der Händler seufzte ergeben.

„Ich bin Bartholomäus Huber", sagte er. „Man nennt mich auch den Krämer-Barthel. Wenn du willst, kannst du mir für ein paar Pfennige mehr noch ein wenig zur Hand gehen, dann reicht es zumindest, bis du weiterziehst." Er fasste ihn fest ins Auge. „Bist aber kein Bettler oder Landstreicher?"

„Nein."

„Drei Mal ‚nein'." Der Krämer-Barthel schüttelte leise vor sich hin lachend den Kopf. „Solange du kein gesuchter Mordbrenner bist, kannst du mit mir kommen. Ich kann einen Gehilfen gut brauchen."

„Ich überlege es mir", antwortete Thomas, dem dabei nicht ganz wohl war. Was, wenn der Trossweibel inzwischen an seinen Verletzungen gestorben war? Dann war er ein Mörder. Von Oswald bei den Aychstätter Bütteln als schwarzer Dämon denunziert oder als sein Mörder vor Gericht gestellt zu werden – beides waren keine guten Aussichten.

Noch war er in dieser Stadt sicher. Aber irgendwann würde ihn vielleicht jemand erkennen und den Bütteln melden. Er durfte nicht zu lange hierbleiben, auch wenn er nicht wusste, wohin er sonst ziehen sollte.

Sie hatten den Marktplatz vor dem Rathaus erreicht, wo der Krämer-Barthel von einigen Händlern und Bauern freudig begrüßt wurde. Der Markt war bereits in vollem Gange. Sowohl vornehm gekleidete als auch an ihren schäbigen Mänteln als deren Bedienstete auszumachende Frauen drängten sich um die Karren der Bauern und Händler und feilschten um deren Waren.

„Bist spät dran heute!", rief ihm einer der Männer zu.

„Ja, ich bin im Schnee stecken geblieben. Der junge Kerl hier hat mir geholfen." Barthel wandte sich an Thomas. „Schlag die Plane zurück, wir sind da."

Es war bereits nach dem Mittagsläuten, als die Letzten ihre Sachen zusammenpackten und sich auf den Weg nach Hause machten. Thomas hatte dem Händler geholfen, so gut er konnte, und schließlich Spaß daran gefunden, dessen Körbe und allerlei Brauchbares für die Küche der Ingolstädter Bürgerinnen und Bürger wie ein geübter Marktschreier anzubieten. Der Krämer-Barthel war hoch zufrieden mit ihm und dem Ergebnis des Markttages und lud ihn auf einen Besuch in eine der Brauereigaststätten ein, die sich ‚Zum Daniel' nannte.

„Die haben die besten Brotzeiten in ganz Baiern", erklärte er seinem Gast. „Und das beste Bier weit und breit."

Thomas wollte gerade fragen, was er vom Aychstätter Bier halte, schluckte seine Frage aber aus gutem Grund gerade noch hinunter.

„Ich habe dich noch gar nicht gefragt, woher du kommst", stellte der Händler fest und winkte nach einer der Schankmägde. „Bring uns eine Brotzeit und einen Humpen Bier!", rief er ihr zu.

Thomas holte kurz Luft. Er musste vorsichtig sein.

„Ich war im Gestüt Marbach", sagte er.

„Du kommst vom Gestüt Marbach? Ach, dann bist du ein Pferdeknecht!", stellte der Krämer überrascht fest. „Aber du bist keiner von der Alb, das höre ich."

„Eher ein Hufschmied", berichtigte Thomas ihn. „Und ich komme ursprünglich aus dem Land ob der Enns."

Der Krämer-Barthel runzelte nachdenklich die Stirn.

„Da geht es übel zu, wie mir berichtet wird", sagte er und nahm das Brett mit der Brotzeit entgegen, das ihm die Schankmagd gebracht hatte. „Ganz, ganz übel. Du hast gut daran getan, von dort wegzuziehen." Er hob seinen Humpen Bier und nickte Thomas mit ernster Miene zu. „Eine üble Geschichte, die da in Frankenburg geschehen ist, weißt du davon?"

Thomas zuckte nur bedauernd die Schultern.

„Der Kaiser hat Graf Herberstorff, den bairischen Statthalter in Linz, gedrängt, keine Milde mehr walten zu lassen gegen die aufrührerischen protestantischen Bauern im Land ob der Enns“, fuhr der Händler fort. „Auf einem Feld bei Frankenburg ließ er deren Rädelsführer um ihr Leben würfeln.“

Thomas starrte ihn erschrocken an. Er wusste davon, dass es in Frankenburg was gegeben hatte, wusste auch, dass es solche ‚Spiele‘ gab, die bei manchen auch als Gottesurteile galten. Es war einfach unglaublich, was im Namen dieses Kaisers alles geschah. Er traute ihm inzwischen alles zu, auch, dass er und dessen Stellvertreter sich eines solch makabren Spiels bedienten, um den Willen der Bauern in seinem Land zu brechen.

„Mehr als ein Dutzend von ihnen hat er aufknüpfen lassen, nachdem sie beim Spiel verloren haben. Zunächst hielten die Bauern still, haben sogar noch versucht, mit dem Kaiser zu verhandeln. Aber der hat sie einfach stehen gelassen. Irgendwas hat es noch gegeben, was die sich nicht gefallen lassen wollten und weshalb sie ihrem aufgestauten Unmut freien Lauf ließen“, bestätigte der Händler, was Thomas gerade durch den Kopf ging. „Inzwischen sind die Aufständischen von den natürlich weitaus besser gerüsteten Truppen unseres Kaisers niedergeschlagen. Es sollen angeblich Tausende von Bauern und Söldnern im Landl ihr Leben gelassen haben. Du hast Glück gehabt, im Württembergischen zu weilen. Wie bist du denn hierhergekommen? Bist doch vermutlich ein Protestantischer, wenn du aus dem Land ob der Enns kommst.“

Thomas hatte einen trockenen Hals bekommen. Zum Glück betraten gerade mehrere Männer die Schankstube und kamen laut rufend und lachend auf Bartholomäus zu. Er blieb ihm die Antwort deshalb zu seinem Glück schuldig.

Am späten Nachmittag verabschiedete sich der Händler von den anderen. Er wollte noch ein Stück weiterziehen, nach Reichertshofen, wie er sagte. Dort habe er seit Jahren eine Bleibe, die er immer aufsuche, wenn er in der Gegend zu tun habe, meinte er augenzwinkernd.

„Wo wirst du nächtigen?“, wollte er von Thomas wissen, als sie auf der Gasse standen. Bevor jener antworten konnte, schlug er ihm vor: „Warum kommst du nicht mit mir? Einen Burschen wie dich kann ich gut brauchen!“ Er legte ihm einen Arm um die Schultern. „Oder hast du ein anderes Ziel?“

„Ich kenne in Oberstimm ein Mädchen“, begann Thomas, wurde vom Barthel aber sofort unterbrochen.

„In Oberstimm lebt doch überhaupt niemand mehr“, sagte er kopfschüttelnd.

„Zumindest nicht mehr viele“, gab Thomas zu. „Ein altes Weib hat mir gesagt, sie ist nach Ingolstadt gezogen. Deshalb bin ich hier.“

Der Händler schürzte kurz die Lippen.

„Ins Gestüt kannst du nicht zurück, nehme ich an. Du bist aber doch nicht dieser Bauerndirne wegen von dort weggegangen?“

Thomas schüttelte den Kopf.

„Meine Zeit dort war um“, antwortete er, und der Händler fragte nicht weiter nach. In diesen Zeiten war es nichts Ungewöhnliches, dass Männer ihre Arbeit verloren und sich nach etwas Neuem umsehen mussten.

„Also, was hast du jetzt vor?“

Thomas dachte einen Augenblick lang nach.

„Ich komme mit Euch“, sagte er dann und stapfte hinter dem Händler her zu dessen Karre.

„Herrgott Sakrament!“ Der Barthel zeigte auf eines der beiden Hinterräder an seiner Karre. „Der Reifen ist gebrochen.“ Er schaute sich suchend um. „Bei der Oberen Pfarr ist ein Schmied“, sagte er zu Thomas. „Da müssen wir hin.“

15. Kapitel

1627/1628

Den Winter verbrachte Thomas zusammen mit Barthel in Reichertshofen, wo jener eine Liebschaft hatte, bevor sie um Ostern herum wieder aufbrachen. Der Krämer hatte sich in den ersten Monaten des Jahres mit neuen Waren eingedeckt, und Thomas während der Wintermonate bei einem Schmied in der Gemeinde als Knecht ein wenig Geld verdient.

Das Frühjahr brachte nach einem kalten und schneereichen Winter erneut nur Regen und Kälte. Die Bevölkerung litt an Hunger und Krankheiten, die viele von ihnen hinwegrafften. Die Kunde ging um, dass es zudem nach einem relativ ruhigen Winter inzwischen im Norden des Reiches wieder kriegerische Auseinandersetzungen zwischen protestantischen und katholischen Heeren gab, die Tausende Menschen das Leben kosteten. Ab und zu munkelte man davon, dass es ein Friedensabkommen zwischen den verfeindeten Seiten geben könnte. Aber Waldstein dachte offenbar gar nicht daran, sich mit einem Sieg über den Dänenkönig zufrieden zu geben und Frieden zu schließen. Ferdinand II. unterstützte ihn in seinem Plan, Norddeutschland und Jütland zu erobern und mögliche weitere dänische Angriffe auf die norddeutsche Küstenregion abzuwehren.

Während die Bevölkerung im Norden des Reiches jeden Tag Angriffe von der einen oder der anderen Seite befürchtete, ging es den Menschen im Süden also dennoch vergleichsweise gut.

Einige Städte und Gemeinden nutzten die Zeit, ihre Mauern zu kontrollieren und zu erneuern, andere begannen, Schanzen zu errichten und sich so gegen mögliche Angriffe zu wappnen. Dabei spielte es keine Rolle, ob sie evangelisch oder katholisch ausgerichtet waren. Gefahr drohte von beiden Seiten, wenn die Heere in den Süden zogen.

Das weitere Jahr über war Thomas zusammen mit dem Händler im Bairischen und Württembergischen unterwegs, den Winter verbrachten sie wieder in Reichertshofen. Entsetzt mussten sie feststellen, dass der Hexenwahn auch vor dieser Gemeinde nicht Halt machte. Thomas drängte darauf, den Ort so schnell es ging zu verlassen. Notfalls, so ließ er den Barthel unmissverständlich wissen, wollte er allein weiterziehen.

„Wo willst du denn hin?“, fragte der Händler ihn, als er merkte, wie ernst es seinem Gehilfen damit war.

Thomas schüttelte nur den Kopf. Er wusste es nicht.

Im Herbst des vergangenen Jahres hatte er sich noch einmal auf den Weg nach Oberstimm gemacht, aber niemand wusste um den Verbleib von Rosa. Das alte Weib, das er nach seiner Flucht aus Aychstätt getroffen hatte, war inzwischen verstorben. Die wenigen Bewohner des Ortes waren von Hunger und Elend gezeichnet und wiesen ihn unfreundlich von der Tür. Ratlos hatte er vor dem Häuschen der jungen Frau gestanden, das langsam völlig verfiel. Vermutlich war auch sie längst nicht mehr unter den Lebenden. Er musste den Traum von einem Leben mit ihr als Gefährtin ein für alle Mal aufgeben.

Die beiden entschlossen sich nach langem Hin und Her, Reichertshofen den Rücken zu kehren. Zu arg waren die Verdächtigungen und die Hetze unter den Menschen dort geworden, das wollten beide nicht weiter aushalten.

Thomas hatte inzwischen erfahren, dass sich das Lager über Aychstätt tatsächlich um die Jahreswende 1626 auf 1627 aufgelöst, und Trupp und Tross Richtung Norden aufgebrochen waren. Wem sie sich angeschlossen hatten, wusste niemand zu sagen. Er fragte aus gutem Grund nicht danach, ob jemand aus dem Tross zurückgeblieben oder ob es zu irgendwelchen schwerwiegenden Zwischenfällen gekommen war.

Im Spätsommer des Jahres 1628 kamen Thomas und Bartholomäus nach Nürnberg, wo sie ihre Waren auf dem Markt anbieten und gut verkaufen konnten. Während der Krämer sich auf die Suche nach einem Nachtquartier machte, kümmerte sich Thomas um den Verkauf. Plötzlich stand eine junge Frau vor der Karre, die ihm seltsam bekannt vorkam. An ihrer linken Hand funkelte ein auffallend blauer Stein, der in einen kunstvoll gestalteten Ring eingearbeitet war. Er schien mit den Augen der Jungfer zu wetteifern, die jetzt fragend auf ihn gerichtet waren.

„Willst du mir nicht sagen, wie viel dieser Korb kostet?“, hörte er die junge Dame in seine Gedanken hinein sagen.

In diesem Augenblick tauchte ein älterer Herr hinter ihr auf, und Thomas fiel wieder ein, woher er die junge Dame kannte. Er hatte sie zusammen mit ihrem Vater im Peller-Haus getroffen, als er dort die Bezahlung der Pferde für den bairischen Kurfürsten regelte.

Bevor Thomas antworten konnte, stand der Krämer-Barthel neben ihm und verhandelte mit dem vornehm gekleideten Herrn über den Preis für den Korb, den die junge Dame schließlich bekam.

Am Abend saßen die beiden Männer in einem Gasthaus,

als jener Käufer hereinkam und sich zu ihnen an den Tisch setzte, nachdem er sie erkannt hatte. Thomas erinnerte sich inzwischen auch wieder an seinen Namen: Bernreiter, und seine hübsche Tochter hieß Katharina. Dass es sich bei dem vornehmen alten Herrn um einen angesehenen Goldschmied handelte, hatte Thomas vergessen. Aber Bartholomäus, der immer darauf bedacht war, Kontakte zu guten Kunden zu halten, fand das sehr schnell heraus und war innerhalb kürzester Zeit in ein Gespräch vertieft, dem Thomas nur mit halbem Ohr lauschte.

„Jetzt hat sie sich in den Kopf gesetzt, diesen Burschen zu suchen", hörte er den Goldschmied plötzlich sagen und hob stirnrunzelnd den Kopf. Weiter erfuhr er, dass Katharina mit einem Mann vermählt werden sollte, dem sie bislang recht wohlgesonnen gewesen war. Seitdem sie einen Burschen kennengelernt hatte, der kurze Zeit in einer Mühle vor der Stadt arbeitete, weigerte sie sich, der Hochzeit zuzustimmen, und hatte schließlich vor einem halben Jahr auch die Verlobung aufgelöst. „Ich habe gehört dass er ins Württembergische gezogen ist", fuhr der Mann seufzend fort. Dann erfuhren sie von der seltsamen Geschichte um eine Stumme, die in der Nähe eines Ortes namens Maulbronn ihrem Schicksal auf dem Scheiterhaufen nur knapp entkommen war.

Thomas horchte auf.

„Eine Stumme?", fragte er.

Herr Bernreiter sah ihn überrascht an. Er hatte ihn offenbar bislang gar nicht weiter wahrgenommen.

„Sie soll ein seltsames Amulett bei sich gehabt haben, mit dem sie angeblich Unwetter heraufbeschwören konnte. So ein Kleinod kann leicht als Teufelsamulett gelten, wenn sich jemand nicht damit auskennt. Was natürlich Unsinn ist, aber man weiß ja um die Armen im Geiste und das, was daraus oftmals entsteht."

Thomas erstarrte. Die Stumme fiel ihm ein, die Magdalena unter ihre Obhut genommen hatte. Sie und das Gerücht, sie habe mit einem seltsamen Amulett viel Unheil heraufbeschworen, waren der Grund gewesen, weshalb der Trossführer letztendlich Magdalena den Bütteln ausliefern wollte. Bei genauerem Überlegen war sie es doch, die Stumme, die diese ganzen Ereignisse ausgelöst hatte. Der Grund, warum er aus Leonharts Truppe geflohen war und sich jetzt hier befand. Sollte denn etwas Wahres hinter dem Gerücht gesteckt haben, das sich um dieses Weib rankte?

Er schüttelte unwirsch den Kopf. Was für ein wirres Zeug ging ihm da durch den Kopf?

Bevor er sich weiter Gedanken darüber machen konnte, hatte sich der Goldschmied wieder an Bartholomäus gewandt und erzählte ihm aufgebracht, dass Katharina, seine einzige Tochter, also dass die sich in den Kopf gesetzt habe, nach Maulbronn zu reisen und nach diesem Kerl zu suchen. Den und sonst keinen wolle sie heiraten. Wie das gehen sollte, wisse er auch nicht. Zumal ja nicht einmal sicher sei, ob dieser Johannes sie überhaupt zur Frau nehmen wolle, sollte er noch am Leben sein. Aber doch, da sei sie sich ganz sicher, habe ihm das störrische Kind gesagt. Dass der inzwischen längst verheiratet sein könnte, wäre absolut ausgeschlossen.

„Ich habe meinen Stiefsohn geschickt, um herauszufinden, ob der Mann überhaupt noch lebt und in welchen Verhältnissen. Er ist ein anständiger Kerl gewesen, dieser Johannes, das muss ich zugeben. Um ein paar Hausecken herum soll er sogar mit dem Astronomen Kepler verwandt sein, wenn ich das richtig verstanden habe. Kennt ihr den?" Er unterbrach sich kurz, um noch einen Krug Rotbier zu bestellen, während Barthel den Kopf schüttelte. „Sein Oheim war darüber hinaus ein angesehener Mann hier in Nürnberg. Der ist irgendwie auch in diese Geschichte mit der Stummen verwickelt."

„Habt Ihr mit Eurer Tochter denn kein Machtwort sprechen können?", wollte Bartholomäus wissen. „Ich meine, es ist ein Weib!"

Bernreiter lachte.

„Bei dem Frauenzimmer nützt es nichts, ein Machtwort zu sprechen. Die kommt ganz nach ihrer Mutter", antwortete er. Dann beugte er sich zu Bartholomäus hinüber. „Mein Stiefsohn Karl ist vor ein paar Tagen zurückgekommen und hat mich wissen lassen, dass dieser Johannes inzwischen bei einem angesehenen Tuchhändler ein Unterkommen gefunden hat und durchaus an meiner Tochter interessiert ist. Wir werden in den nächsten Tagen nach Maulbronn reisen und alles Weitere besprechen."

Dafür also war der Korb gedacht, den Katharina unbedingt kaufen wollte, ging Thomas durch den Kopf. Sie wollte vermutlich darin ihre Aussteuer zu ihrem Auserwählten mitnehmen. Was für eine seltsame Zeit war das nur!

„Wo liegt denn dieses Maulbronn, weißt du das?", wollte Thomas später wissen, als sie in ihrer Kammer lagen.

„Im Württembergischen. Ich hab nicht alles verstanden, was mir der Goldschmied erzählt hat. Es klang so wirr, dass ich manchmal dachte, er ist nicht ganz recht im Kopf." Bartholomäus ließ ein abfälliges Grunzen hören. „Wer gibt schon dem Willen eines jungen, unerfahrenen Weibsbilds nach? Sie will nach diesem Maulbronn ziehen, weil dort ein dahergelaufener Tuchhändler haust, den sie unbedingt heiraten will! Hat man jemals davon gehört, dass ein Loch der Maus hinterherläuft?"

Während Bartholomäus sich noch darüber ausließ, was er von Weiberleuten wie dieser Katharina und Männern wie ihrem Vater hielt, schlief Thomas ein. Er träumte von Magdalena, wie sie durch den Wald über der Altmühl vor dem Trossführer davonlief, einen blitzenden Ring am Finger. Sie verwandelte sich zuerst in Katharina, dann in Rosa, die ihn mit ihren großen Augen um Hilfe flehend ansah, als Oswalds Keule sie am Kopf traf und sie blutüberströmt in den Schnee sank. Er riss ihr den Ring mit dem blauen Stein vom Finger und lachte Thomas schallend aus, der wutentbrannt auf ihn zurannte, ihn aber nicht einholen konnte.

Thomas wachte schweißgebadet auf. Er war heilfroh, als er den Krämer neben sich schnarchen hörte. Mochte der Goldschmied seine Tochter heiraten lassen, wen sie wollte. Dann fand mit dieser Katharina wenigstens eine Frau ihr Glück, die seinen Weg gekreuzt hatte.

Magdalena.

Die stumme Regine.

Alma.

Rosa.

Thomas legte einen Arm über sein Gesicht und ließ seinen Tränen freien Lauf.

16. Kapitel

1628 bis 1632

Thomas zog weiterhin mit dem Händler durch Baiern und Franken. Von anderen Händlern und Kaufleuten erfuhren sie, dass sich der dänische König im Norden des Reiches zunächst erfolgreich gegen die Katholiken durchgesetzt hatte, inzwischen aber von General Tilly wieder in seine Grenzen zurückgewiesen worden war. Warum sich inzwischen der König von Schweden in die Auseinandersetzungen eingemischt hatte, und weshalb Frankreich sich mit einigen protestantischen Fürstenhäusern verbündete, entzog sich ihrem Verständnis. Wie ihnen auch nicht klar war, was England, Belgien und Spanien mit dem zu tun hatten, was sich im Heiligen Römischen Reich Deutscher Nation abspielte, um nur ein paar der inzwischen beteiligten Länder zu nennen.

Tilly und Waldstein waren immer öfter im Gespräch. Es wurde gemunkelt, dass der zunächst für den Kaiser so wichtige böhmische Feldherr Waldstein inzwischen durch seine Eigenmächtigkeiten wieder einmal in kaiserliche Ungnade gefallen und entlassen worden war. Dann aber, als der Kaiser merkte, dass seine eigenen Truppen nicht in der Lage waren, dem inzwischen in die Kampfhandlungen eingreifenden Schwedenkönig standzuhalten, hatte er Waldstein wieder in seine Dienste aufgenommen.

„In seine Dienste!“

Als Bartholomäus eines Abends davon erfahren hatte, brach er in schallendes Gelächter aus.

„Meine Güte, was für ein verlogenes Nest ist doch der Kaiserhof!“, ließ er Thomas seine Meinung wissen. „Der Waldstein steckt den Kaiser finanziell doch schon seit Jahren in die Tasche. Nicht der Kaiser hat ihn in seine Dienste aufgenommen, nein, der Kaiser muss nach Waldsteins Pfeife tanzen, wenn er nicht aufpasst. So ist es, mein Freund, so und nicht anders.“

Thomas, der inzwischen längst zum Freund und Geschäftspartner des älteren Mannes geworden war, konnte sich dessen Meinung nur anschließen. Immer wieder fiel ihm Hauptmann Leonhart ein, als von den Gräueln die Rede war, die schwedische Söldner der ihnen unterlegenen Bevölkerung antaten. Schwedentrunk nannten sie, was sie zur Durchsetzung ihrer Plünderungszüge einsetzten. Genauer gesagt flößten sie den Menschen Jauche ein, die nicht gewillt oder nicht in der Lage waren, ihnen Hab und Gut freiwillig herauszurücken. War General Tilly bekannt dafür, unter seinen Männern ein strenges Regiment zu führen und sie hart für Vergehen gegen die Heeresdisziplin zu bestrafen, so schien es dem Schwedenkönig gerade recht zu sein, wie seine Mannen mit der Bevölkerung umgingen. Auch Leonhart war gnadenlos gegen seine Männer vorgegangen, wenn ihm etwas Unrechtes zu Ohren gekommen war. Diese Zeiten hatten sich offenbar geändert.

Inzwischen gerieten die einstmals so hochgehaltenen Werte mehr und mehr in Vergessenheit. Hunger, Krankheiten und die Folgen der nach wie vor schlechten Witterung landauf, landab brachten auch Truppen unter katholischen und protestantischen Generälen dazu, es dem Schwedenkönig gleichzutun. Sie verbreiteten mit Gewalt und Folter Angst und Schrecken unter der Bevölkerung.

Thomas ahnte, dass sich der Schwedenkönig nicht davon abhalten lassen würde, nach Süden vorzudringen, wenn er weiterhin siegreich aus seinen Schlachten hervorging. Denn dass der bairische Kurfürst mit der Unterstützung, die er Kaiser Ferdinand angedeihen ließ, ein Dorn im Auge des protestantischen Heerführers sein musste, war offensichtlich. Der König würde sich eines Tages dafür rächen, was der Kurfürst seinen Glaubensbrüdern und -schwestern angetan hatte.

Die Geschäfte liefen immer schlechter für die beiden Händler, und Bartholomäus kündigte seinem Partner eines Tages an, sich nach Rain am Lech zurückziehen zu wollen, wo er geboren worden war und sein Leben auch zu beenden gedachte.

„Du kannst ja weiterziehen, wenn du willst", schlug er Thomas eines Abends vor, als sie irgendwo zwischen Ingolstadt und der Bastion am Lech vor einem kleinen Dorf lagerten.

Thomas schüttelte müde den Kopf. Auch er hatte sich schon längere Zeit Gedanken darüber gemacht, wie es mit ihm weitergehen sollte. Denn dass die Geschäfte immer schlechter liefen, weil die Leute kein Geld mehr hatten für ihre Waren, bereitete ihm große Sorgen. Oftmals waren sie darauf angewiesen, dass ihnen jemand etwas zu essen gab, da sie tagelang nichts verkauft und daher auch kein Geld hatten.

„Oder möchtest du in dieses Gestüt zurückkehren, in dem du einmal als Pferdeknecht gearbeitet hast?", wollte Bartholomäus wissen.

Thomas sah ihn überrascht an. Er hatte vergessen, was

er dem Händler bei ihrer ersten Begegnung in Ingolstadt erzählt hatte. Aber der offenbar nicht.

„Ich habe dort nicht als Pferdeknecht gearbeitet“, gestand er. Und dann erzählte er ihm nach Jahren endlich die ganze Geschichte. Auch die, weshalb er letztendlich in Ingolstadt gewesen war, wo sie sich getroffen hatten. Bartholomäus hörte ihm schweigend zu. Als Thomas schon befürchtete, sich eine – wenn auch wohlverdiente – Strafrede wegen seiner Lügen anhören zu müssen, erscholl stattdessen das laute Lachen des Älteren.

„Ganz gleich, was für ein Leben du geführt hast, bevor wir uns getroffen haben, eines weiß ich sicher: Du hättest das Zeug dazu gehabt, es in diesem Gestüt sehr weit zu bringen.“ Als Thomas etwas erwidern wollte, winkte er entschieden ab. „Das Pferd deines Hauptmanns hatte es dir also angetan, und dieser Hengst in jenem württembergischen Gestüt.“ Er pfiff leise durch die Zähne. „Wärst ein guter Pferdeknecht geworden und ein nicht minder guter Bursche deines Hauptmanns, und läufst stattdessen hinter einer alten Karre voller Glump her, das keiner mehr kaufen will.“

Thomas schüttelte entschieden den Kopf.

„Ich wollte eines Tages so viel Geld haben, dass ich mir ein Haus, eine Frau, Kinder und ein Leben in Frieden leisten kann“, antwortete er. „Inzwischen habe ich verstanden, dass das in unseren Zeiten nicht möglich ist. Nicht für mich. Es war gut so, wie es gekommen ist.“

„Trotzdem weiß ich, dass du deinen Traum nie aufgegeben hast, Thomas. Ich bin ein alter Mann und will in den paar Jahren, die mir noch bleiben, nicht mehr in der Weltgeschichte umherziehen und Leute dazu überreden, Zeug zu kaufen, das sie inzwischen leider nicht mehr brauchen. Das war es, was ich immer tun wollte, was ich bis heute auch gern gemacht habe, und mit dem ich mir meinen Lebensunterhalt verdienen konnte. Jetzt möchte ich in meiner Geburtsstadt die letzten Tage meines Lebens verbringen, wie es ebenfalls immer mein Wunsch war. Du solltest zusehen, dass du den Weg einschlägst, der dich in deinem Leben eines Tages an die Stelle führt, an der ich gerade stehe."

Bartholomäus machte eine ausladende Handbewegung.

Thomas, der den Alten niemals zuvor so reden gehört und überrascht die Luft angehalten hatte, atmete hörbar aus. Wie konnte der in diesen Zeiten nur so überschwänglich vom Leben schwärmen?

„Du weißt, dass das nicht möglich ist", sagte er leise und schüttelte energisch den Kopf, als Bartholomäus etwas einwenden wollte. „Zwischendurch habe ich mir immer wieder vorgestellt, in dieses Gestüt auf der Schwäbischen Alb zurückzukehren und mich als Stallbursche zu verdingen, das gebe ich ehrlich zu."

Bartholomäus unterbrach ihn.

„Warum hast du es nicht gemacht? Wir waren zweimal ganz in der Nähe, du hättest es mir einfach nur sagen müssen."

„Du hättest mich gehen lassen?"

„Warum auch nicht? Du bist aus freien Stücken mit mir gezogen!"

Als Thomas etwas einwenden wollte, winkte Bartholomäus erneut ab.

„Seitdem du mir vorgeschwindelt hast, dort als Pferdeknecht gearbeitet zu haben, weiß ich, wie sehr dein Herz an diesen Tieren hängt. Als wir in Ulm waren oder später in Göppingen, habe ich darauf gewartet, dass du dich von mir verabschieden und der Stimme deines Herzens folgen würdest. Ich gebe zu, dass ich mich über dein Bleiben gefreut habe, aber ich hätte dich gehen lassen. Jetzt ist noch Zeit, dein Lebensziel zu verfolgen, überlege es dir!“

„Wie kannst du von Zukunftsplänen sprechen angesichts der Tatsache, dass wir mehr denn je der Gefahr ausgesetzt sind, von feindlichen Truppen überrannt zu werden?“, fragte Thomas ihn aufgebracht. „Du hast selber gehört, was man sich erzählt, und weißt, dass wir gerade kurz davorstehen, selber in diesen Wahnsinn hineingezogen zu werden!“

Bartholomäus schenkte ihm ein nachsichtiges Lächeln.

„Mein Freund, sobald du aufhörst, Zukunftspläne zu schmieden, gibst du dich selber auf.“ Er klopfte ihm auf die Schultern und erhob sich. „Solange du aufrecht gehen kannst, kannst du auch erreichen, was du willst, glaub mir. Nur so ist es mir gelungen, bis hierher zu kommen.“

Er kletterte auf seine Karre und konnte bestenfalls ahnen als sehen, dass Thomas kopfschüttelnd abwinkte.

Als Thomas später auf dem Strohsack neben der Karre lag, ließ er seinen Blick über den Sternenhimmel schweifen, der sich über ihm wölbte. Wie lange schon hatte er das nicht mehr gesehen? Wie lange schon hatten düstere Wolken den Himmel bedeckt und der Erde darunter Missernten und Überschwemmungen beschert? Wie oft hatte er sich gewünscht, eines Tages unter diesem Sternenzelt zu liegen und auf ein erfülltes, friedliches Leben zurückblicken zu können?

Der Alte mochte ja recht haben damit, dass es besser war, seine Träume nicht aufzugeben. Sie hatten ihn bislang wohl am Leben gehalten, das stimmte schon. Aber bisher hatte dieser furchtbare Krieg ja auch weit weg stattgefunden, und viele Menschen im Süden hatten wie Thomas die Augen davor verschlossen, was auf sie zukommen könnte. Was sie nicht selber sahen und erlebten, waren einfach nur schreckliche Gerüchte. Geschichten. Nachtmahre. Weit weg und unwirklich.

Trotzdem steckte in allen Menschen die verborgene Angst, eines Tages selber zu den Opfern zu gehören, über die man jetzt immer öfter schaudernd zu berichten wusste.

Die Worte Barthels über das Gestüt auf der Alb kreisten weiter durch seinen Kopf, lösten die Gedanken an eine bevorstehende Gefahr ab.

Hätte er tatsächlich nach Marbach zurückkehren und sich dort als Pferdeknecht verdingen sollen? Wäre das die Erfüllung seiner Träume gewesen? Wäre er dort sicherer gewesen als hier?

Der Falbe Hauptmann Leonharts kam ihm wieder in den Sinn. Ob er den noch hatte?

Thomas lachte leise.

Die Frage war doch vielmehr, ob dieser Leonhart Seitz vom Walde noch lebte, und was aus ihm geworden war. Denn so weit Thomas inzwischen auch herumgezogen war: Niemand wusste so genau, welche Regimenter des bairischen Kurfürsten wo standen und wie es ihnen ging.

Seinen Traum von einem Leben mit Frau und Kindern zu begraben, fiel Thomas schon lange unsagbar schwer. In diesen Zeiten war es allerdings wirklich schon ein Wunder, allein zu überleben.

Auch sein zweiter Traum von einem eigenen Pferd war längst ausgeträumt.

Er wünschte sich, wie Bartholomäus in seinen Geburtsort

zurückkehren und dort das Ende dieses Lebens abwarten zu können. Aber Österreich war ihm so fremd geworden, dass er nicht mehr dorthin zurückkehren wollte.

Also wohin dann?

Ob er es mit diesem wundervollen Gestüt doch noch probieren sollte?

Er wusste, dass Bartholomäus sich von ihm verabschieden und ihn allein weiterziehen lassen würde. Die Karre war fast leer inzwischen, Bartholomäus hatte seit Tagen nichts mehr verkauft, geschweige denn neue Ware dazugekauft. Die Karre diente ihm inzwischen nur noch als Schlafstatt.

Seufzend schloss Thomas die Augen.

Am nächsten Tag bot der alte Mann Thomas überraschend an, ihm den Maulesel samt Karre zu überlassen, die er beide nicht mehr brauchte.

„Es ist ein gutes Tier“, sagte er. „Du weißt es besser als ich. Nimm es, sonst landet es beim Schlächter. Es ist auch mein Erbe an dich, der du mir in den vergangenen Jahren näher standst als irgendein anderer Mensch. Du warst mir wie ein Sohn.“

Thomas war sprachlos. Er hatte sich zwar als Freund und Partner des Händlers gefühlt, war auch mehr und mehr in die Rolle des Marktschreiers geschlüpft und hatte lange Zeit großen Erfolg damit gehabt. Bartholomäus konzentrierte sich immer öfter nur noch auf den Zukauf von Waren, die Thomas ihm vorschlug. Der Händler bezahlte ihn mit einem guten Viertel dessen, was nach Abzug aller Kosten von den Einnahmen übrig blieb, und Thomas konnte gut davon leben.

Jetzt ging diese Zeit unwiderruflich zu Ende. Thomas hatte das Gefühl, dort zu stehen, wo er vor Jahren die Karre des Händlers aus der Schneewehe geschoben hatte. Damals wäre noch Zeit gewesen, nach Marbach zu gehen und sich als Pferdeknecht zu verdingen. Oder in der Schmiede dort zu helfen. Auch das hatte ihm der Stallmeister angeboten. Jetzt war es dafür zu spät. Er wusste nicht einmal, ob es das Gestüt überhaupt noch gab.

An diesem Tag verabschiedeten sich die beiden voneinander. Der alte Händler packte seine Habseligkeiten in eine seiner Kraxen und blieb noch einen Augenblick vor der Karre stehen.

„Die paar Sachen, die jetzt noch drauf sind, kannst du verkaufen", sagte er. „Sie gehören dir."

„Warum verkaufst du nicht die Karre samt dem Maulesel?", wollte Thomas wissen, dem der Abschied doch sehr schwerfiel.

„Weil ich dir was schuldig bin, mein Freund", antwortete Bartholomäus. „Du hast mich viele Jahre begleitet, warst mir eine große Hilfe. Ich habe keine Kinder, denen ich etwas weitergeben kann. Also gebe ich es dir." Er deutete in die Richtung seiner alten Heimatstadt Rain. „Dort habe ich ein kleines Häuschen, in dem meine Schwester mit ihrem Mann und ihren Söhnen lebt. Dahin werde ich ziehen."

„Aber dann kannst du es ja denen geben!"

Thomas war sich nicht sicher, wie er mit all dem umgehen sollte. Er wusste nicht einmal, ob er als Händler weiterziehen oder lieber Karre und Maulesel verkaufen und – und was dann tun sollte?

„Versprich mir, dass du gut auf den Maulesel aufpasst", sagte Bartholomäus und klopfte Thomas auf die Schulter. „Vielleicht sehen wir uns einmal wieder, wenn dich dein Weg eines Tages nach Rain führt!"

Damit drehte er sich um und ließ ihn stehen.

Thomas blieb noch lange in Gedanken versunken neben der verlassenen Karre und dem Maulesel im Gras sitzen. Er fühlte sich einsamer als jemals zuvor.

Wohin sollte er denn jetzt gehen? Der Alte hatte nicht einmal andeutungsweise etwas davon gesagt, ihn mitnehmen zu wollen, hatte ihn hier einfach stehen gelassen mit diesem seltsamen Erbe. Wohl wissend, dass es seinem ehemaligen Weggefährten kaum möglich sein würde, als Händler zu überleben. Wagen und Maulesel nützten ihm wenig, wenn ihm niemand etwas abkaufte. Irgendwie empfand er das seltsame Erbe des Händlers gerade mehr als Last denn als Möglichkeit, sich ein neues Leben aufzubauen.

Bartholomäus war seinen Blicken längst entschwunden, als Thomas Hufgetrappel hörte. Er sprang auf und verbarg sich hinter seiner Karre. Sie waren in den vergangenen Jahren mehrmals Wegelagerern begegnet, auch ein paarmal schon knapp mit dem Leben davongekommen, aber dass ihnen nichts weiter geschah, war hauptsächlich dem Verhalten des Händlers geschuldet gewesen. Der wusste immer ganz genau, wie er mit diesen Kerlen umzugehen hatte, auch wenn er dabei gelegentlich Hab und Gut verlor. Das Leben, so sagte er Thomas jedes Mal, sei mehr wert als alles, was sich auf der Karre befinde. Selbst seinen ersten Maulesel hatte er solchen Halunken eines Tages überlassen müssen, was ihn damals sehr schmerzte. „Wir können die Karre ohne den Maulesel selber ziehen", hatte er Thomas gesagt. „Aber was hätte der Maulesel mit der Karre ohne uns anfangen sollen? Außerdem werden sie keine Freude an ihm haben, wie du weißt. Er ist störrisch und taugt auch nichts am Spieß, dazu ist er viel zu alt und sein Fleisch viel zu zäh."

Sie waren darüber in schallendes Gelächter ausgebrochen und hatten irgendwann das neue Tier aufgestöbert, das jetzt mit wachsam aufgestellten Ohren dastand und dem entgegensah, was sich vor Thomas noch verborgen hielt.

„Heiliger Strohsack", entfuhr ihm, als er einen Blick hinter der Plane der Karre hervor nach vorne wagte.

Nicht ein einzelner Reiter kam die Straße am Lech entlang auf ihn zugetrabt. Es war ein ganzer Trupp mit gestreiften Schärpen in den Farben des bairischen Kurfürsten.

17. Kapitel

Die Schlacht um Rain am Lech

Der schwedische König Gustav Adolf hatte das Hochstift Würzburg in seine Hände gebracht, Frankreich mischte sich verstärkt in die Geschehnisse ein. Eigentlich hätte der Schwedenkönig laut Abmachung einen Teil der erbeuteten Ländereien mit dem französischen König teilen sollen, was er jedoch nicht tat. Protestantische Ländereien und Städte ergaben sich der katholischen Übermacht, katholische wiederum sahen sich protestantischen Heeren gegenüber, die sich für verlorene Gebiete rächen wollten. Waldstein war beim Kaiser immer wieder wegen seiner Eigenständigkeiten in Ungnade gefallen, sogar entlassen worden, wurde jetzt aber in allen Ehren wieder zurückgeholt, weil dem Kaiser das Geld für sein Heer fehlte. Das wiederum hatte Waldstein in Hülle und Fülle, der auch sofort neue Söldner anwarb und ein riesiges Heer aufstellte. Thomas und Bartholomäus waren zu jener Zeit in Nürnberg gewesen, um ihre Waren anzubieten. Als die Kunde durchdrang, dass sich Anfang März 1632 nach der Schlacht bei Breitenfeld das kaiserliche Heer förmlich auf die Stadt zuwälzte, hatten sie eiligst ihre Sachen zusammengepackt und waren davongezogen. Später hörten sie, dass Nürnberg von Plünderungen und Brandschatzungen verschont geblieben war, und das kaiserliche Heer unverrichteter Dinge abziehen musste. König Gustav Adolf war nämlich seinem die Stadt verteidigenden Feldherrn zu Hilfe gekommen und zog unter dem Jubel der

Bevölkerung in die Stadt ein, wo er als Held und Befreier gefeiert wurde.

Danach beschloss Gustav Adolf, sein gut 40.000 Mann starkes Heer Richtung München aufbrechen zu lassen, um den bairischen Kurfürsten in dessen Hauptstadt das Fürchten zu lehren. Zunächst fiel den schwedischen Truppen Donauwörth in die Hände, und die beiden Händler, die dem allem nur mit Müh und Not entkommen konnten, hörten entsetzt von den Gräueln, denen die Bevölkerung ausgesetzt war. Vor allem Angehörige des katholischen Klerus erlitten die fürchterlichste Marter. Viele von ihnen hatten sich versteckt, andere wohl versucht, vor der anrückenden Soldateska zu fliehen, manch einer stellte sich auch heldenhaft vor seine Gemeinde – doch die meisten entkamen den schwedischen Soldaten nicht. Wen sie erwischten, dem blieb der berüchtigte Schwedentrunk so wenig erspart wie alle anderen unsäglichen Marter, die sich ein menschliches Gehirn nur ausdenken kann.

Aber nicht nur ihnen. Die Schweden machten keine Ausnahme zwischen Männern, Frauen und Kindern. Wer nicht sofort abgeschlachtet wurde, wurde geschändet und zu Tode gequält. Niemals zuvor hat man von ähnlichen Gräueln gehört, alle hatten gehofft, dem Süden des Landes würden solche Erfahrungen erspart bleiben.

Am 14. April 1632 rückten die schwedischen Truppen nach Rain vor. Dort wollte der Schwedenkönig den Lech überqueren und weiter nach Baiern vordringen. Aber der bairische Kurfürst hatte seine Männer bereits auf den Weg nach Rain gebracht und war fest entschlossen, dem Vorwärtsstürmen des Feindes Einhalt zu gebieten.

Als Thomas sich von seinem Gönner und väterlichen Freund verabschiedete, marschierten bereits die ersten Reihen der kurfürstlichen Streitmächte bei Rain entlang des Lechufers auf. Tilly machte sich von Ingolstadt aus auf den Weg zu diesem für alle Seiten strategisch wichtigen Städtchen, dessen Bewohner sich völlig wehrlos mitten in die Machtansprüche mehrerer Herren gezwungen sahen.

Die Söldner, welche Thomas jetzt entgegenkamen, ließen ihn zwar unbehelligt, aber Thomas ahnte, dass ihr Auftauchen für die kleine Stadt am Lech nichts Gutes bedeutete. Erschrocken suchte er mit den Augen, so weit es ging, den Weg ab, den Bartholomäus noch vor weniger Zeit eingeschlagen hatte, und den jetzt auch die Söldner nahmen. Es waren Katholische, das konnte er an den Farben ihrer Schärpen sehen, aber inzwischen spielte das keine Rolle mehr, wie alle Welt wusste. Wenn Soldaten auf eine Stadt zogen, war sie verloren, ganz gleich, ob sie als Besetzer oder Beschützer anrückten.

„Was ist mit dir, Bursche?", rief ihm einer der Männer zu. „Stehst hier rum und glotzt blöde? Komm, schließ dich uns an und zeig dem schwedischen Löwen gemeinsam mit uns, was es bedeutet, einem bairischen Bären in die Fänge zu geraten!"

Damit wandte er sich lachend zu seinen Kameraden um, die weiter stichelten, bis sie an ihm vorbeigezogen waren.

Thomas schoss das Blut in den Kopf. Die Stimme des Mannes und sein fränkischer Dialekt erinnerten ihn nach Jahren wieder an Oswald. Zwar hatte er vom Aussehen her nicht die geringste Ähnlichkeit mit seinem alten Widersacher, aber der Trossführer schien ihm auf seltsame Weise plötzlich näher, als er aushalten konnte.

Schnell schnappte sich Thomas die Zügel seines Maultiers und wollte gerade Richtung Ingolstadt losziehen, als der Anführer des Trupps erneut neben ihm auftauchte.

„He, du da! Dein Maultier überlässt du besser uns."

Thomas sah den Lauf einer Pistole auf sich gerichtet und ließ erschrocken die Zügel los.

„So ist es gut."

Ein zweiter Mann kam herbeigelaufen, ergriff die Zügel und schloss sich zusammen mit dem erbeuteten Tier den wartenden Söldnern an.

Laut grölend zogen die Männer weiter und ließen Thomas völlig überrumpelt am Wegrand stehen. Er hatte noch ein wenig Geld im Sack und ein Bündel mit seinen paar Habseligkeiten, aber ansonsten nichts mehr. Die paar Töpfe, Körbe und Pfannen, die sich noch auf der Karre befanden, konnte er jetzt auch zurücklassen. Das alles war ohne das Maultier nichts mehr wert. Wie gut, dass Bartholomäus es nicht mit ansehen musste, ihm hätte bestimmt das Herz geblutet.

Bartholomäus! Thomas wagte nicht, sich auszudenken, was geschehen mochte, wenn die Männer seinen alten Freund und Gönner überholten und er sein Maultier bei ihnen sah. Der musste doch annehmen, die Kerle hätten ihn umgebracht. Er musste ihn unbedingt vor den Söldnern einholen, bevor da ein Unglück geschah.

Ohne nachzudenken, lief Thomas los. Er kannte den Weg nach Rain, den die Söldner nahmen, wusste aber auch von einer Abkürzung, auf der er schon zweimal mit Bartholomäus gezogen war. Völlig außer Atem erreichte er die Stadt, ohne jedoch den alten Mann getroffen zu haben. Verzweifelt versuchte er herauszufinden, ob jener sich bereits innerhalb der Mauern der Bastion aufhielt, bekam jedoch keine Antwort darauf. Niemand hatte ihn kommen sehen, und eingelassen hätten sie ihn ohnehin nicht. Die Tore der Stadt blieben zur Sicherheit ihrer Bewohner für alle verschlossen, die sich außerhalb ihrer Mauern befanden.

Es dauerte nicht lange, da tauchte auch der Söldnertrupp auf, dem Thomas unterwegs begegnet war. Thomas zog sich in das Gebüsch eines kleinen Auwaldes zurück und beobachtete von dort aus, wie die Männer nach kurzer Diskussion mit den Wächtern das Tor passieren konnten. Aufgeregt suchte er unter ihnen nach Bartholomäus, konnte ihn aber nirgends entdecken. Nur das Maultier war auszumachen, das einer der Söldner am Zügel hinter sich führte.

Thomas wartete, bis die Männer das Stadttor passiert hatten, und machte sich dann auf der Straße zurück erneut auf die Suche nach seinem väterlichen Freund. Als er die verlassene und inzwischen zerstörte und geplünderte Karre am Wegrand stehen sah, war er völlig erschöpft.

Bartholomäus hatte er nicht finden können.

Der war und blieb wie vom Erdboden verschluckt.

Am nächsten Tag, dem 15. April 1632, stand Rain am Lech im zweifelhaften Mittelpunkt der Auseinandersetzungen zwischen der katholischen und der protestantischen Front. Der Schwedenkönig musste feststellen, dass Tilly die Brücke über den Lech inzwischen gesprengt hatte, die strategisch so wichtig gewesen war. Der um diese Jahreszeit zu einem reißenden Fluss angeschwollene Lech bot weit und breit keine Möglichkeit, ihn anders als über eine Brücke zu überqueren. Die bairischen Truppen konnten die Schweden in den sumpfigen Auwäldern nicht ausmachen, in denen sie sich verschanzt hatten, und somit auch nicht direkt angreifen, aber Gustav Adolf musste sich eingestehen, dass er an eine kaum überwindbare Grenze gestoßen war.

Er wäre jedoch nicht der siegreiche Anführer seiner Streitmächte gewesen, der schon ganz andere Hürden überwunden hatte, wenn ihm nicht eine List in den Sinn gekommen wäre.

Zwei Tage lang befanden sich die verfeindeten Lager im Dauerfeuer. Tilly wartete vergeblich auf Verstärkung durch Waldstein, der es jedoch vorzog, seine eigenen Strategien zu verfolgen. Die bairischen Truppen stellten sich als viel zu schwach gegen die entschlossenen Schweden heraus und unterlagen schließlich nicht dem Kampfgeist, sondern dem Strategiedenken des listigen Schwedenkönigs. Der überquerte den Lech weiter südlich mithilfe einer heimlich gebauten Behelfsbrücke, während er die Baiern durch Dauerbeschuss im Glauben ließ, sich in voller Truppenstärke am ursprünglichen Kampfplatz zu befinden. Als jene merkten, weshalb das schwedische Feuer aus dem gegenüberliegenden Auwald plötzlich verstummte, waren die Schweden bereits ein Stück weiter südlich über den Lech gezogen und zeigten dem bairischen Kurfürsten und seinen Mannen eine lange Nase.

Thomas, der sich während der Kampfhandlungen eine knappe Meile von Rain versteckt gehalten hatte, befand sich unversehens inmitten der sich auf Befehl des bairischen Kurfürsten nach Ingolstadt zurückziehenden Söldnertruppen. Es schien ihm eher eine Flucht als ein geordneter Rückzug zu sein. Glücklicherweise waren die Männer mehr damit beschäftigt, den durch einen Schuss schwer am Bein verletzten Grafen Tilly in Sicherheit zu bringen, als dass sie ein Augenmerk auf den verstört am Wegrand stehenden Mann gerichtet hätten. Der konnte zwar einen Blick auf den General werfen, aber verstand kein Wort von dem, was jener seinen Getreuen zurief, als sie an ihm vorbeizogen.

Während sich der Kurfürst mit seinen Männern und dem verwundeten General auf dem Weg zu den schützenden Mauern Ingolstadts befand, ergab sich Rain den aufmarschierenden schwedischen Truppen und bezahlte die geforderte Kontribution, um sich vor Plünderungen, Brandschatzungen, Mord, Vergewaltigungen und all dem zu schützen, was man von ihnen andernfalls zu erwarten hatte.

Die wehrlosen Dörfer und ihre Bewohner rund um die Stadt blieben jedoch davon nicht verschont. Gustav Adolf ließ sie allesamt gnadenlos plündern, niederbrennen, zerstörte Gotteshäuser und sogar das Zisterzienserinnenkloster Niederschönenfeld und verschonte nichts und niemanden.

Der Ausruf „Die Schweden kommen!“ würde noch jahrzehntelang überall im Land für Angst und Schrecken sorgen.

Das bislang von Kriegsgräueln verschont gebliebene Kurfürstentum Baiern versank von einem Tag auf den anderen in einem unsäglichen Sumpf von Plünderungen, Überfällen, Brennen, Morden, Elend, Krankheit, Seuchen und Hungersnöten. Es hieß, dass die wenigen Überlebenden letztendlich Ratten und Mäuse gegessen und sich angeblich sogar an Verstorbenen zu schaffen gemacht hätten, deren Fleisch in ihre Töpfe wanderte. Getreide, Obst und Gemüse gab es inzwischen auch nicht mehr. Dafür hatte der Löwe aus Mitternacht mit seinen Männern gesorgt. Es sollte den Katholiken in Kurfürst Maximilians Baiern nicht besser gehen als den Protestanten im Norden unter der Knute der ligistischen Heere.

Thomas verließ die Straße und lief querfeldein auf ein kleines Bauerndorf zu, das er ausgehungert und völlig erschöpft erreichte, als ohne Vorwarnung die Schweden auftauchten und über den Ort herfielen. Wer sich ihnen in den Weg stellte, wurde gnadenlos niedergemacht, überall flammten Feuer auf, vernichteten, was ihnen im Weg stand. Das Dorf samt seiner Bewohner wurde innerhalb kürzester Zeit gnadenlos ausgelöscht.

Thomas entging der Attacke eines schwedischen Söldners in letzter Sekunde, indem er unter dessen Schüssen wie leblos an einer noch heil gebliebenen Hauswand niedersank. Die Kugel hatte ihn nur am Arm gestreift, aber Thomas hielt es für besser, sich tot zu stellen. Zum Glück kümmerte sich niemand weiter um den vermeintlichen Leichnam, wie auch die anderen Toten einfach dort liegen gelassen wurden, wo sie ihr Leben aushauchten.

Erst, als die Nacht über den Ort hereingebrochen war, kroch Thomas vorsichtig an der Wand entlang, um im Schutz der Dunkelheit zu entfliehen.

Da spürte er einen harten Griff um seinen Nacken, unter dem er zu Tode erschrocken erstarrte. Jemand zerrte ihn zu einem Lagerfeuer, das in der Nähe des Hauses entzündet worden war, und ließ ihn dort unsanft auf den Boden fallen.

„Wen haben wir denn da?“

Thomas riss verblüfft die Augen auf.

War er schon tot? Oder weshalb verstand er, was der Schwede sagte?

„Zweifellos ein Spion!“, ließ sich ein anderer vernehmen. „Los, knüpfen wir ihn auf!“

Tot konnte er nicht sein, schoss es Thomas durch den Kopf. Oder gab es im Himmel Hinrichtungen?

Im Himmel?

Da war Feuer!

Er musste in der Hölle gelandet sein.

Fegefeuer.

Gab es die Hölle also tatsächlich?

Ein zweiter Blick sagte ihm allerdings, dass beide Vermutungen nicht stimmen konnten. Denn die Männer, die sich um ihn herum geschart hatten, sahen weder nach Himmelsboten noch nach den Abgesandten des Herrn der Finsternis aus. Sie ähnelten eher einem Haufen heruntergekommener Söldner, die jedoch wiederum keine Ähnlichkeit mit den gehörnten schwedischen Ungeheuern hatten, von denen immer wieder die Rede gewesen war.

Aber wenn das schwedische Söldner waren, wieso konnte er verstehen, was sie sagten?

Ein Gesicht tauchte über dem seinen auf, das ihn erneut vermuten ließ, verstorben zu sein und sich in einer Art Zwischenwelt zu befinden.

Denn das Gesicht ähnelte auffallend einem, das er nie im Leben vergessen hätte: dem seines ehemaligen Gefährten Heiner. Und gleich darauf war da auch das Gesicht Leonhart Seitz vom Waldes.

Im selben Augenblick hörte er auch dessen Stimme, als diese feststellte: „Der verlorene Sohn ist zurückgekehrt.“

Thomas schwanden die Sinne. Zum einen war der Schmerz zu stark geworden, der seinen Arm plagte, zum anderen war das alles zu viel für ihn. Er musste im Fieberwahn liegen, oder er war tatsächlich von den Folgen der Schussverletzung dahingerafft worden.

Das alles konnte unmöglich wahr sein.

Als er wieder zu sich kam, stellte er verblüfft fest, dass sein Arm verbunden war. Man hatte ihn in ein Haus gebracht, dessen Mauern dem Feuer der Belagerer einigermaßen standgehalten hatten. Ein Mann kam herein und ging neben Thomas in die Hocke.

„Warum bist du damals abgehauen? Das könnte man leicht als Fahnenflucht bezeichnen, weißt du das, du gottverdammter Scheißkerl?"

Mit einem Schlag war Thomas hellwach. Alles stand wieder klar und deutlich vor seinem inneren Auge. Das Lager oberhalb von Aychstätt, Magdalena, der Hauptmann, Heiner, der Martl, Alma, der Trossführer. Sein Kampf gegen diesen Mann, der letztendlich dazu geführt hatte, dass er kopflos aus dem Lager und damit auch aus dem Umfeld des Mannes geflüchtet war, der ihn unter seine Fittiche genommen hatte.

„Hauptmann …"

„Oberst."

Das konnte doch nicht sein! War er ins Lager der kurfürstlichen Truppe geraten? Waren die nicht nach Ingolstadt gezogen? Und wenn das hier die Nachhut war: Was für einen Grund sollten die gehabt haben, dieses Dorf zu brandschatzen und seine Bewohner auf die grässlichste Weise zu ermorden?

„Oberst." Thomas schüttelte den Kopf, als könne er so klarer denken. „Wo bin ich?"

„Das ist weniger die Frage", bekam er zur Antwort. „Vielmehr will ich wissen, wie du hierher kommst."

Hauptmann … Nein, Oberst! Oberst Leonhart Seitz vom Walde saß tatsächlich neben ihm auf einem umgestülpten Kübel und sah ihn abwartend an. Hinter ihm stand Heiner, der wiederum abzuwarten schien, was weiter geschah.

„Nein. Ich will wissen, wo ich bin!“, stellte Thomas klar.

Der Oberst zog abschätzig die Mundwinkel nach unten.

„Das also ist aus meinem Burschen geworden“, sagte er anstelle einer Antwort. „Ich nehme an, du hast nicht die ganzen Jahre über hier in diesem gottverlassenen Nest verbracht?“

„Die Schweden.“ Thomas hauchte die plötzliche Erkenntnis eher, als dass er imstande war, es laut zu sagen.

„Ja. Du befindest dich in einem Lager der Heere König Gustav Adolfs von Schweden“, bestätigte Leonhart die Vermutung seines ehemaligen Burschen. „Jetzt mach, was du schon einmal gemacht hast, und was Deinesgleichen würdig ist: Verschwinde von hier!“

Thomas hatte sich aufgerichtet und saß seinem ehemaligen Hauptmann im Dämmerlicht des halb zerstörten Hauses Aug in Auge gegenüber.

„Es stimmt, ich bin damals abgehauen, weil ich weiteren Konflikten mit dem Trossführer aus dem Weg gehen wollte“, gab er zu. Er zeigte auf Heiner. „Er weiß davon. Er hat mich ja direkt gedrängt, aus dem Lager zu verschwinden! Ich konnte und wollte nicht mit ansehen, wie der Hurenweibel noch mehr Unschuldige an die Büttel auslieferte, mich einbezogen. Ich wusste auch, dass Ihr niemals einschreiten würdet. Also musste ich mich selbst retten.“ Thomas holte tief Luft. Zu sehr fühlte er sich vom Sog all dessen ergriffen, was er seit Jahren verdrängt hatte, und was ihn jetzt wieder mit aller Macht nach unten zu ziehen drohte.

Schüttelfrost überkam ihn. „Ihr habt nichts unternommen, als der Trossführer Magdalena verfolgen und wie eine Ratte totschlagen ließ“, fauchte er den Oberst weiter an. „Ihr habt nichts unternommen, als er die Hure Alma den Bütteln auslieferte, die nichts mit allem zu tun hatte. Ihr hättet auch nichts für mich unternommen, als Ihr hörtet, dass ich auf der Hinteren Waschette mit dem Trossführer kämpfte und ihn womöglich tödlich verletzte, nicht wahr?“

Dem wütenden Funkeln in seinen Augen begegnete der Oberst in gewohnt ruhiger Weise, was Thomas beinahe noch völlig die Fassung verlieren ließ.

„Niemand hat Magdalena totgeschlagen“, hörte er ihn sagen, bevor er weiterschimpfen konnte. „Das haben die Männer nur erzählt, um einer Strafe durch den Trossführer zu entkommen. Sie haben die Frauen nicht finden können und ihnen deshalb auch nichts angetan.“

„Was sagt Ihr da?“ Thomas hatte Mühe, sich im Griff zu behalten. Entsprechend klang seine Stimme. „Magdalena ist nicht tot?“

„Zumindest wurde sie nicht von den Häschern erschlagen, die der Trossführer ihnen nachgeschickt hat, das ist richtig“, antwortete Leonhart. „Das haben die Männer gestanden, als ich sie mir nach deiner Flucht vorgenommen habe. Was weiter mit ihr geschehen ist, entzieht sich meiner Kenntnis.“

„Und der Trossführer?“

Leonhart schüttelte ergeben den Kopf.

„Er hat die Auseinandersetzung mit dir überlebt und den Tross noch eine Zeit lang weiter angeführt. Wo er jetzt ist, weiß ich nicht.“

„Was ist mit der Alma?“

„Sie hat den Tross verlassen, nachdem sie einigermaßen genesen und in der Lage dazu war", ließ sich Heiner verlauten.

„Magdalena wurde nicht totgeschlagen", wiederholte Thomas leise, was er verstanden hatte. „Wenn ich das gewusst hätte …"

„Hättest du mir vertraut, hätte alles Weitere nicht geschehen müssen. Meinst du das?"

Es klang bitter.

Thomas wusste nichts darauf zu antworten. Er schämte sich plötzlich.

Leonhart erhob sich und zog ihn ebenfalls auf die Beine.

„Wieso seid Ihr im Lager der Schweden?", wollte Thomas wissen, dem ganz langsam dämmerte, in was er da geraten war.

„Dir das zu erklären haben wir keine Zeit. Nur so viel, und jetzt hör mir genau zu: Der Schwedenkönig zieht gegen Ingolstadt, will aber nicht die Stadt erobern, es geht ihm um den Brückenkopf", gab der Oberst zurück. „Er will die Brücke über die Donau zerstören und den bairischen Streitmächten den wichtigsten Donauübergang nehmen. Mehr musst du nicht wissen." Er fasste den nach wie vor völlig überrumpelten Thomas fest ins Auge. „Entweder du verschwindest augenblicklich, oder ich kann dir nicht garantieren, dass du hier lebend wieder rauskommst."

„Aber wieso …"

„Red ned lang rum!", fiel ihm der Oberst ins Wort, und in seiner Anspannung verfiel er in seinen österreichischen Dialekt. „Wenn du mehr als Stroh im Kopf hast, weißt du, was zu tun ist, verstanden?"

Thomas starrte seinen ehemaligen Hauptmann entsetzt an.

„Ihr meint, ich soll …"

„Du sollst vor allem von hier verschwinden, und zwar sofort! Auch wenn du nicht mehr mein Bursche bist: Das ist ein Befehl!" Er kam ihm mit dem Gesicht so nahe, dass nur Thomas verstehen konnte, was Leonhart weiter zu ihm sagte. „Wir sind ein Spähtrupp des schwedischen Königs und sollen die Lage vor Ingolstadt sondieren. Ich werde den Männern sagen, dass du heimlich abgehauen bist, wie du es ja schon einmal gemacht hast, sollte mich jemand danach fragen. Mehr kann ich weder für Ingolstadt noch für dich tun, hast du mich jetzt verstanden?"

Thomas schloss kurz die Augen und nickte dann. Der Griff um seinen Arm löste sich. Als er sich wieder umsah, war der Oberst verschwunden. Nur Heiner war stehen geblieben und schaute Thomas unverwandt an.

„Ich bin froh, dass du überlebt hast", sagte er. „Der Trossführer hat nach dir suchen lassen, nachdem bekannt wurde, dass du abgehauen bist, und ist dann selber noch losgezogen, um dich zu finden." Er zeigte auf den Verband um seinen verletzten Arm. „Ich habe dich heute Nacht versorgt, nachdem ich dich ins Lager gebracht hatte. Jetzt verschwinde, wie der Herr Oberst es dir befohlen hat, bevor jemand aufmerksam wird und du das Dorf nicht mehr lebend verlassen kannst!"

Bevor Thomas sich bedanken konnte, war sein ehemaliger Gefährte ebenfalls verschwunden. Thomas klopfte das Herz bis zum Hals. Er konnte einfach nicht fassen, was hier geschah. Dann hörte er laute Stimmen, die sich dem Haus näherten. Er kroch durch ein Loch in der Wand nach draußen und schaute sich vorsichtig um. Was er dann sah, ließ ihn überrascht die Hand vor den Mund schlagen, sonst hätte er laut aufgeschrien.

Drüben, vor einem noch einigermaßen intakten Stallgebäude, stand vor sich hin dösend das schönste Pferd, das er jemals gesehen hatte. Es gehörte inzwischen offenbar Oberst Leonhart Seitz vom Walde. Ein einfacher Söldner würde niemals so ein wertvolles Tier besitzen.

Leonhart gehört zu den Schweden, schoss ihm durch den Kopf.

Leonhart Seitz vom Walde war ein Überläufer und hatte ihn als Fahnenflüchtigen bezeichnet?

Wer war dieser Mann, den er vor Jahren kennengelernt und der ihm gerade das Leben gerettet hatte, obwohl er ihn damals offenbar tief enttäuscht hatte?

Wie nur kam er an dieses Pferd, das Thomas an jenen wundervollen Hengst erinnerte, den er im württembergischen Gestüt gesehen hatte? War es auch überfallen und geplündert worden?

Thomas hatte keine Zeit, sich weiter Gedanken darüber zu machen, denn Stimmen näherten sich unaufhaltsam dem Haus hinter ihm. Ihre Sprache konnte er dieses Mal nicht verstehen.

18. Kapitel

Der Schwedenschimmel

Die Gerüchte um die Gräueltaten der Schweden waren wie ein Flächenbrand über das Land gefegt. In Ingolstadt jedoch sah man dem Kommenden gefasst entgegen, boten den Stadtoberen zufolge die Mauern, Schanzen und Bastionen um die Stadt deren Bewohnern den bestmöglichen Schutz. An der Hohen Schule wurde weiter studiert, die Professoren verlangten bedingungslose Anwesenheit der Studiosi, und auch in den Haushalten ging es nicht anders zu als sonst. Auch hier litten die Menschen unter der Lebensmittelknappheit, aber noch hielten sich Krankheit und Hunger in erträglichen Grenzen.

Überschattet wurde das alles jedoch vom schlechten Gesundheitszustand Graf Tillys. Sein rechtes Bein war zerschmettert, und die Aussichten darauf, dass der alte Recke sich davon erholt, wurden immer zweifelhafter. Tilly schrieb von seinem Lager im Haus von Professor Arnold Rath verzweifelte Briefe an General Waldstein mit der dringenden Bitte, doch endlich einzuschreiten und den Schwedenkönig daran zu hindern, Baiern weiter zu überfallen und dadurch den Kurfürsten in die Knie zu zwingen.

Aber Waldstein kam nicht. Er verfolgte das Geschehen aus sicherer Distanz, und erneut zog ein Gerücht durchs Land, das weder der Kurfürst noch der Kaiser ignorieren konnten: Waldstein hatte offenbar in Betracht gezogen, eines Tages selbst die Kaiserkrone zu erringen. Aufgrund seines

Standes – er war immerhin Herzog von Friedland, Fürst zu Wenden, Graf von Schwerin, Herr von Rostock und Stargard und bis vor Kurzem noch Herzog zu Mecklenburg – schien das auch nicht ganz aus der Luft gegriffen zu sein. Es war anzunehmen, dass er genügend Stimmen erhalten würde, sollte es zu einer Wahl kommen. Es war aber auch abzusehen, wann der Generalissimus beim Kaiser erneut in Ungnade fallen würde.

In Ingolstadt erwartete man den Angriff der Schweden inzwischen jeden Tag. Aber der schwedische König, der Löwe aus Mitternacht, schien zunächst kein besonderes Interesse daran zu haben, die kurfürstlichen Streitmächte zu verfolgen, die von Rain aus in die Festungsstadt geflüchtet waren. Er zog mit seinem Heer zunächst plündernd und mordend weiter nach Augsburg. Dort wurde der König mit seinen engsten Vertrauten Gerüchten zufolge unter Fanfarenklängen in den Goldenen Saal des Rathauses geführt, wo ihn der Magistrat der freien Reichsstadt Augsburg feierlich empfing.

Die Stadt ergab sich kampflos.

König Gustav Adolf zog mit seinen Getreuen in den prachtvollen Herrensitz der Fucker ein. Die, so wurde später gemunkelt, brachten wohl auch den Großteil der Kontribution auf, die Augsburg vor der Zerstörung errettete.

Thomas war zunächst durch die sumpfigen Auen um Rain geirrt, bis er die Mündung des Lechs in die Donau erreichte. Von dort aus schleppte er sich am südlichen Ufer entlang weiter nach Ingolstadt. Er mied es, den Söldnern noch einmal zu begegnen oder gar mit ihnen zu ziehen. Er traute ihnen aus gutem Grund nicht über den Weg.

Als Thomas die Brücke vor sich sah, über die er vor Jahren zusammen mit Leonhart und seinen beiden Gefährten geritten und später mit dem Händler Bartholomäus gezogen war, blieb er mit klopfendem Herzen stehen. Den ganzen Weg bis hierher waren seine Gedanken fast ausschließlich um zwei Dinge gekreist: Wo konnte er etwas zu essen auftreiben, und wem sollte er anvertrauen, was ihm sein ehemaliger Hauptmann gesagt hatte? Er hatte unterwegs Gras, Blätter und rohes Wurzelzeug gegessen, was jetzt in seinen Gedärmen wütete und zum Teil Grund dafür war, weshalb er nicht schneller vorwärts kam.

Was, wenn es nicht stimmte, was sein ehemaliger Hauptmann ihm mit auf den Weg gegeben hatte, und er mit seiner Nachricht Unglück über die Stadt brachte? Er kannte sich viel zu wenig aus mit militärischen Sachen, als dass er beurteilen hätte können, was das alles zu bedeuten hatte.

Und noch etwas war ihm nicht aus dem Kopf gegangen: Weshalb stand dieser wundervolle Hengst in jenem zerstörten Dorf angebunden? War sein ehemaliger Hauptmann nach Marbach zurückgekehrt und hatte das Tier dort mitgenommen? Gekauft oder gestohlen, als Hauptmann der bairischen oder der kaiserlichen Armee oder als Oberst des schwedischen Heeres?

Das alles war so verwirrend und er zweifelte wirklich, ob er Leonhart noch trauen konnte.

Der Hunger und die ungewohnte Notnahrung wühlten nicht nur in seinen Gedärmen, sondern offenbar auch in seinem Kopf.

Schließlich siegte sein Vertrauen in Leonhart. Heiner wäre niemals an seiner Seite geblieben, hätte er auch nur den geringsten Zweifel an dessen Tun gehabt.

Der einzige Mensch, den Thomas in Ingolstadt kannte, war Leo Menzel, Pfarrer von Sankt Moritz und Prokanzler der Universität zu Ingolstadt. Da er nicht wusste, an wen er sich mit dem wenden konnte, was ihm der Oberst anvertraut hatte, machte er sich auf den Weg zur Unteren Pfarr. Der Professor würde schon wissen, wie mit der Nachricht umzugehen war, ob man ihr trauen durfte oder nicht.

Das alles gestaltete sich jedoch weitaus schwieriger, als er es sich vorgestellt hatte. Man wollte der abgerissenen Gestalt, zu der Thomas inzwischen geworden war, zunächst keinen Einlass in die Stadt gewähren.

„Wohin?“, fragte ihn die Wache am südlichen Stadttor mürrisch und musterte ihn abschätzig von oben bis unten.

Fast hätte er ihm geantwortet, dass er für den Moritzpfarrer eine wichtige Nachricht habe, als er sich eines Besseren besann.

„Ich soll mich bei Professor Menzel melden, der noch Handwerker für die Moritzkirche braucht“, log er, sich daran erinnernd, wie der Pfarrer sie damals empfangen hatte.

„Der alte Herr Professor, ja, ja“, gab der Wachmann seufzend zurück. „Der hat außer seinen Studiosi immer nur seine Kirche im Kopf. Als ob es zu diesen Zeiten nichts Wichtigeres gäbe, als die Sakristei frisch zu tünchen oder einen neuen Weihwasserkessel aufzuhängen.“ Er winkte Thomas durchs Tor. „Hau schon ab und lass dir von der Pfarrersköchin was Ordentliches zu essen geben, bevor du dich bei dem alten Professor meldest!“, rief er ihm nach. „Wie du aussiehst, kannst du ja nicht einmal eine Kelle halten, geschweige denn einen Stein aufheben!“

Thomas stolperte mehr als er lief zur Moritzkirche. Er war so hungrig und erschöpft, dass er das Kirchenportal nur mit letzter Kraft erreichte. Aber der Professor war nicht in der Moritzkirche, wie man ihn wissen ließ, und es konnte oder wollte ihm auch niemand sagen, wo er zu finden wäre. Verzweifelt ließ er sich wenig später auf den Stufen vor dem Rathaus nieder und sah den Menschen zu, die sich auf dem Marktplatz zwischen den wenigen Ständen eingefunden hatten und aufgeregt miteinander redeten.

Eine Frau fiel ihm auf, die etwas abseits stand und auf jemanden zu warten schien. Thomas fuhr förmlich hoch, weil er glaubte, sie erkannt zu haben. Allerdings war das zu viel für seinen ausgemergelten Körper. Der Platz schien sich mit einem Mal vor seinen Augen zu drehen. Thomas musste sich an der Mauer abstützen, um nicht umzukippen und auf die Stufen zu fallen.

„Rosa!"

Sein heiserer Schrei durchdrang kaum das Lärmen der Menschen auf dem Platz. Trotzdem drehten sich einige überrascht nach dem abgerissenen Mann um, der jetzt die Stufen vor dem Rathaus heruntergestolpert kam und über den Marktplatz wankte. Auch das Weib schaute zu ihm her, in dem er jene Rosa zu erkennen glaubte, die ihm damals in Oberstimm ein paar Nüsse verkauft hatte. Als er atemlos vor ihr stand, musterte sie ihn stumm mit ihren großen Augen und zuckte ratlos die Schultern.

„Rosa?", fragte Thomas, unsicher geworden. Noch immer fühlte er sich schwindelig und es kostete ihn einiges an Kraft, nicht vor ihr zusammenzubrechen.

Wieder zuckte sie die Schultern. Thomas wollte schon aufgeben und sich von ihr abwenden, als er sie etwas sagen hörte, das ihn tatsächlich beinahe noch umgeworfen hätte: „Du hast dir viel Zeit gelassen."

So vieles schoss Thomas in diesem Augenblick durch den

Kopf, als dass er etwas darauf hätte sagen können. Tage, Wochen, Monate, Jahre waren vergangen, seitdem er diesem Weibsbild gesagt hatte, er würde zurückkommen. Mit allem hatte er gerechnet, aber nicht damit.

„Du bist alt geworden, Fremder."

Jetzt fand er seine Sprache wieder, war der Schwindel mit einem Mal verflogen.

„Du bist auch nicht mehr die Jüngste!", konterte er und wurde sich erst jetzt der Leute gewahr, die neugierig um sie herumstanden.

„Das Mittagsmahl ist fertig", ließ sie ihn wissen und zupfte ihn am Ärmel. „Es ist nur eine dünne Suppe, aber sie reicht, dass du nicht vor allen Leuten hier umkippst."

Mit diesen Worten schob sie ihn vor sich her über den Platz und dann durch die Tür eines der Häuser unweit der Pfarrkirche. Dort hieß sie ihn, sich in der angrenzenden Küche an den Tisch zu setzen.

„Vergiss nicht, ein Vaterunser zu sprechen, bevor du zu essen beginnst", bat sie ihn.

Während er zum ersten Mal seit einer halben Ewigkeit das Gebet sprach, das der Herr ihn und die Seinen gelehrt hatte, stellte sie eine kleine Schüssel mit dampfender Suppe vor ihm auf den Tisch.

Es schien fast so, als habe sie tatsächlich auf ihn gewartet, als käme er nach langer Zeit endlich wieder nach Hause. Thomas beschloss, diesen Traum zu Ende zu träumen, sollte es denn einer sein, wenn er nur satt aufwachte.

Aber es war kein Traum. Er konnte die Suppe riechen und gleich darauf auch spüren, dass sie sehr heiß war. Rosa setzte sich zu ihm an den Tisch und wartete geduldig, bis er die Schüssel leer gelöffelt hatte.

„Wohnst du hier?", wollte er wissen, nachdem er seinen Löffel abgeschleckt und in sein zerschlissenes Wams zurückgesteckt hatte. Er glaubte, sich nie so gut gefühlt zu haben wie in diesen Augenblicken.

Rosa schüttelte lachend den Kopf.

„Wohnen? Nein, wo denkst du hin! Ich arbeite hier. Im Haushalt von Professor Leo Menzel."

Thomas fasste sich mit beiden Händen an die Stirn.

„Professor Menzel von der Unteren Pfarr?", fragte er, wusste aber bei einem Blick in ihr Gesicht, dass er kaum etwas Törichteres hätte fragen können. Aber sie konnte ja auch nicht wissen, wie glücklich er über diese Nachricht war. „Bist du die Pfarrersköchin?"

„Die Haushälterin", korrigierte sie ihn.

Thomas, der bis jetzt nicht so recht glauben konnte, dass er nicht träumte, wurde im wahrsten Sinne des Wortes hellwach.

„Zu dem will ich."

„Er wird gleich zurückkommen, du kannst hier warten."

„Und wo wohnst du?"

„Bei Freunden hier in der Stadt."

„Du bist nicht verheiratet?", fragte er überrascht. Nach der langen Zeit wäre das kein Wunder gewesen.

„Nein." Sie biss sich auf die Unterlippe. „Ich war einem Mann aus unserem Dorf versprochen, aber der ist über Nacht abgehauen und mit den Bairischen gezogen. Hat mir ausrichten lassen, dass er lieber mit den Soldaten umherziehen als mit einer wie mir in einem Nest wie Oberstimm versauern wolle."

Darauf wusste Thomas nichts zu sagen. Denn was ihm durch den Kopf ging, behielt er lieber für sich.

„Ich muss mir ein Quartier suchen", sagte er.

„Vielleicht kannst du ein paar Tage hier nächtigen. Frag einfach den Professor, der hat schon öfter jemand aufgenommen, der keine Unterkunft gefunden hat."

Rosa räumte die Schüssel vom Tisch und blieb dann mit in die Hüfte gestemmten Fäusten vor ihrem Besucher stehen.

„Warum bist du damals nicht zurückgekommen?"

„Ich weiß nicht, wie viel Zeit uns bleibt, Rosa. Aber wenn Gott es will, überleben wir die nächsten Tage, dann erzähle ich dir alles."

„Der Schwedenkönig hat nicht die Absicht, Ingolstadt einzunehmen", ließ Thomas den Professor wissen, nachdem jener am Nachmittag nach Hause zurückgekehrt und den Gast in seiner Küche entdeckt hatte. Alt war der Professor geworden, alt und kurzsichtig. Aber dass der Mann, der an seinem Tisch saß, nicht zu seinen Studenten gehörte, das hatte er sofort erkannt. „Der König will den Brückenkopf erobern, die Brücke über die Donau zerstören und in der Folge verhindern, dass die Baiern seinen Feldzug gegen Regensburg aufhalten können."

Professor Menzel hatte sich zu ihm gesetzt und schweigend zugehört.

„Seinen Feldzug gegen Regensburg?", fragte er jetzt ungläubig und hielt ihn an den Schultern fest. „Woher weißt du das und weshalb sollte ich dir glauben, Bursche? Wer bist du überhaupt und warum kommst du mit all dem ausgerechnet zu mir?"

Thomas warf einen Blick zu Rosa hinüber, die ihm aufmunternd zunickte.

„Ich war schon einmal hier, Herr", begann er stockend.

„Zusammen mit …“ Er hielt kurz inne. Den Namen seines ehemaligen Hauptmanns wollte er nicht erwähnen. Irgendwie hatte er das Gefühl, es wäre besser, ihn für sich zu behalten. „Mit meinem Hauptmann. Wir haben Euch damals die Schriften des ehrenwerten …“

Der Professor ließ seine Schultern los.

„Mandl“, vervollständigte er den Satz. „Richtig. Die Schriften des ehrenwerten Mandl. Ich erinnere mich. Wie hieß dein Hauptmann gleich noch?“

„Leonhart, Leonhart von …“, wich Thomas ihm aus, indem er so tat, als könne er sich nicht so richtig an dessen vollen Namen erinnern.

Der Professor dachte kurz nach.

„Leonhart von irgendwas, stimmt.“ Er kniff die Lippen zusammen und musterte Thomas einen Augenblick lang nachdenklich. „Ihr seid damals aus München gekommen, wohin dieser Hauptmann vom Kurfürst beordert worden war, wenn ich mich recht erinnere.“

Thomas war froh, dass der Professor nicht weiter nach dem Hauptmann fragte. Immerhin war der zu den Schweden übergelaufen, was die Nachricht in den Augen des Professors möglicherweise nicht gerade glaubhaft gemacht hätte.

„Warum also kommst du damit ausgerechnet zu mir?“, wollte der jetzt wissen.

„Ihr seid der einzige Mann in Ingolstadt, den ich – den ich – kenne“, stotterte Thomas.

„Nun gut, aber sag mir noch eines: Wie bist du an diese Information gekommen?“, bestand der Moritzpfarrer auf einer weiteren Antwort. „Du siehst nicht danach aus, als wärst du noch in Diensten jenes Hauptmanns, dessen vollen Namen du nicht einmal kennst.“

„Das ist richtig, ich bin nicht mehr in seinen Diensten."

Grundgütiger! Er musste den Professor davon ablenken, weiter nach Leonhart Seitz vom Walde zu fragen. Wobei er natürlich verstand, dass der kaum Interesse daran haben konnte, einer Lügengeschichte auf den Leim zu gehen. Es hing viel zu viel davon ab, ob Thomas und damit seine Information glaubwürdig war oder nicht.

Thomas zeigte auf den Verband an seinem Arm und erzählte dem Professor wahrheitsgemäß, dass er vor Rain am Lech ins Schussfeld eines schwedischen Söldners geraten und verletzt worden war.

„Ich habe mich tot gestellt. Sie haben mich in ihrer Nähe liegen gelassen, und ich habe von ihren Plänen erfahren, weil ein paar von den Söldnern ganz gut deutsch sprechen", wich er aus. „Es handelte sich wohl um einen Spähtrupp."

Nicht so ganz genau betrachtet, stimmte das alles sogar. Es fiel Thomas unglaublich schwer, sich aus seiner Lage herauszumanövrieren, ohne sich dabei in Lügen zu verstricken. Er wusste nur zu gut, wie schwierig es im Ernstfall war, darin nicht umzukommen.

Menzel hatte sich von Rosa eine Suppe bringen lassen.

„Wenn du mich anlügst, kann das schlimme Folgen für die Stadt haben", sagte er, während er die Schüssel an den Mund hielt und ausschlürfte.

„Das weiß ich, Herr", gestand Thomas, der sich langsam Vorwürfe machte, überhaupt hierhergekommen zu sein. Was, wenn der Hauptmann – wenn Oberst! – Leonhart Seitz vom Walde ihn doch dazu benützt hatte, eine falsche Information weiterzugeben? Immerhin stand der in Diensten des schwedischen Königs und musste doch eher daran interessiert sein, jenem zum Sieg zu verhelfen.

„Ich sage ja nur, was ich gehört habe“, sagte er leise.

Menzel hielt ein Restchen trockenes Brot in der Hand, das Rosa ihm gegeben hatte. Jetzt biss er ein Stück davon ab und kaute eine Zeit lang nachdenklich darauf herum.

„Regensburg also“, sagte er schließlich und schob sich das restliche Brot in den Mund. „Zwischen Ingolstadt und der freien und Reichsstadt liegt München, das für den Schweden auch nicht uninteressant sein dürfte“, sann er laut über das nach, was Thomas ihm gesagt hatte. „Außerdem liegt Regensburg nahe der österreichischen Grenze. Wenn der Schwedenkönig diese Stadt einnimmt …“

„Ich habe gehört, dass General Tilly verletzt hier in der Stadt sein soll. Vielleicht nützen ihm meine Informationen ja“, unterbrach Thomas ihn, hielt sich aber sofort den Mund zu. Er hatte nicht unhöflich sein wollen, aber irgendwie brannte ihm die ganze Sache unglaublich auf der Seele. Vielleicht half es ja, wenn ein erfahrener Kriegsherr davon erfuhr, der das alles richtig einschätzen konnte. „Vielleicht kann ich mit ihm reden?“

„Nicht nur Tilly ist hier, der im Übrigen nur französisch spricht und versteht.“ Menzel stand auf und ging ein paar Schritte in der Küche auf und ab. „Auch der Kurfürst weilt in unseren Mauern.“ Er blieb stehen. „Du kannst zunächst einmal hierbleiben, hast ja sicherlich kein Quartier. Lass deine Wunde von Rosa versorgen. Ich werde sehen, was sich machen lässt.“

Damit wandte er sich um, warf seinen Umhang über die Schultern und verließ das Haus.

„Wohin geht er denn?“, wollte Thomas wissen.

„Bist du wirklich so dumm?“, kam die Gegenfrage. Rosa löste vorsichtig den Verband von seinem Arm und begann, die Wunde auszuwaschen. „Du hast Glück, wenn sich das nicht weiter entzündet."

Thomas verzog das Gesicht. Die Wunde war stark entzündet, hatte zu eitern begonnen und tat schrecklich weh.

„Ich bin so dumm, also beantworte meine Frage, wenn du schon so viel gescheiter bist als ich!"

Rosa schüttete eine klare, scharf riechende Flüssigkeit auf die Wunde, die daraufhin so höllisch brannte, dass Thomas aufschrie und ihr wütend den Arm entzog.

„Was ist das denn für ein Teufelszeug?", fragte er mit schmerzverzerrtem Gesicht. „Willst du meinen Arm verbrennen?"

„Stell dich nicht so an!" Sie zog den verletzten Arm wieder zu sich her. „Ich verbrenne damit nicht deinen Arm, obwohl das Teufelszeug tatsächlich ein Brand ist. Er wird aus Obstmaische hergestellt, der Professor hat immer noch was davon im Haus, obwohl die Obsternte sehr schlecht ausgefallen ist. Tut seinem Magen gut, sagt er. Aber ich weiß von meinem Vater, dass man damit auch Wundbrand verhindern kann." Ein verlegenes Grinsen zog über ihr Gesicht. „Der hat manchmal was davon in die Wunden von Leuten geschüttet, die zu ihm gekommen sind, und es dann sogar noch angezündet. Bös muss bös vertreiben, hat er immer gesagt." Sie seufzte. „Er war kein Studierter, aber er hat viel gewusst."

„Warum hat man das dem General dann nicht auf sein Bein geschüttet, wenn es so gut ist, wie du sagst?", wollte Thomas stirnrunzelnd wissen, weil er der ganzen Sache nicht so recht traute.

„Weil den kein Bauer, sondern ein Arzt behandelt", gab sie fast triumphierend zurück. „Und jetzt lass mich weitermachen."

Thomas gehorchte nach kurzem Zögern, da die Flüssigkeit inzwischen in seiner Wunde nicht mehr so sehr brannte.

„Wohin ist denn dein Dienstherr jetzt gegangen?“, erinnerte er Rosa an seine Frage.

„Er geht zu Graf Tilly und berichtet ihm, was du ihm erzählt hast“, antwortete sie und tupfte seine Verletzung vorsichtig trocken. „Ich hoffe, du hast ihn nicht belogen, das wäre mehr als schlimm für die Stadt.“

„Ich habe ihn nicht belogen“, sagte er. Aber so ganz wohl war ihm nicht in seiner Haut.

Am frühen Abend kam der Professor wieder zurück. Aufgeregt erzählte er den beiden, dass Tilly inzwischen im Sterben lag. Die Wunde an seinem Bein hatte sich derart entzündet, dass sich Wundbrand eingestellt, und der General höllische Schmerzen und hohes Fieber bekommen hatte. Trotzdem habe er ihn an sein Lager gebeten und sich übersetzen lassen, was es zu berichten gab. Er sei halt nach wie vor ein gewissenhafter Kriegsherr.

Rosa tauschte einen bedeutungsvollen Blick mit Thomas, der hoffte, dass sie ihn vor einem ähnlichen Schicksal bewahrt hatte.

„Trotz allem ist er geistig noch so gut beieinander, dass er dem bairischen Kurfürsten geraten hat, umgehend nach Regensburg aufzubrechen, um die Stadt vor den Angriffen des Schwedenkönigs zu schützen“, fuhr Menzel fort. „Sie ist zwar hauptsächlich protestantisch geprägt, aber nicht nur für den Kaiser in Österreich, sondern auch für Maximilian in vielerlei Hinsicht wichtig. Der Kurfürst will in Ingolstadt Söldner und schweres Geschütz zurücklassen, um die Stadt im Ernstfall zu verteidigen. Zumal es dem Schwedenkönig nicht um die Festungsstadt selber geht, wie du mir mitgeteilt hast, sondern aus strategischen Gründen um den Brückenkopf. Den würden sie leicht verteidigen können, dessen ist sich der General absolut sicher."

Er nahm einen Schluck verdünntes Bier aus dem Krug, den Rosa vor ihm abgestellt hatte.

„Waldstein macht nach wie vor keine Anstalten, sich den schwedischen Truppen entgegenzustellen und ihrem immer weiter ausufernden Brandschatzen und Morden ein Ende zu bereiten, habe ich erfahren", berichtete der Professor weiter. „Ich kann's kaum erwarten, wie der Kaiser darauf reagieren wird. Er fiel schon mehr als einmal in Ungnade, der Herr Oberbefehlshaber. Ein weiteres Mal wird er ihm das nicht durchgehen lassen."

Thomas konnte sich vorstellen, wie wütend der Kaiser inzwischen auf seinen General sein musste. Erst vor wenigen Tagen hatte er ihn erneut zum Oberbefehlshaber der kaiserlichen Armeen ernannt, nachdem Waldstein zuvor seiner Eigenmächtigkeiten wegen in Ungnade gefallen und entlassen worden war. Jetzt hatte er ihn mit noch mehr Vollmachten ausgestattet, wie der Professor kopfschüttelnd erzählte, und Waldstein hätte sich eigentlich voller Einsatz zeigen müssen.

„Schließlich hat man Waldstein inzwischen längst darüber informiert, dass Tilly nicht mehr in der Lage sein wird, sich dem Schwedenkönig mit seinem Heer entgegenzustellen und Baiern vor weiteren Übergriffen zu schützen", schloss er seine Überlegungen. „Der hat ihm mehrere Briefe geschickt mit der dringenden Bitte, den Baiern zu Hilfe zu kommen. Aber Waldstein hat offenbar seine eigenen Pläne. Gott schütze Baiern!"

Am Mittwoch, dem 28. April 1632, wenige Tage nach dem Überfall der Schweden auf Rain am Lech und nach der Besetzung

Augsburgs, sahen bairische Späher die Kavallerie Gustav Adolfs von Süden her Richtung Ingolstadt heraufziehen. Sie verschanzten sich in der Nähe des Galgens vor der Stadt und griffen noch in derselben Nacht an, wurden jedoch vom Feuer der Verteidiger davon abgehalten, die Brücke zu stürmen.

„Du hast was gut bei den Bürgern dieser Stadt", sagte der Moritzpfarrer, der zusammen mit Rosa und Thomas die Nacht über am Küchentisch gesessen und gebetet hatte.

Thomas schaffte es am nächsten Morgen, vom Glockenturm der Moritzkirche aus einen Blick auf das zu werfen, was sich vor den Toren der Stadt anbahnte. Der Moritzpfarrer hatte ihm die Erlaubnis dazu gegeben, nachdem der Türmer des neben der Kirche befindlichen Pfeifturms ihm den Zutritt verweigert hatte. Von dort oben aus beobachtete nicht nur er, sondern auch jemand aus dem Umfeld des Generals, was sich am südlichen Donauufer tat.

Als Thomas zu Rosa und dem Professor zurückkehrte, die in der Küche des Pfarrhauses auf ihn warteten, sank er kreidebleich am Tisch zusammen.

„Eine unüberschaubare Anzahl an Söldnern lagert auf der anderen Seite der Donau", begann er. „So viel Militär habe ich noch nie in meinem Leben gesehen. Wie es scheint, haben sie ein paar Dörfer angezündet, durch die sie gezogen sind. Überall sind Feuer und Rauch zu sehen."

„Großer Gott", entfuhr es Rosa, und Thomas, der wusste, dass ihr kleines Dorf auch auf dem Weg der Verwüstung lag, nahm sie beruhigend in die Arme.

„Das Dorf war nahezu menschenleer, als ich das letzte Mal dort war", sagte er leise. „Ich denke, hier sind wir sicher."

„Ja, wenn du nicht gelogen hast, was den Grund dieser

Belagerung betrifft", mischte sich der Professor ein. „Die vergangene Nacht hat gezeigt, dass die Schweden alles daransetzen, ihren Siegeszug durch Baiern erfolgreich fortzusetzen."

„Ich habe nicht gelogen", entgegnete Thomas bestimmt.

Der nächste Angriff auf die Stadt folgte am kommenden Tag, dem 29. April 1632, und in Thomas kamen jetzt doch Zweifel an dem auf, was ihm sein ehemaliger Hauptmann gesagt, und was er im guten Glauben weitergegeben hatte. Der Beschuss steigerte sich im Laufe des Tages derart, dass die Verteidiger kaum zum Nachladen kamen und auf beiden Seiten die Kanonenrohre beinahe schon zu glühen begannen. Wenn Leonhart inzwischen so fest hinter dem Schwedenkönig stand wie einstmals hinter Kaiser und Kurfürst, bestand durchaus die Möglichkeit, dass er Thomas dazu benützt hatte, die Stadt in falscher Sicherheit zu wiegen.

Hatte er den Oberst des schwedischen Königs völlig falsch eingeschätzt und brachte Ingolstadt dadurch in Gefahr?

Leo Menzel stand mit zusammengekniffenen Augen hinter Thomas, nachdem er von einem Erkundungsgang zurückgekehrt war.

„Was geht in dir vor?", fragte er unvermittelt.

Thomas drehte sich langsam nach dem Moritzpfarrer um.

„Was geht da draußen vor?", fragte er zurück.

„Wie du gesagt hast", antwortete Menzel und legte Thomas beruhigend eine Hand auf die Schulter. „Sie versuchen, den Brückenkopf zu erobern. Falls es dich beruhigt: Ich weiß inzwischen, dass Tilly bereits von den Plänen des Schwedenkönigs wusste, bevor ich zu ihm kam.

Ich habe mit meinem Bericht lediglich das bestätigt, was er von einem seiner Späher erfahren hat." Er nickte Thomas aufmunternd zu. „Ich sehe dir an, dass du dir Sorgen darüber machst und dich fragst, ob dich dein Informant vielleicht benützt und du Ingolstadt unbeabsichtigt in eine Falle gelockt hast."

Thomas schwitzte mit einem Mal. Der Professor hatte seine Zweifel genau erraten. Das, was er jetzt sagte, erleichterte ihn enorm.

„Es sind genügend bairische und kaiserliche Söldner zurückgeblieben, die sich den Schweden entgegenstellen. In jeder Kasematte des Ingolstadt vorgelagerten Reduits und den beiden Festungstürmen steht schweres Geschütz", fuhr Leo Menzel fort. „Tilly liegt im Sterben, aber er ist nach wie vor klar im Kopf und weiß die Situation richtig einzuschätzen. Die Stadt ist für alle denkbaren Fälle gerüstet."

Der nächste Angriff auf den Brückenkopf folgte unmittelbar darauf. Die Schweden hatten es geschafft, ihre teilweise durch Beschuss aus der Stadt zerstörten Schanzen neu aufschütten zu lassen. Dazu hatten sie Männer und Frauen aus den Audörfern zusammengetrieben, die pausenlos arbeiten mussten. Wer kraftlos zusammenbrach, wurde von den Söldnern weggeprügelt und blieb oftmals leblos irgendwo im Dreck liegen.

Als die Schweden kurz darauf unter dem Geschützfeuer der Verteidiger erkannten, dass ihr Plan nicht aufging, formierte der inzwischen eingetroffene König seine Truppen neu und beriet sich mit seinen Offizieren. Während die Ingolstädter zu jeder Stunde mit einem erneuten Angriff rechneten und ihre Geschütze gefechtsbereit hielten, kämpfte General Tilly im Haus von Universitätsprofessor Arnold Rath mit dem Tod.

Als Thomas davon erfuhr, riss er sich den Verband vom Arm und ließ sich nur mühsam davon überzeugen, dass es besser war, die Wunde gut zu versorgen und nicht dem Schicksal des Heerführers zu folgen.

„Was sollte das denn? Du bist wirklich der dümmste Mensch, den ich jemals kennengelernt habe“, ließ Rosa ihn zornig wissen, während sie ihm einen neuen Verband anlegte. „Was nützt es, wenn du das Wundfieber bekommst und elend daran zugrunde gehst? Mach das nicht noch einmal, ich habe kein Verbandsmaterial mehr. Das hier ist das letzte.“

„Darum geht es doch gar nicht“, verteidigte sich Thomas. „Ich fühle mich nur so furchtbar hilflos!“

„Hilflos? Was willst du denn tun?“ Sie legte ihre Hand auf seine Stirn, die sich kalt und schweißnass anfühlte. „Wenn du am Wundfieber stirbst, ist niemand geholfen. Du bist kein Söldner, kannst also nichts weiter tun als abzuwarten. Also sieh zu, dass du das Beste aus dem machst, was und wer du bist.“

Sie konnte nicht ahnen, dass er genau das tun würde.

Der Schwedenkönig war fassungslos. Er war von der Ostsee bis weit in den Süden vorgedrungen, hatte bedeutungsvolle Siege errungen: Jetzt sollte er an dieser verfluchten Stadt an der Donau scheitern? Er konnte nicht verstehen, weshalb es nicht gelingen sollte, die Donaubrücke vor Ingolstadt zu zerstören, und beschloss, die Lage selber zu erkunden. Sein Vorhaben war viel zu wichtig, als dass er einfach aufgeben wollte.

Während er sich entgegen der Einwände seiner Offiziere nach dem Frühgottesdienst zu einem Erkundungsritt aufmachte, stand Thomas in der Nähe eines der Geschütze, die man in der sogenannten Eselsbastei in Stellung gebracht hatte. Er hatte das Pfarrhaus verlassen, weil er es nicht länger in der allen Ingolstädter Bürgern auferlegten Ungewissheit aushalten konnte. Von der Eselsbastei aus hatten Söldner, Kanoniere und Feldzeugmeister einen hervorragenden Blick auf das schwedische Lager. Das schien ruhig dazuliegen, wenngleich auszumachen war, dass bereits reges Leben zwischen den Zelten herrschte.

Thomas hatte sich an das selbstsichere Auftreten seines ehemaligen Hauptmanns erinnert und konnte sich so Zutritt in das uneinnehmbar mächtige Mauerwerk der Bastei verschaffen. Er hielt es in der Stadt und ohne genauere Informationen einfach nicht mehr aus.

Die in der Bastei stationierten Söldner waren damit beschäftigt, Munition und Pulver zu kontrollieren und bereitzulegen und die Geschütze gefechtsbereit zu halten. Sie achteten nicht weiter auf den Mann mit dem verbundenen Arm, der auftrat, als sei er einer der Ihren, der sich offenbar durch seine Verletzung nicht davon abhalten ließ, am Geschehen teilzuhaben.

Thomas ließ seinen Blick über die Ebene schweifen, die im Morgenlicht auf der südlichen Uferseite der Donau vor ihm lag. Mit zusammengekniffenen Augen beobachtete er, wie sich ein Reiter zwischen den Zelten der schwedischen Söldner hindurch auf den Weg Richtung Stadt machte. Weniger der Mann stach ihm ins Auge als sein Ross, ein prächtiger Schimmel, eines Königs würdig.

Thomas schluckte, als ihm dieser Satz durch den Kopf schoss. Eines Königs würdig.

Auch wenn Reiter und Pferd noch ein gutes Stück von

ihm entfernt waren, glaubte er, den Schimmel als den zu erkennen, der ihn in vielen Träumen begleitet und an eine bessere Zukunft hatte glauben lassen. Jener Schimmel, den er im Gestüt Marbach zum ersten Mal gesehen hatte und von dem er glaubte, dass er sich inzwischen im Besitz seines ehemaligen Hauptmanns befand.

Er schüttelte den Kopf, weil sich die Gedanken darin überschlugen. Sicherlich gab es nicht nur ein Ross dieser Art. Und doch … Viele davon konnte es nicht geben.

Das Herz klopfte ihm bis zum Hals, während er weiter beobachtete, wie sich der Reiter aus dem Verband seiner Söldner löste und jetzt quer zur Stadtmauer am südlichen Donauufer entlangritt.

Thomas konnte den Reiter jetzt besser sehen. Der Uniform nach zu urteilen war er ein Offizier höheren Ranges.

Es war jedenfalls nicht Leonhart, so viel konnte er erkennen. Der hatte nie eine besondere Uniform getragen, unterschied sich von seinen Söldnern bestenfalls durch das Lederwams, das Thomas auch in Rain an ihm gesehen hatte.

Wenige Pferdelängen hinter ihm folgte ein zweiter Mann auf seinem Ross. Seiner Uniform zufolge handelte es sich bei ihm ebenfalls um einen hochrangigen Offizier.

Thomas lief ein Schauer über den Rücken. Da stimmte etwas nicht. Falls das wirklich das Ross war, das er in Rain gesehen hatte: Leonhart hätte sein Pferd niemals freiwillig jemandem überlassen, auch nicht dem König der Schweden, da war er sich ganz sicher. Sein Falbe hatte keinen außer Leonhart aufsitzen, und bestenfalls ihn, Thomas, an sich herangelassen. Auch der Hengst in Marbach war dafür bekannt gewesen, mit deutlicher Ablehnung auf alle Annäherungsversuche zu reagieren.

Wie und warum auch immer jener Offizier es geschafft haben mochte, dieses Pferd zu reiten: Thomas ging es jetzt gerade nur um den Grund, weshalb ein anderer als sein ehemaliger Hauptmann auf diesem Pferd saß.

Vielleicht hatte man herausgefunden, dass der Oberst den Ingolstädtern über den geflüchteten Verletzten die Pläne des Königs verraten hatte?, schoss ihm durch den Kopf. Dann wäre Leonhart Seitz vom Walde ein Verräter, dessen Schicksal Thomas sich leicht ausdenken konnte. Gerade bei den Schweden, die dafür bekannt waren, nicht zimperlich mit anderen Menschen umzugehen, wäre eine Hinrichtung durch den Strang noch die mildeste Strafe dafür gewesen.

Thomas verfolgte angestrengt den weiteren Ritt des Offiziers, der seinen Blick aufmerksam auf die Mauern der Stadt gerichtet hielt. Jetzt winkte er den zweiten Offizier an seine Seite und zeigte direkt auf die Eselsbastei. Dabei schien ihm die Morgensonne direkt ins Gesicht, sodass er es mit der anderen Hand beschatten musste.

Das Blut stockte Thomas plötzlich in den Adern und er stieß einen leisen Schrei aus.

Das da auf dem Schimmel war kein schwedischer Offizier, und auf gar keinen Fall Leonhart Seitz vom Walde. Das war der Schwedenkönig! Das war Gustav Adolf. Der Löwe aus Mitternacht. Er erkannte ihn, weil sein Bild am Abend zuvor in Menzels Wohnstube auf dem Tisch gelegen hatte. Menzel hatte ihm noch von der Laufbahn des Königs erzählt, die alles andere als einfach, aber ausgesprochen erfolgreich gewesen war. Dass der Hengst nervös war, konnte man selbst aus der Ferne deutlich sehen, wie man auch sehen konnte, dass sein Reiter ihn nur mühsam im Griff hatte. Der konnte nicht mit ihm umgehen, kannte ihn ganz offenbar nicht. Er ritt ihn also noch nicht allzu lange.

Auch wenn Thomas nur mühsam nachvollziehen konnte, weshalb sein ehemaliger Hauptmann die Fronten gewechselt hatte: Was hinter dem stecken mochte, was er hier sah, war in vielerlei Hinsicht mehr, als er verkraften konnte.

Der schwedische König saß da drüben selbstherrlich auf dem schönsten Pferd, das jemals einen Huf auf Gottes Erde gesetzt hatte, und schaute jetzt direkt zu ihm herüber. Dass der König in diesem Augenblick nicht Thomas, sondern die Bastei im Auge hatte, war in diesem Augenblick nicht wichtig. Gustav Adolf von Schweden hatte sich mit dem Ritt auf diesem herrlichen Ross zum persönlichen Feind eines Mannes gemacht, von dem er nichts wissen konnte, den er niemals kennenlernen sollte, aber den er auch niemals in seinem Leben wieder vergessen würde.

In plötzlich aufflammendem Zorn hieß Thomas den wie versteinert mit einem Span in der Hand dastehenden Büchsenmeister, das Falkonett zu zünden, das gefechtsbereit auf das gegenüberliegende Ufer gerichtet war.

Der brüllte zornig zurück, dass er ihm nichts zu befehlen, sondern unverzüglich die Bastei zu verlassen habe. Wer er denn überhaupt sei und was er hier zu schaffen habe?

„So schießt doch!“, schrie Thomas unbeeindruckt zurück. „Seht Ihr denn nicht, wer dort drüben reitet?“

Als sich weder der Büchsenmeister noch die übrigen Männer rührten, sondern ihn nur völlig verwirrt anstarrten, brüllte er noch einmal: „So schießt doch endlich! Das ist kein gemeiner Späher, der da an der Donau entlangreitet. Das ist der Schwedenkönig!“

Thomas riss dem verblüfften Büchsenmeister den Span

aus der Hand und entzündete ihn an einer Fackel, die blakend in ihrer Wandhalterung steckte. Bevor irgendjemand erfassen konnte, was hier geschah, hatte Thomas die Lunte gezündet und sah zu, wie die Flamme ihrem Ziel entgegenzüngelte. Ihre Hände fuhren an die Ohren der umstehenden Männer, ein lauter Knall zerriss die Stille, die aus ihrem sprachlosen Entsetzen entstanden war. Beinahe im selben Augenblick schoss eine Kugel aus dem Rohr der Feldschlange und flog in weitem Bogen über die Donau, hielt genau auf die beiden Offiziere am anderen Ufer zu. Die erkannten die Gefahr zu spät, hatten ihre Pferde kurz angehalten und wohl zu ergründen versucht, von woher der Knall gekommen war, wem oder was der Schuss galt. Der, den Thomas für den Schwedenkönig hielt, versuchte noch verzweifelt, sein Ross zu wenden, als er das Mündungsfeuer der Kanone entdeckt hatte und die Gefahr erkannte. Aber das Tier rührte sich nicht vom Fleck.

Selbst Thomas konnte kaum glauben, was dann geschah. Erst, als er den Hengst unter seinem Reiter zusammenbrechen sah, wurde ihm bewusst, dass er gerade einen Treffer gelandet hatte. Er, der niemals auch nur einen Schuss aus gleich welcher Waffe abgegeben hatte! Generalfeldzeugmeister Kratz, der inzwischen alarmiert worden war und wutentbrannt herbeigestürmt kam, blieb wie angewurzelt stehen. Die Männer in der Bastei starrten mit offenen Mündern abwechselnd auf Thomas und das Geschehen auf der anderen Uferseite. Noch immer hielten sie sich die Ohren zu und schienen vor Schreck erstarrt zu sein. Inzwischen wurde auch aus anderen Rohren in Richtung des Schwedenlagers gefeuert, was das Zeug hielt.

„Neu laden!“, schrie der Zeugmeister, und sofort kam

Bewegung in die Männer. „Vertreiben wir die protestantischen Teufel von unseren Toren!“

„Donnerwetter“, hörte Thomas einen der Männer sagen. „Wenn das kein Meisterschuss war!“

Er klopfte dem völlig überraschten Glücksschützen auf die Schulter, und gleichzeitig brach heller Jubel unter den Männern aus, die sich in der Eselsbastei aufgehalten hatten. Auch die Soldaten an den übrigen Geschützen hatten den Knall gehört und gesehen, wie das Pferd jenes Reiters zusammengebrochen war, der sich ganz offensichtlich auf Erkundungsritt befand. Von überall her war zwischen Kanonendonner Jubel zu hören, der auch bei den Schweden nicht ungehört blieb.

„Es hat den König getroffen!“, war hin und wieder zu hören. „Der Schwedenkönig ist verletzt!“

Thomas stand völlig überwältigt da und sah zu, wie eiligst herbeigelaufene schwedische Söldner und Offiziere dem Reiter halfen, sein Bein unter dem Bauch des verletzten Tieres hervorzuziehen. Der ließ es sich anschließend nicht nehmen, auf zwei Getreue gestützt zu einem bereitstehenden Pferd zu humpeln, aufzusitzen und ins Lager zurückzukehren. Ein paar Männer blieben zurück und sammelten offenbar ein paar Sachen auf, die der König bei seinem Sturz verloren hatte. Einer von ihnen verpasste dem vor Schmerz laut wiehernden und mit seinen Läufen verzweifelt um sich schlagenden Tier schließlich den Gnadenschuss.

Unweit des toten Rosses stand ein zweites Pferd mit hängenden Zügeln neben seinem am Boden liegenden Reiter, um den sich zunächst niemand kümmern konnte, weil der gesamte Bereich unter dauerndem Beschuss stand. In einer kurzen Feuerpause liefen ein paar schwedische

Söldner herbei, nahmen den Mann auf und brachten ihn zusammen mit seinem Pferd hinter eine der Schanzen in Sicherheit.

„Du bist ein Meisterschütze!“, hörte Thomas von allen Seiten die Männer rufen, die aufgeregt in die Bastei gelaufen kamen, um den Schützen zu sehen.

Thomas jedoch sah wehmütig zu dem Schimmel hinüber, der in einer Blutlache lag und sich nicht mehr rührte. Man hatte seinen Reiter weggebracht und kümmerte sich im Lager der Schweden vermutlich um dessen verletztes Bein. Der Pferdekadaver war ihnen nichts mehr wert, sie ließen ihn einfach liegen.

Während man Thomas als Held des Tages feierte, kreisten dessen Gedanken beinahe unaufhaltsam um Leonhart, dessen mutmaßliches Schicksal ihn tief berührte. Und um das Ross, das vor seinen Augen verendet war, weil er es angeschossen hatte. Es schien ihm, als habe er gerade seinen Traum, sein Lebensziel getötet. Wenn Bartholomäus das wüsste …

Während Ingolstadt den Mann als Helden sah, der diesen Meisterschuss abgegeben hatte, war Thomas der unglücklichste Mensch in den Mauern der Stadt.

Johann T'Serclaes von Tilly, einer der erfolgreichsten Heerführer seiner Zeit, verstarb noch in derselben Nacht. Die Kunde von dem, was jener Unbekannte mit einem einzigen Schuss erreicht hatte, war ihm zuvor noch überbracht worden. Die Hoffnung, dass der Schwedenkönig die Warnung verstanden hatte und die Belagerung aufgeben würde, nahm er mit in den Tod.

Es dauerte nicht lange, und die nächste Kunde sorgte für noch mehr Jubel: Die Schweden brachen nach erfolgloser Belagerung tatsächlich ihre Zelte ab und zogen sich aus ihren Stellungen vor Ingolstadt zunächst Richtung Reichertshofen zurück. Es war das erste Mal, dass ihre Pläne in Baiern gescheitert waren, und das erfüllte die Ingolstädter mit gewissem Stolz.

Professor Menzel fand Thomas, wie er etwas verlassen wirkend inmitten der feiernden Ingolstädter Bevölkerung in einem Gasthaus saß und vor sich hin starrte. Menzel hatte in den vergangenen Tagen viel Zeit bei seinen Studenten verbracht, von denen auch während der Belagerung durch die Schweden verlangt wurde, dass sie pünktlich zu ihren Vorlesungen erschienen. Thomas hatte ihn den ganzen schicksalsschweren Tag über nicht gesehen.

„Du also hast den Schwedenschimmel abgeschossen", sagte der alte Mann anerkennend und setzte sich neben ihn. „Ich wusste nicht, dass du so ein guter Schütze bist."

Thomas schüttelte müde den Kopf und trank einen Schluck Bier aus seinem Krug. Man hatte ihm gesagt, dass die Brauereien nur noch wenige Vorräte hätten, was ihn dazu veranlasste, zumindest noch einen Krug davon zu kaufen. Sein Geld war ohnehin zur Neige gegangen, und wenn er bei Professor Menzel keinen Schlafplatz bekommen hätte, hätte er die Stadt verlassen und sich irgendwie durchschlagen müssen. Er musste dringend eine Arbeit finden.

„Ich auch nicht", gab er zu. „Dabei wollte ich den Schimmel gar nicht treffen. Ich war einfach nur wütend und habe es irgendwie geschafft, an dieses Geschütz heranzukommen. Fragt mich nicht, warum mich niemand daran gehindert hat, in die Bastei zu gelangen."

Der Professor nickte schmunzelnd.

„Ich weiß, warum." Er zeigte auf den Schal, mit dem Rosa den verletzten Arm verbunden hatte. „Die Farben des bairischen Kurfürsten", sagte er. „Den hat Rosa irgendwo gefunden, gewaschen und aufgehoben, weil sie nichts wegwerfen kann."

Thomas sah überrascht auf den Verband, dem er bislang keine weitere Beachtung geschenkt hatte. Jetzt wurde ihm einiges klar: Die bairischen Söldner hielten ihn also wegen des Verbandes tatsächlich für einen der Ihren.

„Du hast den Schwedenkönig knapp verfehlt", erzählte der Professor weiter. „Inzwischen ist ganz sicher: Es war Gustav Adolf höchstpersönlich, dessen Gaul du unter seinem Hintern weggeschossen hast!"

Dann hatte er also recht gehabt. Der Reiter auf dem wundervollen Schimmel war tatsächlich der Schwedenkönig gewesen. Bislang hatte das noch niemand mit Bestimmtheit sagen können. Nach wie vor ärgerte sich Thomas darüber, das Pferd und nicht seinen Reiter getroffen zu haben.

„Wir wissen von einem Gefangenen, dass der König nicht verstehen konnte, weshalb es nicht zu schaffen sein sollte, die Donaubrücke zu zerstören", erklärte ihm der Professor. „Also hat er beschlossen, die Lage selbst zu erkunden, und ist losgeritten, um sich ein Bild zu machen. Sein Begleiter, ein gewisser Christoph von Baden-Durlach, wurde wohl von einem Splitter der Kugel oder einem anderen Geschoss tödlich getroffen. Der König ist abgezogen, Ingolstadts Bürger können wieder ruhig schlafen, und du bist der Grund dafür. Die Schweden haben sich bestimmt gesagt: Wenn einer allein schon so einen Meisterschuss schafft, wird die Stadt nicht einzunehmen sein." Er lachte leise.

Als Thomas nichts darauf sagte, legte der alte Moritzpfarrer einen Arm um seine Schultern.

„Leider geben sich die Schweden nicht gerne geschlagen, wie wir alle wissen“, fuhr er fort. „Auf ihrem Rückzug haben sie jedes Haus niedergebrannt, an dem sie vorbeigezogen sind, und jeden erschlagen, der ihnen im Weg stand. Ingolstadt und die Soldaten auf den Mauern und in den Bastionen haben so gut wie keine Toten zu betrauern, aber in den Audörfern sind viele Menschen ums Leben gekommen, die sich nicht rechtzeitig in Sicherheit gebracht haben. Es heißt zwar, dass ihre Verfolger es ihnen durchaus gleichtaten, aber für diejenigen, die es getroffen hat, ist es mit Sicherheit unerheblich, ob ihr Leben von einem Protestanten oder einem Katholiken ausgelöscht wurde.“ Da er nicht wusste, was in Thomas vorging und seinen traurigen Gesichtsausdruck deshalb nicht richtig deuten konnte, sagte er: „Auch Rosas Heimatdorf Oberstimm wurde bis auf wenige Häuser niedergebrannt, aber sie trägt es mit Fassung.“

Er winkte der Schankmagd, damit sie ihm ebenfalls einen Krug Bier brachte. Als der vor ihm stand, fuhr er fort: „Es sind etliche Bürger ans andere Donauufer gegangen und haben sich den toten Gaul angesehen. Sie werden ihn als Trophäe in die Stadt bringen. Du kannst ihn dir ja anschauen und mit eigenen Augen sehen, was für einen unglaublichen Schuss du da abgegeben hast.“

Thomas atmete tief durch.

„Seid Ihr ganz sicher, dass es das Pferd des Schwedenkönigs war, das ich getroffen habe?“, fragte er.

„Ganz sicher! Man hat, wie gesagt, einen Schweden gefangen genommen, der das bezeugt hat. Du bist ein Held, Thomas!“

Der schüttelte nur traurig den Kopf und verließ mit hängenden Schultern die Runde der feiernden Menschen, die den unbekannten Schützen und den Abzug der Schweden feierten.

Leo Menzel blieb sitzen und schaute ihm nachdenklich hinterher.

Rosa stand in der Tür des Pfarrhauses, als Thomas auf sie zukam. Sie sah ihm an, dass er weit davon entfernt war, sich als Held zu fühlen. Wortlos ließ sie ihn an sich vorbei ins Innere des Hauses treten und wartete, ob er etwas sagen würde. Aber Thomas ließ sich nur müde auf die Bank neben dem Küchentisch fallen und stützte den Kopf in beide Hände.

„Du hast mit deinem Schuss die Schweden in die Flucht geschlagen!", sagte Rosa und zog seine Hände zur Seite, um in sein Gesicht sehen zu können. „Warum freust du dich denn nicht darüber?"

Thomas schüttelte den Kopf.

„Ich bin kein guter Schütze!", erklärte er zum wiederholten Mal. „Ich habe noch nie in meinem Leben auch nur einen einzigen Schuss abgegeben. Ich war wütend und hab deshalb die Männer angebrüllt, die Kanone abzufeuern. Weil es mir zu lang gedauert hat, hab ich den Span genommen und … und da ist der Schuss auch schon losgegangen. Ich bin kein Held, es war Zufall, dass ich das Pferd getroffen habe, weil das Geschütz genau richtig stand. Ich wusste im Grunde genommen bis dahin nicht einmal so genau, wie man eine Kanone abschießt."

Rosa fuhr mit beiden Händen durch sein Haar.

„Sie haben das Ross des schwedischen Königs inzwischen hereingeholt und werden es ausstopfen", sagte sie, um ihn abzulenken, und ein wenig Stolz schwang in ihrer Stimme mit. „Es ist völlig gleichgültig, wie das alles passiert ist. Die Ingolstädter haben ihren Helden, und der Schwedenschimmel wird sie noch lange an den Sieg eines Einzelnen über ein ganzes Heer erinnern. Verstehst du nicht? David gegen Goliath." Als müsse sie es ihm noch besser erklären, fügte sie schmunzelnd an: „Das hier ist ein Pfarrhaushalt, da fallen einem solche Vergleiche halt ein."

Aber er wollte und konnte nicht auf ihren scherzenden Tonfall eingehen. Wie sollte er ihr denn erklären, was in Wahrheit dazu geführt hatte, dass alles so kam, wie es nun mal gekommen war? Er fühlte sich nicht als Held. Er war aufgewühlt von so vielem, das ihm durch den Kopf ging und das sein Herz schwer machte.

In dieser Nacht geschah das, was Thomas vor Jahren schon einmal erlebt und bis heute nicht vergessen hatte. Damals wie heute teilte eine Frau das Lager nach einem aufwühlenden Ereignis mit ihm, und er hoffte inbrünstig, dass es das Schicksal mit Rosa besser meinte als damals mit der Trossfrau.

Magdalena.

Sie lebte.

Aber ihr Widersacher auch.

19. Kapitel

Man hatte den Kadaver des Schwedenschimmels, wie er inzwischen allgemein genannt wurde, auf eine Karre gehievt und unter lautem Jubelgeschrei in die Stadt gebracht. Thomas stand etwas abseits des Geschehens und erhaschte nur einen kurzen Blick auf das Tier, als es unter lautem Gejohle durch die Stadt gekarrt wurde. Es hatte die Augen halb geschlossen, an einer Kopfseite war angetrocknetes Blut an der Stelle zu sehen, wo den Hengst eine Pistolenkugel von seinem Leiden erlöst hatte. Allem Anschein nach hatte die Kugel aus dem Falkonett den Hengst an der Brust direkt über dem linken Vorderbein getroffen.

„Ein Apfelschimmel", sagte jemand neben ihm. „Was für ein prachtvolles Tier! Eines Königs würdig … Schade, dass es den nicht getroffen hat."

„Ja, sehr schade", stimmte Thomas ihm zu und warf dabei einen letzten Blick auf das tote Pferd, das zunächst in den Schlosshof gebracht wurde. Sein Fell sollte gegerbt, auf ein vorbereitetes Gestell aufgezogen und ausgestopft werden. Was für ein trauriges Ende für dieses wunderbare Ross!

Er hatte keine Lust, sich den durch seine eigene Hand niedergestreckten Hengst noch länger anzusehen. Noch weniger war er in der Lage, Rosa zu erklären, was in ihm vorging und weshalb er sich über den Grund des Abzugs der Schweden nicht so freuen konnte wie die anderen.

Einen Tag später machten sich die beiden auf den Weg nach Oberstimm, um zu sehen, wie es um den kleinen Ort stand.

Rosa schlug entsetzt die Hände vors Gesicht, als sie die traurigen Reste ihres Heimatdorfes sah.

Kaum ein Haus bestand noch aus mehr als den verrußten Grundmauern. Die ärmlicheren Hütten waren völlig abgebrannt, kein Stall stand mehr, überall ragten verkohlte Balken aus den Ruinen, geborstenes Mauerwerk und zerbrochene Ziegel bedeckten den Boden. Dazwischen irrten ein paar Menschen umher, die entweder laut klagend oder leise weinend versuchten, noch etwas aus ihren ehemaligen Behausungen zu retten. Mit Entsetzen beobachteten die beiden, wie zur Unkenntlichkeit verbrannte Leichen auf die Straße gezogen und schließlich auf herbeigerufene Karren geladen wurden.

„Wohin bringt ihr die Toten denn?“, wollte Rosa von einem der Männer wissen, den sie als den Totengräber von Ingolstadt erkannt hatte.

„Wir wissen bei den meisten nicht, wer sie sind, und werden sie in einem Gemeinschaftsgrab auf der anderen Seite der Donau bestatten“, antwortete der und legte eine Plane über die stinkende Fracht.

Gemeinschaftsgrab. Das hörte sich nicht nach einer feierlichen Bestattung an, und Rosa schossen Tränen in die Augen. Auch sie wusste nicht, wer hier unter den wütenden Hieben und Stichen und grausamen Misshandlungen der Schweden und ihrer Verfolger sein Leben hatte lassen müssen. Aber es waren einmal ihre Nachbarn gewesen, sie hatten sich gekannt und miteinander getrauert, wenn einer von ihnen für immer gegangen war.

„Ich werde meinen Dienstherrn bitten, ihnen wenigstens ein Gebet mitzugeben“, flüsterte sie, an Thomas’ Schulter gelehnt. Dann wandte sie sich suchend um.

„Ich weiß überhaupt nicht mehr, was wo stand und …" Sie hielt plötzlich inne und deutete nach vorne auf ein Haus, das zwar ziemlich mitgenommen aussah, aber zumindest noch als solches zu erkennen war. „Das gehörte dem Daimlinger Schorsch und seiner Familie", sagte sie. „Sieh nur, das ist beinahe unbeschädigt geblieben!"

Bevor Thomas sie zurückhalten konnte, war sie auch schon losgelaufen. Thomas folgte ihr und konnte sie gerade noch auffangen, als sie stolperte und beinahe in die Überreste eines anderen Hauses gefallen wäre, die sie noch vom Daimlinger-Anwesen trennten.

„Ob sie überlebt haben?", fragte Rosa aufgeregt, riss sich los und verschwand hinter der Hausecke.

„Sieh nur, es ist zwar vieles im Haus zerschlagen und unbrauchbar, aber das Dach scheint einigermaßen dicht zu sein, und …"

„Was willst du denn hier?", fragte Thomas, der sich ratlos umgeschaut hatte.

Rosa zuckte die Schultern.

„Ich weiß nicht", gestand sie. „Ich glaube, ich wollte einfach nur etwas mit eigenen Augen sehen, das nicht völlig zerstört ist."

„Der Daimlinger und seine Leute sind schon vor ein paar Tagen weg", sagte ein Mann, der neben sie getreten war und neugierig ins Innere des Hauses schaute. „Der hat einen Schwager irgendwo im Donaumoos, zu dem sind sie gegangen. Wir sind nach Ingolstadt geflüchtet, als die Schweden kamen." Er machte eine kleine Pause. „Zum Glück, wie man sieht."

Traurig wandte er sich ab und zeigte auf einen Haufen verkohlter Steine und Balken, in dem eine Frau nach Brauchbarem wühlte.

Rosa schaute ihn stirnrunzelnd an.

„Ich hätte dich fast nicht erkannt, Sepp."

„Bist ja auch schon länger nicht mehr hier gewesen, Rosa", antwortete der und ging zu der Frau hinüber, die sich mühsam aufrichtete und mit der Hand über die Stirn strich.

„Alles hin!", rief sie ihm zu und stampfte heulend mit den Füßen auf. „Wo sollen wir denn leben und wovon?"

„Es wird sich was finden", versuchte ihr Mann, sie zu beruhigen. Aber sie ließ sich nicht beruhigen, begann, wie von Sinnen zu schreien, bis sie schließlich völlig entkräftet auf einem Trümmerhaufen zusammensank. Ihr Mann setzte sich neben sie mitten in die Reste dessen, was wohl einmal ihre Behausung gewesen war, und schaute stumm zu Thomas und Rosa hinüber.

„Gut, dass deine Eltern schon längst tot sind. Die hätten verstanden, was in uns vorgeht!", rief der Mann und schlug sich dabei ununterbrochen mit den Händen auf die Oberschenkel. „Denen wäre es gegangen wie uns."

„Mir ging es doch auch so! Deshalb bin ich doch weggegangen!", schluchzte Rosa, drehte sich um und verbarg ihr Gesicht an Thomas' Brust.

Die beiden begleiteten kurz darauf die Karre mit den verbrannten Leichen über jene Brücke, die der Grund für das alles gewesen war, was sie in den vergangenen Tagen erleben mussten. Zwar hatten die Bollwerke, die Türme und die Mauern im Süden der Stadt einige Einschläge abbekommen, aber nichts davon war so schwerwiegend, dass man sich gleich um deren Reparatur kümmern wollte. Das hatte Zeit, und noch waren viele Schanzenbauer in der Stadt geblieben, die sich darum kümmern würden.

„Niemand weiß so genau, wer die Audörfer geplündert, niedergebrannt, und die Bewohner misshandelt und erschlagen hat: die Schweden oder ihre Verfolger", sagte Leo Menzel, als sie im Pfarrhaus bei einem kargen Mittagsmahl saßen. Die Lebensmittel in der Stadt waren weiterhin rar. Für eine dünne Suppe reichte es aber gerade noch. Was die Schweden nicht geschafft hatten, würden vermutlich Hunger und Krankheiten in den nächsten Wochen erledigen.

„Jedenfalls ist sicher, dass der Schwedenkönig nicht schwer verletzt wurde und mit seinen Männern zunächst nach Reichertshofen gezogen ist. Bis dorthin haben ihn berittene Soldaten verfolgt, weshalb er unverzüglich aufgebrochen ist und den Markt verlassen hat."

„Wohin ist er denn gezogen?", wollte Thomas wissen.

„Es heißt, Richtung Regensburg, wie du angekündigt hast." Der Pfarrer lachte leise. „Da wird er wohl auch kein Glück haben, weil dort schon der Kurfürst mit seinen Männern steht und auf ihn wartet." Er hob die Schüssel mit dem Rest der Suppe an den Mund und schlürfte sie leer. „Gut hast gekocht, Rosa!"

Und das mit dem Wenigen, was noch aufzutreiben war, ergänzte Thomas in Gedanken.

Der Pfarrer hatte angeboten, ihn das Rechnen und Schreiben zu lehren, damit Thomas aufhörte, ihm damit in den Ohren zu liegen. Allerdings wollte er das nicht selber machen, dazu hatte er zu wenig Zeit, wie er augenzwinkernd sagte. Deshalb schickte er am Nachmittag einen Studiosus ins Pfarrhaus, der diese Aufgabe übernehmen sollte.

Josef war ein junger Bursche mit strohblondem Haar, der ein wenig hinkte und deshalb von seinen Studienkameraden oft gehänselt wurde. Aber er verstand es vortrefflich, dem sich etwas ungelenk zeigenden Thomas beizubringen, eine Feder anzuspitzen und mit Eisengallustinte ein paar Buchstaben und Zahlen auf den Rand alter Papiere zu malen. Er versprach, ihm Kopfrechnen und die Grundsätze der deutschen Grammatik beizubringen, und Thomas fühlte sich für ein paar Stunden wie ein echter Student. Allerdings konnte er nicht weiter kostenfrei bei Professor Menzel wohnen und hatte beschlossen, Arbeit unter den Männern und Frauen anzunehmen, die mühsam die Schanzen um die Stadt instand setzten.

Als er am nächsten Morgen das vertraute Hämmern aus einer Schmiede unweit des Kreuztores hörte, beschloss er jedoch, dort nach Arbeit zu fragen.

Der Schmied musterte ihn von oben bis unten und wollte wissen, ob und wo er denn das Schmiedehandwerk gelernt habe.

„Im Tross eines Regiments, das in den Norden gezogen ist, während ich für den Kurfürsten in Marbach …"

Der Schmied riss erstaunt die Augen auf.

„Du wirst mir doch nicht erzählen wollen, du warst es, der im württembergischen Gestüt Marbach ein paar Gäule für unseren Kurfürsten abgeholt hat?", wollte er wissen.

„Doch."

Der Schmied schüttelte stirnrunzelnd den Kopf.

„Ich weiß, dass der Kurfürst eine kleine Herde Falben gekauft hat, um seine Zucht zu ergänzen", antwortete er. „Hat sich unter unsereins schnell herumgesprochen", stellte er fest und hämmerte weiter auf das Eisen ein, das er auf dem Amboss liegen hatte. „Und wie hieß dein Meister?", wollte er wissen.

„Jost", gab Thomas zurück und schaute sehnsuchtsvoll

auf das Feuer, das der Schmied mit dem Blasebalg neu aufflammen ließ.

„Sagt mir nichts“, entgegnete der und wischte sich die Hände an seiner Lederschürze ab. „Wo lag denn das Regiment, in dem du das Handwerk gelernt hast?“, wollte er weiter wissen.

„Es war eher ein Trupp von ein paar Hundert Mann“, gestand Thomas. „Wir waren abkommandiert worden, Aychstätt und die Burg des Fürstbischofs zu schützen.“

Der Schmied schaute kurz von seiner Arbeit auf und kniff dann die Lippen zusammen.

„Davon weiß ich. Ist aber schon ein paar Jahre her.“ Er musterte Thomas nachdenklich. „Da kam mal einer nach Ingolstadt“, sagte er dann unvermittelt. „Hat wohl auch was mit dem Tross in Aychstätt zu tun gehabt. Hat nach einem Kerl gesucht, der ihn bei einer Schlägerei übel zugerichtet haben soll. Der Schläger ist damals bei Nacht und Nebel abgehauen, soll ein Schmiedegeselle in jenem Trupp bei Aychstätt gewesen sein wie du.“ Der Blick des Meisters ruhte forschend auf dem Gesicht seines Gegenübers, das hochrot angelaufen war. „Viele Gesellen dürfte der Schmied nicht gehabt haben“, fuhr er fort. „Was meinst du?“

„Das ist richtig“, antwortete Thomas. „Ich war der einzige. Und ich war es auch, der sich mit dem Trossführer geprügelt hat“, gestand er.

Der Schmied nickte anerkennend.

„Gut, dass du so ehrlich bist“, sagte er und deutete auf die Kiste mit Nägeln, die vor Thomas stand. „Lumpen und unehrliche Leute kann ich nicht brauchen. Der Größe nach sortieren und dann die Werkzeuge da drüben einölen. Ich bin der Hannes.“

„Dann kann ich hier arbeiten?“

„Sieht so aus, ja.“

Die beiden wurden sich schnell einig, während Thomas die Nägel sortierte. Der wollte sich schon den Werkzeugen zuwenden, die er einölen und aufräumen sollte, als ihm noch etwas einfiel.

„Weißt du, was aus dem Trossführer geworden ist, von dem du gesprochen hast?“

Der Schmied lachte laut auf.

„Hast Angst, der könnte dich eines Tages hier finden und zur Rechenschaft ziehen, was?“, fragte er. „Ich weiß nicht, wo er geblieben ist. Soweit ich weiß, ist er einem Trupp gefolgt, der Tilly im Norden unterstützen sollte. Der ist aufgerieben worden, hat man sich erzählt, und wer überlebt hat, ist zu den Schweden übergewechselt. Kann schon sein, dass der Kerl, der nach dir gesucht hat, mit denen wieder in den Süden gezogen ist. Im Suff hat er damals jedenfalls damit angegeben, dass ihm gleich ist, wohin es ihn treibt, solange es zu fressen und zu saufen und zu huren gibt.“ Er prüfte die Arbeit seines neuen Gesellen mit einem Blick in die Nagelkiste. „Ach, da kommt mir in den Sinn, dass der Trossführer was von seiner Mutter erzählt hat, die in München leben soll. Vielleicht ist er zu ihr gezogen“, hörte er den Schmied sagen, bevor der sich wieder seiner eigenen Arbeit zuwandte.

Das glaube ich eher nicht, ging Thomas durch den Kopf, der wusste, wo die Mutter des Trossführers lebte. Falls sie überhaupt noch lebte. Aber der Gedanke, dass der Mann irgendwo in der Nähe sein könnte, bereitete ihm ein leichtes Bauchgrimmen. Dabei wusste er nicht einmal so genau, weshalb. Der wollte ihm doch wohl Jahre später nichts mehr anhaben, beruhigte er sich selber. Aber der Gedanke an Oswald ließ ihn von da an nicht mehr gänzlich los.

„Überhaupt: München", fuhr Hannes fort, der sich offensichtlich freute, sein Wissen an jemanden weitergeben zu können. „Der Schwede ist nicht direkt nach Regensburg gezogen, wie unser Kurfürst geglaubt hat, sondern hat sich auf den Weg nach München gemacht, wie du vielleicht weißt", fuhr er fort, als er sicher war, dass Thomas ihm aufmerksam zuhörte. „Der Tilly, der in Ingolstadt seinen Verletzungen erlegen ist, der hat dem Hörensagen nach mit seinen Mannen in einer hauptsächlich von Protestanten bewohnten Stadt namens Magdeburg unter den Bewohnern ein derart unbeschreibliches Massaker veranstaltet, dass viele Tausend Menschen unter den schlimmsten Gräueln ihr Leben ließen. Es sind Sachen passiert, die kann sich wohl nur der Teufel ausdenken." Er wischte sich mit der Hand über die von der Hitze des Schmiedefeuers schweißnasse Stirn. „Dafür wollen die Protestanten Rache üben, sagt man, und der Schwedenkönig hat demzufolge beschlossen, es zunächst dem Kurfürsten von Baiern heimzuzahlen. Der ist ja nicht dumm, der Schwede. Der weiß genau, wo er den Hebel ansetzen muss, auch wenn ihm Ingolstadt einen Strich durch die Rechnung gemacht hat." Er hieb ein paarmal auf das Eisen ein, das er aus dem Feuer geholt und auf dem Amboss abgelegt hatte, und fuhr dann fort: „Sie wollen die Stadt sicherlich niederbrennen und plündern, aber die werden dem Schweden lieber Kontributionszahlungen anbieten wie die Augsburger, nehme ich an. Es hat genug Geldige in der bairischen Hauptstadt."

Durch Leo Menzel hatte Thomas darüber hinaus erfahren,

dass auch das schwedische Heer zwischendurch schlecht besoldet wurde und schon deshalb so massiv geplündert wurde. Weshalb also nicht auch München?

„Hast dir schon mal den Gaul angeschaut, den einer dem Schwedenkönig unter dem Arsch weggeschossen hat?“, fragte der Schmied ihn unvermittelt.

Thomas hielt kurz die Luft an. Offenbar wusste der Mann nicht, dass er es gewesen war, der den Schuss abgegeben hatte, und er war froh darüber.

„Nein, nicht so recht.“

„Nicht so recht? Solltest du aber. Ist schon ein prachtvolles Tier gewesen, dieser Schwedenschimmel. Ich hab mir gestern mal angesehen, was von ihm übrig geblieben ist.“ Er zog bedauernd die Schultern hoch. „Schade, dass nicht jede Stadt so einen Schützen hat wie wir. Schießt dem König seinen Gaul unter dem Arsch weg und schlägt damit sein ganzes verdammtes Heer in die Flucht! Dabei weiß angeblich niemand, wer es gewesen ist.“

„Ist doch letztendlich auch nicht wichtig.“

„Da hast du verdammt recht. Vermutlich war es irgendein armer Schlucker, der noch nicht einmal gut bezahlt wird für seine Dienste, geschweige denn, dass man noch was draufgelegt hat. Schließlich war das seine Aufgabe, die er mehr als gut gemacht hat.“ Hannes zuckte bedauernd die Schultern. „Von Ruhm und Ehre hat sich noch niemand was zu essen kaufen können. Also, was soll's?“

„Wie siehst du denn aus?“, wollte Rosa wissen, als Thomas an diesem Abend im Pfarrhaus auftauchte.

„Ich habe Arbeit bei einem Schmied gefunden“, antwortete der und ließ sich seufzend auf einen Hocker fallen.

„Weißt du etwas darüber, dass sich ein Metzger das Fleisch von dem Schwedenschimmel geholt haben soll?“

„Das könnte schon stimmen“, antwortete sie und zeigte auf den Topf, der über dem Herdfeuer hing. „Da ist allerdings nur Gemüse drin. Der Herr Professor mag kein Pferdefleisch.“

Am nächsten Tag drängte Rosa ihn, noch einmal mit ihr nach Oberstimm zu gehen, wo sie zusehen wollte, ob es nicht doch eine Möglichkeit gab, ihr Häuschen wieder herzurichten.

„Ich will nicht ewig bei meinen Freunden wohnen, und du solltest dir auch ein anderes Quartier suchen. Der Herr Professor hat mich schon ein paarmal darauf angesprochen, dass du jetzt schon reichlich lang bei ihm wohnst.“ Als Thomas etwas einwenden wollte, winkte sie ab. „Es geht nicht um die paar Münzen, die er von dir für Logis haben will. Er ist alt geworden. Das, was in diesem Jahr passiert ist, hat ihm schwer zugesetzt. Selbst sein Bruder kann ihm nicht helfen, und der ist ein guter Arzt. Aber er sagt halt auch, der Leo ist ein alter Mann geworden, und ich denke, unser Pfarrer wird es nicht mehr lange machen. Er mag einfach nur noch seine Ruhe haben.“ Sie zeigte hinüber in das Wohnzimmer, in dem Thomas die kleine Bibliothek des Pfarrers wusste. „Er kann kaum noch lesen, so schlecht sind seine Augen geworden.“

Die Studiosi, die sonst immer bei ihrem Professor aufgetaucht waren und mit ihm über Gott und die Welt disputiert hatten, kamen seit der Belagerung der Stadt kaum noch ins Pfarrhaus. Selbst Josef, bei dem Thomas lesen, schreiben und rechnen lernen wollte, war nicht mehr gekommen. Es war tatsächlich ruhig um den alten Mann geworden.

Thomas ließ sich schließlich überreden, mit ihr zusammen nach Oberstimm zu gehen. Was auch immer sie dort glaubte tun zu müssen.

Als sie die Brücke überquerten, die vor wenigen Tagen der Grund dafür gewesen war, weshalb letztendlich die Audörfer niedergebrannt wurden, blieb er kurz stehen und schaute auf das südliche Donauufer. Vieles erinnerte noch immer daran, dass von hier aus wenige Tage zuvor die Stadt bedroht worden war, denn die Schweden hatten alles zurückgelassen, was sie nicht mehr brauchen konnten. Männer, Frauen und Kinder waren dabei, zwischen dem Unrat nach Brauchbarem zu suchen. Dazwischen waren Krater im Boden zu sehen, die sich inzwischen mit Regenwasser gefüllt hatten. Sie stammten von den Kanonenkugeln, die auf das feindliche Söldnerlager abgeschossen worden waren und sich ins Erdreich gegraben hatten. Einige Arbeiter und Bauern hatten sich bereits darangemacht, die Schanzen zu zerstören, die von den Schweden errichtet worden waren. Niemand aus der Stadt wollte sie länger als unbedingt notwendig vor Augen haben, und das Material konnte man auch gut brauchen.

Rosa und Thomas erreichten das, was von dem kleinen Dorf im Süden der Stadt übrig geblieben war, eine gute Wegstunde später. Unterwegs war kaum noch auszumachen gewesen, welche niedergebrannten Häuser und Hütten zu welchem Dorf, zu welchem Hof gehörten. Rosa war irgendwann nur noch mit gesenktem Kopf durch die Trümmer gelaufen, zwischen denen kaum noch zu erkennen war, wo einmal eine Straße gewesen sein musste.

Oberstimm lag nach wie vor verwüstet, aber an manchen Stellen hatten Leute begonnen, die Trümmer wegzuräumen.

Steine lagen aufeinandergeschichtet am dort wieder erkennbaren Wegrand, noch brauchbare Holzbalken, Dachziegel und Steintröge lagerten daneben.

Rosa zeigte plötzlich auf das, was vom Haus der Daimlingers übrig geblieben war.

„He!", rief sie. „Was machst du da?"

Auch Thomas hatte gesehen, was Rosa gerade entdeckt hatte. Jemand war gerade dabei, auf den Dachstuhl des eingeschossigen Hauses zu klettern.

„Was schon?", kam es zurück. „Nachsehen, ob noch was Brauchbares darin zu finden ist! Gehört ja eh keinem mehr."

Rosa hatte inzwischen das Haus erreicht und versuchte, den Mann davon abzuhalten, auf den Dachstuhl zu gelangen.

„Bist du narrisch geworden?", schrie sie ihn an. „Du willst plündern? Lass das sofort sein!"

Auch Thomas stand jetzt vor den noch einigermaßen intakten Mauern des Bauernhauses und schaute zu dem Mann hinauf, der versuchte, Rosa abzuschütteln, die ihn an den Hosenbeinen festhielt.

„Man kann ja nicht rein von unten, die Haustür ist zugeschüttet, und die Fenster", rief der Mann den beiden zu. „Wahrscheinlich glaubten die ehemaligen Bewohner, sich so vor einem Angriff schützen zu können." Er schaute sich kurz um. „Oder es ist was explodiert. Ist mir auch egal. Da drin hat es aber sicher noch genug Zeug, das man brauchen kann. Das muss ja nicht verrotten! Wenn niemand es holt, braucht's ja wohl keiner mehr." Er funkelte Rosa wütend an, die ihn jetzt mit beiden Händen festhielt, damit er nicht weiterklettern konnte. „Oder gehört dir das Haus?", blaffte er sie an.

„Ja."

Thomas fuhr der Schreck in alle Glieder, als Rosa ihm einen überraschten Blick zuwarf. Hatte er gerade ‚Ja' gesagt?

„Ja! Das ist unser Haus", bestätigte sie. „Und jetzt mach, dass du von hier runterkommst und verschwindest. Hier wird nicht geplündert!"

Da der Mann keine Anstalten machte, ihrer Aufforderung nachzukommen, half Thomas ein wenig nach, indem er ihn am Saum seines zerschlissenen Wamses packte. Bevor jener das Gleichgewicht verlor und auf den Steinhaufen neben dem Haus fiel, griff er nach Rosa und hätte sie dabei fast umgeworfen. Die hielt sich aber geistesgegenwärtig gerade noch an einem der schief in den Angeln hängenden Fensterläden fest, und Thomas gelang es schließlich, den Mann vom Haus wegzubugsieren. Der hob ein paar Steine auf, die er unter wütendem Fluchen nach den beiden warf, trollte sich aber schließlich und verschwand irgendwo zwischen den Trümmern.

Rosa stand schwer atmend auf dem Steinhaufen und schaute sich um.

„Mein Elternhaus stand einmal da drüben", sagte sie und zeigte in die Richtung, in der jedoch auch nur noch zum großen Teil verrußte Trümmer zu sehen waren. „Ich weiß inzwischen, dass die Daimlingers beim Versuch ums Leben kamen, noch etwas aus ihrem Haus zu retten. Eine ehemalige Nachbarin hat es mir gestern erzählt. Sie hatten gedacht, die schwedischen Söldner würden ihnen nichts tun, weil sie doch nur arme Bauern sind, und ihnen sogar helfen mussten, die Schanzen aufzubauen. Aber da haben sie sich schwer getäuscht. Die beiden wurden erschlagen, bevor sie das Haus erreichen konnten." Rosa hatte Tränen in den Augen, und Thomas nahm sie tröstend in die Arme.

„Ihre Leichen hat man nach Ingolstadt gebracht und mit den anderen zusammen vergraben, hat die Nachbarin gesagt." Sie zeigte auf den Trümmerhaufen. „Das war einmal das Nachbarhaus von den Daimlingers. Das haben unsere eigenen Söldner in Schutt und Asche gelegt, als sie die Schweden verfolgt haben. Dessen ehemalige Bewohner scheinen alles bereits nach Brauchbarem durchwühlt und die Überreste ihres Hauses dabei einfach hier rübergeworfen zu haben." Sie drehte sich um die eigene Achse und schüttelte traurig den Kopf. „Warum nur haben unsere eigenen Leute noch so viel kaputt gemacht, nachdem die Schweden weg waren? Sie haben unsere Festungsstadt verteidigt und zerstören anschließend die Dörfer vor deren Toren? Ich verstehe das nicht!"

„Das werden wir wohl nie erfahren", antwortete Thomas. Er runzelte plötzlich die Stirn und hob eine Hand.

„Da ist noch jemand", raunte er Rosa zu und suchte mit den Augen aufmerksam das Umfeld ab. Auch Rosa hatte etwas gehört und sah sich suchend um. Aber es war nichts zu sehen.

„Vielleicht eine Katze?", fragte sie gerade, als sie erneut etwas hörten. Dieses Mal klang es jedoch eher nach einer menschlichen Stimme.

„Wenn eine das hier alles überlebt hat, ist sie bestimmt inzwischen in einem Kochtopf gelandet." Thomas zeigte auf das Daimlinger-Haus. „Das kam von dort!", sagte er. „Da ist jemand drin! Vielleicht hat es von deinen Nachbarn ja doch jemand hineingeschafft?"

„Nein, das glaube ich nicht. Der wäre sicherlich schon längst wieder herausgeklettert. Vielleicht ist da einer drin, der dem anderen Kerl helfen wollte und ohne ihn jetzt nicht mehr heraus kann?", mutmaßte Rosa und griff nach Thomas' Hand. „Sei vorsichtig!"

Noch einmal war das Rufen zu hören. Zwar sehr leise, aber jetzt deutlich als menschliche Stimme zu vernehmen.

Langsam näherte sich Thomas den Mauern des Hauses und blieb erneut lauschend stehen.

„Heda, ist jemand da drin?"

Nichts rührte sich.

„Aber da hat doch jemand gerufen!"

Rosa probierte es noch einmal.

„Hallo! Ist da jemand?"

Thomas kletterte über den Steinhaufen, der sich auf der Vorderseite und vor einem großen Teil der Seitenwand des einstöckigen Hauses auftürmte, und gelangte so zu einem der zerborstenen winzigen Fenster neben dem verschütteten Eingang.

Rosa konnte nicht verstehen, was er sagte, hörte aber, dass von innen jemand antwortete.

Thomas zog den Kopf aus der winzigen Fensteröffnung zurück und winkte Rosa zu sich her.

„Da ist tatsächlich jemand drin", sagte er. „Ein Mann, der Stimme nach. Er muss schwer verletzt sein, sonst wäre er längst irgendwie hier rausgeklettert. Vielleicht ist von deinen Nachbarn ja doch noch jemand am Leben." Er schaute sich suchend um. „Ist hier niemand, der uns helfen könnte?", fragte er.

„Ich sehe zumindest keinen. Der Plünderer ist auch verschwunden", antwortete Rosa.

„Wir müssen zusehen, dass wir ins Haus kommen und ihm helfen."

„Außer diesem Fenster sind alle anderen zugeschüttet", stellte Rosa fest. „Warte."

Sie kletterte auf Händen und Füßen über den Schuttberg und verschwand um die Hausecke. Als sie gleich darauf auf der anderen Seite wieder auftauchte, schüttelte sie nur den Kopf.

„Dann müssen wir über das Dach hinein", schlug Thomas vor. „Wie der andere Kerl das vorhatte. Gibt es da eine Treppe nach unten, weißt du das?"

„Eine Treppe sicherlich nicht, so etwas hatte keines der Häuser hier. Wir hatten alle nur Leitern, die auf den Dachboden führten, aber die helfen uns jetzt bestimmt nicht viel." Rosa zeigte auf die Rückseite des Hauses. „Da hinten habe ich ein Fenster gesehen, das nicht ganz zugeschüttet ist. Wenn wir die Steine wegräumen, können wir vielleicht ins Innere gelangen", schlug sie vor. „Es reicht ja nicht, dass wir nur hineinkommen, wir müssen den Verletzten ja möglicherweise auch heraustragen."

Die beiden kletterten auf allen vieren über die Trümmer zur Rückseite des Hauses. Dort begannen sie fieberhaft, Ziegel und Steinbrocken von dem Fenster wegzuräumen, das bis zur Hälfte unter dem Trümmerhaufen verschüttet war. Die Scheiben des Fensters waren zerborsten, und der Rahmen zersplitterte beim ersten Tritt, den Thomas ihm gab. Während Rosa noch ein paar Steine beiseiteräumte, zwängte er sich durch die Öffnung ins Innere des Hauses, sprang auf den Boden und blieb schwer atmend stehen. Er musste sich zuerst an das dämmrige Licht in dem Raum gewöhnen, bevor er sich umsehen konnte.

Die Stube war bis auf ein paar heruntergefallene Putzstücke und Teile der Raumdecke, die auf dem Boden lagen, vollkommen leer. Auf der gegenüberliegenden Seite konnte Thomas die Haustür ausmachen, die halb eingedrückt den

Trümmern davor nachgegeben hatte. Daneben war tatsächlich eine zerbrochene Leiter zu sehen, die wohl einmal auf den Dachboden führte. Auf der rechten Seite sah er zwei weitere Türen, von der die eine geschlossen, die andere halb geöffnet war.

„Siehst du jemand?", wollte Rosa wissen, die sich inzwischen zu dem Fenster vorgearbeitet hatte, durch das Thomas ins Innere des Hauses gekrochen war.

„Ist da jemand?", probierte Thomas es erneut.

„Hier!"

Thomas ging auf die beiden Türen zu. Durch die eine konnte er in die ehemalige Küche sehen, deren Einrichtung zerschlagen auf dem Boden herumlag. Selbst der Herd war zertrümmert worden, als durch das eingeschlagene Fenster Steinbrocken hereingefallen waren.

Er drückte die zweite Tür einen Spalt auf und spähte vorsichtig in den Raum dahinter. Das erste, was ihm auffiel, war der kaum auszuhaltende Gestank, der ihn fast umgeworfen hätte.

„Ich glaube, hier ist jemand!", rief er Rosa zu. „Aber geh vom Fenster weg, ich sehe sonst nichts!"

Außerdem hoffte er, dadurch ein wenig frische Luft hereinzubekommen.

Vor der Wand ihm gegenüber sah er einen Schatten liegen, der sich langsam bewegte. Thomas duckte sich erschrocken, da ihm im selben Augenblick einfiel, dass derjenige, der hier drin war, auch bewaffnet sein und auf ihn schießen könnte.

Aber er hörte nur ein leises Röcheln.

Thomas tastete sich über die Trümmer einer teilweise heruntergefallenen Stubendecke zu dem Schatten an der Wand vor.

„Ich helfe dir", sagte er und ging neben dem Mann in die Hocke, der jetzt schräg an der Wand lehnte.

„Mein Bein."

Thomas hatte sich inzwischen an das Dämmerlicht gewöhnt, das den Raum füllte, und beugte sich zu den Beinen des Mannes hinunter, der eines davon mit beiden Händen umklammert hielt.

Die Beinkleider waren auf einer Seite von schwarz schimmerndem Blut getränkt und stanken fürchterlich nach Kot und Urin. Es war ein Wunder, dass der Mann mit seiner Verletzung überlebt hatte.

Thomas drehte sich zur Tür um.

„Rosa! Wir müssen zusehen, dass wir ihn hier rauskriegen", rief er. „Ist niemand in der Nähe, der uns helfen könnte?"

„Ich kann niemand sehen", kam es zurück.

„Ich komme gleich wieder." Thomas richtete sich auf und ging zum Fenster. „Rosa, wir müssen das Fenster frei bekommen. Der Mann muss hier raus." Er dachte einen Augenblick nach. „Darum kümmere ich mich. Lauf du zurück in die Stadt und hol Hilfe, falls du hier niemanden findest. Und bring auf jeden Fall das Zeug mit, das du mir auf meine Wunde am Arm geschüttet hast. Du weißt schon, das so furchtbar brennt."

Er hörte, wie Rosa sich entfernte, und ging zu dem Mann zurück, der heftig atmend an der Wand lehnte.

„Kannst du aufstehen?", fragte er ihn.

„Wenn ich gestützt werde, geht es vielleicht. Aber hast du etwas zu trinken für mich? Ich habe fürchterlichen Durst."

Thomas schüttelte bedauernd den Kopf.

„Nein. Aber ich sehe mich draußen um, ob ich Wasser für dich auftreiben kann. Wie lange bist du denn schon hier drin?"

„Seit kurz nach dem Abzug.“

„Seit dem Abzug der Schweden?“

„Ja.“

Thomas starrte den Mann entsetzt an, dessen Gesicht er im Halbdunkel kaum erkennen konnte.

Er bekam keine Antwort mehr. Der Mann war förmlich in sich zusammengesackt.

Thomas kroch durch das Fenster zurück nach draußen und schaute sich suchend um. Irgendwo zwischen den Trümmern musste sich doch etwas finden lassen, in dem sich Wasser gesammelt hatte. Geregnet hatte es in den vergangenen Tagen immer wieder genug. Zwischen ein paar zerbrochenen Dachziegeln fand er schließlich den Rest eines zerborstenen Rohres, mit dem er aus einer Pfütze ein wenig Wasser schöpfte. Aber er hatte es keine zwei Schritte weit getragen, da war es auch schon wieder herausgelaufen. Er musste den Mann aus dem Haus holen, anders ging es nicht.

Thomas fand ihn zusammengesunken an der Wand, wie er ihn verlassen hatte. Er schob ihm beide Arme unter die Schultern, und begann, ihn aus der Kammer in den größeren Raum davor zu ziehen. Offenbar war er bewusstlos, denn er hörte ihn atmen, aber sonst keinen Ton mehr. Vorsichtig legte er den Mann vor dem Fenster ab und holte zuerst einmal tief Luft.

Dann beugte er sich zu dem Verletzten hinunter und sah zum ersten Mal dessen Gesicht. Es war schmutzstarrend und eingefallen, die Augen waren geschlossen, der Mund halb geöffnet. Thomas erschrak darüber, wie viel Elend es ausstrahlte. Er ging neben dem Mann in die Hocke und besah sich das verletzte Bein.

Im selben Augenblick hörte er Stimmen von draußen. Eine davon gehörte Rosa.

„Ich habe den Josef auf halbem Weg getroffen“, rief sie ihm zu. „Du weißt schon, bei dem du lesen …“

„Ich weiß, ja. Kommt und helft mir, der Mann wurde angeschossen und hat gerade das Bewusstsein verloren. Zum Glück ist es nur ein Streifschuss. Aber die Wunde muss schnellstens versorgt werden, bevor es noch zum Wundbrand kommt.“

Zuerst kletterte Josef durch das Fenster, Rosa folgte ihm.

„Den Selbergebrannten habe ich jetzt nicht mitgebracht, bin gar nicht bis in die Stadt gekommen. Ich dachte, es wäre wichtiger, ihn erst einmal hier rauszubringen.“

„Sieht schlimm aus, soweit ich sehen kann. Hoffentlich ist die Entzündung noch nicht so weit fortgeschritten, dass wir das Bein amputieren müssen oder er am Wundbrand stirbt“, stellte Josef fest, nachdem er sich die Wunde im Halbdunkel angeschaut hatte. „Wir müssen ihn wirklich schnell in die Stadt bringen. Genug Blut hat er auf jeden Fall schon verloren. Und wenn er schon länger nichts mehr zu essen und zu trinken bekommen hat, steht es schlecht für ihn.“

„Kannst du nichts für ihn tun?“, fragte Rosa hoffnungsvoll. „Immerhin studierst du doch Medizin.“

„Nicht ohne Verbandszeug“, antwortete Josef. „Und nicht ohne medizinische Instrumente, falls sein Bein abgenommen werden muss. Aber so etwas habe ich nicht. Ich bin kein Arzt, ich bin Student!“

Rosa schaute Thomas stirnrunzelnd an, der wie erstarrt dasaß. „Was ist? Er lebt doch noch, oder?“

Thomas berührte das Gesicht des Mannes vorsichtig mit einem Finger.

„Ja", sagte er nur und räumte dann schweigend zusammen mit Josef weitere Steine vom Fenster weg. Es war Schwerstarbeit, zumindest so viele Trümmer beiseitezuschaffen, dass es möglich war, den Mann hinauszubringen. Immer mehr Licht fiel in den Raum, und die drei Helfer standen schließlich fassungslos vor dem Häufchen Elend, das vor ihnen auf dem Boden lag. Schweiß stand auf der Stirn des Mannes, der noch immer nicht zu Bewusstsein gekommen war.

Josef hatte in der ehemaligen Küche des Hauses einen angeschlagenen Becher gefunden und mit Wasser aus einer Pfütze gefüllt.

Sie richteten den Verletzten ein wenig auf, und als er kurz die Augen aufschlug, hielt Rosa ihm das Gefäß an den Mund. Vorsichtig nippte er zuerst daran, bevor er gierig zu trinken beginnen wollte.

„Langsam, langsam!", ermahnte ihn Rosa. „Es ist genügend da."

Sie schaute zu Thomas hinüber, der mit verschränkten Armen dastand und den Mann unverwandt anschaute.

„Was ist denn?", wollte sie wissen.

„Ich kenne ihn", antwortete Thomas und schüttelte langsam den Kopf. „Es ist beinahe unmöglich. Aber ich kenne ihn."

Rosas Blick wanderte ein paar Mal vom Gesicht des Verletzten zu Thomas und wieder zurück. Sie reichte Josef wortlos das Trinkgefäß und gab ihm einen Wink, noch einmal Wasser zu holen.

„Du kennst ihn?", fragte sie Thomas, während sich Josef durch das Fenster auf den Weg nach draußen machte.

Thomas ging neben dem Verletzten in die Hocke. Der musterte ihn jetzt ebenfalls aufmerksam. Seine Lebensgeister schienen zurückzukehren, denn plötzlich huschte ein schmales Lächeln über seine eingefallenen Gesichtszüge.

„Wenn das nicht unser Fahnenflüchter ist“, ließ er sich krächzend vernehmen.

„Heiner.“ Thomas plumpste förmlich auf sein Hinterteil und schaute fassungslos von dem Mann zu Rosa. „Söldner in Diensten König Gustav Adolfs von Schweden“, stellte er seinen ehemaligen Kameraden vor.

„Heiner? Schweden?“ Rosa verstand überhaupt nichts. „Wie kommt ein schwedischer Söldner in dieses Haus? Und woher kennst du ihn?“

„Ich denke, wir bringen ihn zuerst einmal raus, dann kann er uns das alles in Ruhe erzählen.“

„Meine Pistole“, bat Heiner matt und zeigte nach hinten. Rosa stand auf und ging in den Raum, in dem Thomas den Verletzten gefunden hatte. Gleich darauf kam sie mit einer Pistole zurück und überreichte sie dem Mann, den Thomas Heiner genannt hatte. Der prüfte seine Waffe und wollte sie kraftlos in seinen Gürtel stecken, was ihm aber nicht gelang. Also behielt er sie in der Hand.

Mit vereinten Kräften gelang es den dreien, Heiner durch das Fenster aus dem Haus zu bringen und draußen auf einem freigeräumten Mauerstück abzusetzen.

Josef bot sich an, in die Stadt zu laufen und eine Karre zu holen, auf der sie ihn wegbringen konnten. Der Söldner war viel zu schwach, als dass er es zu Fuß bis zu einem Arzt schaffen würde. Seine Hose sah zwar schlimm aus und stank nach wie vor fürchterlich, über der Wunde hatte sich jedoch bereits Schorf gebildet. Es bestand also durchaus Hoffnung, dass das Bein nicht amputiert werden musste. Aber darum wollte Josef sich nicht und schon gar nicht hier kümmern.

„Ich weiß von meinem Professor, dass oftmals schwer Verletzte in einen Zustand fallen, der wohl die Ursache dafür ist, weshalb …“

„Lauf und halt keinen Vortrag über Medizin!“, bat Rose flehentlich. „Wenn ihm nicht schnell geholfen wird, stirbt er vielleicht!“

Thomas schaute seinen ehemaligen Kameraden fassungslos an.

„Du lebst“, brachte er schließlich mühsam hervor.

„Gerade noch“, bestätigte ihm der mit schwacher Stimme. „Du hast die Nachricht des Herrn Oberst also rechtzeitig in die Stadt gebracht.“

„Das ist jetzt aber nicht …“

Rose unterbrach ihn.

„Lass.“

„Da wusste man aber schon Bescheid.“ Thomas räusperte sich kurz. „Ich habe befürchtet, dass man herausbekommen hat, wer den Plan des Schwedenkönigs verraten haben könnte.“ Da ihn sein ehemaliger Gefährte nur unverwandt anschaute, fuhr er fort: „Ich habe gesehen, dass der König auf dem Ross unseres ehemaligen Hauptmanns saß und die Lage auskundschaften wollte. Da dachte ich, dass er das Pferd sicherlich nicht freiwillig hergegeben haben kann, und …“

Heiner hatte Thomas stirnrunzelnd zugehört.

„Er würde sein Pferd niemandem geben, das weißt du“, stimmte er ihm leise zu. „Auch keinem König.“

„War das denn nicht sein Pferd?“

Heiner hob die Hand, in der er seine Pistole hielt, und Thomas fuhr erschrocken zurück.

„Heiner?“

Im selben Augenblick hörte er, wie jemand sich ihnen über die Trümmerhaufen näherte. Thomas drehte sich um und sah einen Mann, der mitten auf den Überresten des ehemaligen Nachbarhauses stand, kurz innehielt und ihn mit offenem Mund anstarrte.

„Der Teufel soll mich holen, wenn das nicht der verfluchte Stinkstiefel ist, den ich seit Jahren suche!"

Thomas konnte nicht glauben, was er sah. Er warf einen schnellen Blick auf Heiner, der seine schwere Pistole kraftlos sinken ließ, dann wieder zurück zu der Gestalt auf dem Trümmerhaufen.

Oswald.

„Du verfluchter Mistkerl, hab ich dich endlich gefunden!" Er zog seine Pistole aus dem Gürtel und zielte in Thomas' Richtung. „Dieses Mal entkommst du mir nicht." Oswald lachte höhnisch. „Hast geglaubt, du kannst dem Teufel ein Schnippchen schlagen, was? Aber der findet dich überall. Und jetzt gehörst du ihm!"

Dann ging alles so schnell, dass Thomas hinterher nicht zu sagen wusste, was genau geschehen war. Bevor er sich aus seiner Schreckensstarre lösen konnte, fielen nacheinander zwei Schüsse. Etwas traf ihn hart am Arm, beinahe gleichzeitig fiel Rosa an seine Brust, und da er auf dem unebenen Untergrund keinen festen Stand hatte, riss sie ihn mit sich zu Boden.

„Rosa!", schrie er verzweifelt.

„Du tust mir weh!", hörte er sie protestieren.

Überrascht drehte er sich etwas zur Seite, um sie besser sehen zu können. Sie war nicht getroffen? Herr im Himmel sei Dank!

Oswald musste mit geladener Pistole hier herumgelaufen

sein, anders war das überhaupt nicht möglich, ging ihm durch den Kopf. Aber warum?

„Der andere ist tot", hörte er Rosa neben sich sagen, die sich am ganzen Körper zitternd aufgerichtet hatte und dorthin zeigte, wo noch vor wenigen Sekunden der ehemalige Trossführer gestanden hatte. Jetzt lag er bäuchlings mitten auf dem Trümmerhaufen. Gehirnmasse und Knochensplitter lagen dort verteilt, wo einmal sein Kopf gewesen war, Blut sickerte in den Schmutz.

„Du bist auch getroffen!", stellte sie dann fest und zeigte auf einen roten Fleck, der sich auf Thomas' Ärmel zeigte und immer größer wurde. „Schon wieder."

Erst jetzt nahm er den Schmerz so richtig wahr, von dem er gedacht hatte, er käme davon, dass er unglücklich gestürzt war. Hatte der ehemalige Trossführer auf ihn geschossen? Oder Heiner?

Sein Blick glitt zu Heiner hinüber, der inzwischen wie leblos an der Mauer lehnte. Er konnte es nicht gewesen sein. Thomas hastete auf allen vieren zu seinem ehemaligen Kameraden.

„Bist du auch verletzt?"

Heiner schüttelte matt den Kopf und hob schweigend die rechte Hand, in der er seine Pistole hielt.

„Ich nehme an, du hast mit ihm gerechnet", stellte Thomas fest. „Die war geladen."

„Die nicht, aber die von dem Kerl da ganz offensichtlich", mischte sich Josef ein, der bislang schreckensstarr neben der Hauswand gestanden hatte. „Der hat auf dich geschossen!" Er zeigte dabei zuerst auf den Toten und dann auf den immer größer werdenden Blutfleck auf Thomas' Ärmel.

„Ist nur ein Streifschuss."

„Der Tote war ganz offensichtlich zu deinem Glück ein schlechter Schütze", stellte Josef fest, der sich langsam aus seiner Erstarrung löste. „Da haben wir in Ingolstadt bessere, nicht wahr?"

„Habt ihr", stimmte Heiner ihm mit matter Stimme zu. „Habt ihr."

„Was machen wir mit ihm?", wollte Rosa wissen und zeigte auf den toten Trossführer. „Wir können ihn doch nicht hier liegen lassen! Man wird schnell feststellen, dass er nicht während der Belagerung erschossen wurde."

Thomas schüttelte verwirrt den Kopf.

„Ja sagt mal, fragt sich von euch keiner, wer den Kerl jetzt erschossen hat? Es sind zwei Schüsse gefallen!", sagte er. „Wer hat noch geschossen, wenn nicht mein alter Kamerad hier?"

„Der kann es tatsächlich nicht gewesen sein", ließ sich Josef noch einmal verlauten, der sich den Toten inzwischen genauer angesehen hatte. „Der Schuss kam von hinten. Da drüben steht jemand."

Er zeigte zum Rand des kleinen Wäldchens hinüber, zwischen dessen verbrannten Baumstämmen ein Mann zu sehen war.

„Der Martl", hörte man Heiner matt flüstern.

„Der Martl? Welcher Martl?", wollte Josef wissen und kniff die Augen zusammen, um den Mann im Wäldchen besser sehen zu können.

Thomas stand wie angewurzelt. Auch er hatte inzwischen den Mann entdeckt, der zwischen den Baumstümpfen stand und reglos zu ihnen herübersah.

„Bringt den hier in die Stadt und versorgt seine Wunde", sagte er und zeigte auf den Verletzten. „Ich komme gleich nach."

Bevor die anderen etwas sagen konnten, stolperte er über die Trümmerhaufen zu dem Mann hinüber, der sich immer noch nicht rührte.

„Sei um Gottes Willen vorsichtig!“, rief Rosa ihm nach, aber Thomas winkte nur ab.

Der Martl war kaum wiederzuerkennen. Sein Schädel war inzwischen gänzlich kahl, sein ehemals so üppiger Bart dünn geworden. Was noch deutlich an den Mann erinnerte, den Thomas vor Jahren in Aychstätt kennengelernt hatte, waren die strahlend blauen Augen, mit denen er ihm abwartend entgegensah.

„Potzdonnerwetter.“ Der Martl rührte sich plötzlich und kam langsam auf Thomas zu. „Unser Fahnenflüchtling.“

„Dir geb ich gleich Fahnenflüchtling, pass auf, du!“

Thomas blieb schwer atmend vor dem alten Freund stehen.

„Was zum Teufel macht ihr beide denn hier?“

„Wir drei“, korrigierte der Martl ihn und zeigte dorthin, wo der Tote lag.

„Du hast Oswald erschossen“, stellte Thomas nüchtern fest. „Das habe ich verstanden. Aber den Rest musst du mir noch erklären.“ Er zeigte mit dem Daumen über die Schulter dahin zurück, wo Rosa und der Studiosus sich gerade daranmachten, den verletzten Heiner auf ein paar schnell zusammengebundene Bretter zu legen.

Der Martl ließ sich erschöpft auf den Boden sinken und Thomas setzte sich neben ihn in das verbrannte Gras.

„Lange Geschichte. Jetzt bin ich erst einmal froh, den Heiner gefunden zu haben.“ Er grinste Thomas schief an. „Du bist eine überraschende Dreingabe.“

„Wir müssen von hier weg“, befand Thomas nach einer

Zeit und stand auf. „Da drüben liegt ein Toter, und wir tun gut daran, nicht damit in Verbindung gebracht zu werden."

„Da drüben ist ein Bach, da werfen wir den Saukerl hinein", beschloss der Martl nach kurzem Überlegen. „Sollen sich die Fische um ihn kümmern, die haben bestimmt auch Hunger." Er wusste so gut wie Thomas, dass der Tote Fragen aufwerfen würde, die keiner von ihnen wirklich beantworten wollte. Für einen Mörder stand auch in diesen Zeiten der Galgen bereit. „Dann helfe ich euch, den Heiner in die Stadt zu bringen."

In der Stadt angekommen, kümmerte sich Rosa zusammen mit Josef um den verletzten Heiner, der unterwegs immer wieder das Bewusstsein verloren hatte. Professor Menzel war nicht sonderlich begeistert davon, dass das alles in seinem Haus stattfinden sollte, ließ sich dann aber sogar dazu überreden, von seinem Selbstgebrannten herauszurücken.

„Wehe, irgendjemand erzählt den Ärzten etwas davon! Den bete ich in die Hölle!", mahnte er. „Das Wässerchen ist nicht dafür gedacht, ständig auf die Wunden von Leuten geschüttet zu werden, die zu blöde sind, auf sich aufzupassen. Das ist Arzeney für meinen Magen, verstanden?"

Als die beiden mit ihrer Arbeit fertig waren, verließ Josef das Haus. Er hatte sein Ehrenwort gegeben, nichts weiter zu dem Vorfall zu verraten, der über das Auffinden eines verletzten Söldners hinausging. Das mit dem Selbstgebrannten würde er ohnehin für sich behalten. Er wollte schließlich nicht ausgelacht werden.

Rosa kümmerte sich noch um Thomas' verletzten Arm. Seine Verwundung war jedoch tatsächlich nur ein Kratzer, der inzwischen schon nicht mehr blutete.

„Jetzt wüsste ich wirklich gerne mehr darüber, was ihr hier zu tun hattet“, beharrte Thomas darauf, von den beiden ehemaligen Kameraden mehr zu erfahren. Auch der Professor hatte sich zu ihnen gesetzt und wartete mit auf der Tischplatte gefalteten Händen darauf, was der Martl zu erzählen hatte.

„Nachdem wir das Lager über Aychstätt geräumt haben, sind wir auf Befehl des Kurfürsten in den Norden gezogen. Wir sollten uns einem der Heere Tillys anschließen.“

Rosa kam dazu und stellte vor jeden von ihnen einen Becher mit heißem Gewürzwein. Der Professor zog die Augenbrauen hoch.

„Es ist kein Messwein.“ Rosa schürzte die Lippen.

„Ich muss mir wohl ein besseres Versteck für solcherlei Kostbarkeiten suchen, bevor alles weg ist“, brummte Menzel und hob dann schmunzelnd seinen Becher. „Zum Wohle!“

„Er schläft“, sagte Rosa, nachdem jeder einen Schluck aus seinem Becher genommen hatte. Sie deutete zur Wohnstube hinüber, in der sie Heiner auf ein behelfsmäßiges Lager gebettet hatten.

„Weiter?“, beharrte Thomas darauf, dass der Martl mit seiner Erzählung fortfuhr.

„Wir sind mehrmals in üble Gefechte geraten, aber immer mit heiler Haut davongekommen. Auch waren unsere Angriffe stets erfolgreich, solange wir es nur mit den protestantischen Heeren Mansfelds und des dänischen Königs zu tun hatten. Aber dann kamen die Schweden. Die waren zu allem bereit und haben alles getan, um uns und die Leute in den Dörfern und Städten das Fürchten zu lehren.“

Er hielt einen Augenblick inne und trank einen Schluck

aus seinem Becher. Die anderen drei saßen gespannt da und warteten, bis er weiterredete.

„Die haben uns ganz schön zugesetzt, das könnt ihr mir glauben."

Er erzählte von Städten, die inzwischen auch in Baiern für ihr Schicksal bekannt waren, von unvorstellbaren Gräueltaten auf beiden Seiten, von verlorenen Schlachten und dem Verlust vieler Menschenleben.

„Wir standen immer unter dem Befehl Hauptmann Leonharts, der Truppe und Tross fest im Griff hatte." Der Martl warf Thomas einen bedeutungsvollen Blick zu. „Der Trossführer ist mitgezogen und hat so gut es ging darauf geachtet, dass seine Leute nicht an Hunger und Krankheiten verreckt sind wie die Fliegen, aber wir haben ihn nie wirklich zu Gesicht bekommen. Der hatte immer irgendwo irgendetwas zu tun, von dem wir besser nichts wissen sollten, und wir hatten anderes zu tun, als auf ihn zu achten. Der Tross hatte sich ohnehin mit dem der anderen Truppen vermischt, mit denen wir gezogen sind, da hat man kaum noch jemanden zu sehen bekommen, den man von früher kannte." Er hielt kurz inne. „Auch den Söldnern ging es einigermaßen gut, wenn man von den Verlusten absieht, die durch diverse Gefechte zu beklagen waren. Es haben sich auch immer wieder neue Männer bei uns eingefunden, deren Truppen aufgerieben worden sind." Er machte erneut eine Pause und starrte dabei in seinen Becher. „Bis uns der Schwede so nahe kam, dass wir ihm nicht mehr ausweichen konnten. Viele unserer Männer sind gefallen, die Leute aus dem Tross sind in alle Richtungen geflohen. Mitten in diesem Wahnsinn ist dem Trossführer nichts Besseres eingefallen, als eines Nachts den Falben des Hauptmanns wegzubringen und an einen Schlächter zu verkaufen, der ihm einen wahren Judaslohn dafür bezahlt hat. Da haben wir zum ersten Mal wieder von ihm gehört." Er deutete auf die Wohnstube, in der er Heiner wusste. „Heiner hat es als Erster entdeckt, von einem der Männer die Wahrheit erfahren und dem Hauptmann gemeldet." Der Martl schüttelte müde den Kopf. „Heiner hat den Oswald herschaffen lassen und ihn windelweich geprügelt, so etwas habe ich in der ganzen Zeit nicht erlebt, die ich mit ihm unterwegs gewesen bin. Dann hat er ihn aus dem Lager gewiesen und angedroht, ihn zu erschießen, sollte er ihm jemals wieder über den Weg laufen."

„Und der Hauptmann?", wollte Thomas wissen, der atemlos zugehört hatte.

„Der war außer sich vor Wut, konnte aber nichts weiter unternehmen, weil an dem Tag General Waldstein in unser reichlich dezimiertes Lager kam und weitere Vorgehensweisen mit ihm besprechen wollte."

Der Professor, der bislang nur schweigend zugehört hatte, ließ einen tiefen Seufzer hören.

„Die Leute hungern. Da ist ein Pferd etwas, das ein Dorf eine Woche lang ernährt. Nicht alle wollen immer nur Gemüsesuppe essen, obwohl die auch Leib und Leben erhalten kann", sagte er und schenkte Rosa einen bedeutungsvollen Blick. Die zuckte ergeben die Achseln, freute sich aber sichtlich über das Kompliment des Professors.

Thomas, der den Schmerz über den Verlust des Pferdes sehr gut verstehen konnte, sagte: „Dieses Pferd war einzigartig. So ein Tier habt Ihr noch nie gesehen, Herr Professor! Es war der ganze Stolz unseres Hauptmanns, und seinen militärischen Erfolg hat er in Teilen bestimmt auch diesem wundervollen Ross zu verdanken."

„Wir wurden, kurz nachdem Waldstein mit seinen Männern abgerückt war, von den Schweden förmlich überrannt, und unser Hauptmann hat beschlossen, die Seiten zu wechseln. Das ging gerade noch einmal gut, sonst hätte keiner von uns überlebt. Leonhart wusste, wie mit dem Offizier umzugehen war, der das feindliche Heer befehligte. Er hat den meisten von uns damit den Arsch gerettet."

Gustav Horn, so hieß jener General, erkannte sehr schnell die Fähigkeiten des Hauptmanns, und ernannte ihn kurzerhand zum Oberst. Das gab ihm die Möglichkeit, sich mit eigenen Strategien in die geplanten Kampfhandlungen einzubringen, die sehr erfolgreich verliefen, erzählte der Martl nicht ohne Stolz weiter.

„Er hat auch ein anderes Pferd bekommen", schloss er diesen Teil des Erlebten ab, bevor er seinen Würzwein vollends austrank. Rosa hatte inzwischen einen Kanten Brot aufgetrieben und an die Männer verteilt und war jetzt dabei, eine Suppe zuzubereiten. Der Duft nach gekochten Gemüseresten breitete sich in der Küche aus, und ließ die hungrigen Männer schnuppernd die Nasen heben. Ihre knurrenden Mägen waren ohnehin kaum zu überhören.

„Wir sind zunächst mit General Horn gezogen, haben auch an der Schlacht bei Breitenfeld teilgenommen, von der ihr vermutlich gehört habt, und sind dann auf das Heer des Schwedenkönigs gestoßen, den wir bislang nie gesehen hatten", fuhr der Martl fort, während die Männer Rosa bei der Arbeit zusahen. Viel hatte sie wahrhaftig nicht, was sie in ihre Suppe schneiden konnte. Der Haushalt war ja nicht auf so viele Esser eingestellt, und selbst für einen Mann wie Pfarrer Menzel waren Lebensmittel in diesen Zeiten schwer aufzutreiben.

Der nickte anerkennend, als Rosa die Schüssel mit der dünnen Suppe auf den Tisch stellte und die Männer mit einem Wink zum Essen aufforderte. Die ließen sich nicht zweimal bitten, zogen ihre Löffel aus dem Wams und stürzten sich förmlich auf die Brühe.

„Unterwegs ist unserem Hauptmann ein verlassenes Anwesen aufgefallen, das er genauer in Augenschein nehmen wollte", fuhr der Martl fort, nachdem der Professor den letzten Tropfen aus der Schüssel geschlürft hatte. „Wir haben im aufgeweichten Boden die Spuren unzähliger Hufe gesehen, die in den angrenzenden Wald führten. Was wir dort gefunden haben, hat nicht nur sein Herz höher schlagen lassen, wir alle haben laut geschrien vor Überraschung. Den Brandzeichen der Pferde zufolge, die sich zwischen die Bäume geflüchtet hatten, stammten sie von dem Gestüt, aus dem wir damals die Falben für den bairischen Kurfürsten geholt haben."

Der Martl zeigte zuerst auf Thomas, dann deutete er mit den Händen an, wie das Brandzeichen ausgesehen hatte.

„Die haben ja ganze Herden in Sicherheit gebracht, wie wir damals erfahren haben", steuerte Thomas zu dem bei, was der Martl erzählte. „Das war dann wohl so ein Versteck!"

„Ja. Aber das Gehöft war verlassen, niemand passte mehr auf die Tiere auf, die auch entsprechend ausgesehen haben. Der Oberst hat befohlen, sich um sie zu kümmern." Er schenkte Thomas sein unverwechselbares schiefes Grinsen. „Du erinnerst dich sicher an den unverkäuflichen Schimmel in Marbach? Den hat sich unser Herr Oberst ausgesucht. Der Hengst war so ausgemergelt, dass es nicht sehr schwierig war, ihn einzufangen, aufzupäppeln und schließlich zu reiten.

Hat zwar ein wenig gedauert, aber Leonhart hat dafür eine gute Hand, wie wir wissen."

Dann hatte er sich also doch nicht getäuscht! Das wundervolle Ross, das er in jenem Dorf bei Rain am Lech gesehen hatte, war der Hengst aus dem Gestüt. Eines Königs würdig …

„Aber wieso hat ihn der Schwedenkönig geritten, als er vor Ingolstadt stand, und wie kommt Heiner in jenes Haus, und du …"

„Langsam mit den scheuen Pferden", unterbrach der Martl ihn. „Nachdem wir dich gefunden und nach Ingolstadt auf den Weg geschickt hatten, haben wir noch einen halben Tag gewartet und sind dann auch weitergezogen. Unserem Oberst war klar, dass General Tilly bereits von den Plänen des Schwedenkönigs wusste, aber er wollte ganz sicher sein, dass die Botschaft auch wirklich ankam …" Er legte Thomas eine Hand auf den Arm, der ihn unterbrechen wollte. „… und dass du unverzüglich aus unserem Lager verschwindest. Du hättest den nächsten Tag nicht überlebt, wenn die anderen dich entdeckt hätten." Er lachte, als er das entsetzte Gesicht seines alten Freundes sah. „Wir haben dich heimlich in das Haus gebracht und deine Wunde versorgt, nachdem der Heiner dich erkannt hatte, mein Freund. Den Rest kennst du."

„Nein, nicht ganz. Welches Interesse hatte denn der – der Oberst daran, Ingolstadt zu warnen?"

Der Martl zuckte bedauernd die Schultern.

„Das haben wir ihn nicht gefragt. Er hatte immer schon seinen eigenen Kopf, da war es besser, einfach zu tun, was er befohlen hat."

„Das war Verrat, verdammt. Das hätte übel für ihn ausgehen können!"

„War es. Aber bislang hat niemand etwas davon erfahren, und Ingolstadt war vorbereitet." Der Martl schaute von einem zum anderen. „Und das soll auch so bleiben. Alles."

Thomas kaute nachdenklich an seiner Lippe. Dann fiel ihm noch etwas ein: „Ich weiß immer noch nicht, warum er …", Thomas zeigte auf die Wohnstube. „Warum er tagelang verletzt in diesem Haus lag, und weshalb plötzlich der Trossführer dastand, und warum dann du dort aufgetaucht bist!"

Der Martl seufzte abgrundtief.

„Du willst es ganz genau wissen, was? Also gut: Heiner und der Trossführer waren sich seit der Geschichte mit dem verkauften Falben nicht mehr begegnet. Als wir vor Ingolstadt lagen, stand der Kerl plötzlich wieder da. Leonhart hat ihn Gott sei Dank nicht gesehen, der war zusammen mit den anderen Offizieren an der Front, und Oswald hat sich aus gutem Grund auch vor ihm verborgen gehalten. Aber Heiner und ich haben ihn gesehen. Es stand nach dem Abzug aus Ingolstadt im Raum, dass wir nach München ziehen, und da meinte unser Freund da drin, das wäre doch eine wundervolle Möglichkeit für den ehemaligen Trossführer, seine Mutter zu besuchen. Er hatte nichts Besseres zu tun, als überall herumzuposaunen, was er über ihn und seine Mutter wusste." Er schaute Thomas an, der ihm fassungslos zuhörte. „Du weißt noch?"

Thomas nickte nur. Er konnte kaum glauben, was der Martl da alles erzählte.

„Ich bin mit einem Teil der Truppe und Oberst Seitz vom Walde Richtung Dinkelsbühl gezogen, das ein gewisser Obrist Claus von Sperreuth besetzt hatte." Der Martl schnalzte mit der Zunge. „Ich weiß nicht, ob ihr davon gehört habt?"

Kopfschütteln.

„Da ist etwas passiert, das mich sehr berührt hat. Die Kinder der Stadt sind dem Obristen entgegengezogen und haben darum gebeten, die Stadt und Bewohner zu verschonen." Er schaute abwartend in die Runde, die jedoch immer noch beinahe atemlos dasaß und ihm zuhörte. „Die Stadt wurde tatsächlich verschont, aber da hatte sich mein Trupp bereits wieder auf den Weg nach München gemacht. Unterwegs habe ich erfahren, dass Heiner nach einem fürchterlichen Streit mit Oswald nicht mehr gesehen wurde, und bin nach Absprache mit unserem Obristen sofort aufgebrochen, um ihn zu suchen. Zuletzt hatte ich ihn ja im Lager vor Ingolstadt gesehen, dort wollte ich anfangen. Irgendwann habe ich Oswald zwischen den Trümmern dieses zerstörten Dorfes herumschleichen sehen und konnte gerade noch verhindern, dass er Heiner erschießt. Den Rest wisst ihr ja. Der Oswald war nicht mehr offiziell in unserer Truppe oder im Tross, lief irgendwie immer so mit. Was er dabei alles getrieben hat, weiß vermutlich im wahrsten Sinne des Wortes nur der Teufel." Der Martl warf einen schnellen Blick zu Moritzpfarrer Menzel hinüber, der jedoch nur die Achseln zuckte. „Wie der Heiner in das Haus geraten ist, kann ich nur vermuten. Da müsst ihr ihn schon selber fragen."

Thomas hatte sich das Ende der Geschichte mit geschlossenen Augen angehört. Jetzt öffnete er sie wieder und schüttelte ungläubig den Kopf.

„Dann hat Leonhart gar nicht mitbekommen, dass der ehemalige Trossführer wieder unter seinen Männern war?", fragte er.

„Nein. Der Falbe war unserem Herrn Oberst direkt heilig, wie du sicher noch weißt. Ich könnte mir vorstellen, dass

Oswald ein Zusammentreffen mit Leonhart nicht überlebt hätte.“ Der Martl zog bedauernd die Schultern hoch, als er die hochgezogenen Augenbrauen Menzels sah. „Was jetzt auch nicht so schlimm gewesen wäre.“

„Dann hätten wir uns vermutlich nicht mehr wiedergesehen.“ Thomas zog ebenfalls die Schultern hoch. „Was allerdings bedeutend schlimmer gewesen wäre.“

Der Martl stimmte ihm mit einem dunklen Lachen zu.

„Dreist, dass sich der Kerl nach allem, was er getan hat, in die Nähe des Oberst gewagt hat“, ließ sich der Professor verlauten, der schweigend zugehört hatte.

„Ich habe in den vergangenen Jahren so oft Dinge erlebt, die kaum zu glauben sind“, antwortete der Martl. „Diese Geschichte gehört dazu.“

Etwas brannte Thomas noch auf der Seele, was er jetzt loswerden wollte.

„Eine Frage hast du nicht beantwortet, mein Lieber: Das Ross, das der Schwedenkönig geritten hat, ist also nicht dieser Hengst …“

„Habe ich doch. Aber du hast mir offenbar nicht richtig zugehört.“

Während Heiner über Nacht im Haus des Pfarrers bleiben konnte, nahm Rosa die beiden anderen Männer mit in das Quartier, in dem sie bislang gewohnt hatte. Etliche der Schanzenarbeiter, die vor der Belagerung der Stadt durch die Schweden ebenfalls in dem Haus Quartier bezogen hatten, waren inzwischen nicht mehr da und hatten somit denen Platz gemacht, die eine Bleibe suchten.

Am nächsten Tag fühlte sich Heiner schon deutlich besser. Rosa hatte tatsächlich etwas Ziegenmilch auftreiben können, aus der sie mit einem ordentlichen Schuss Wasser und einer Handvoll Mehl einen Brei für ihn zubereitet hatte. Offenbar half der dem geschwächten Mann wieder einigermaßen auf die Beine. Als er Thomas zusammen mit dem Martl in die Küche kommen sah, strahlte er übers ganze Gesicht. Er war zwar immer noch recht schwach und wirkte auch sonst ziemlich zittrig, aber Josef, der bereits in aller Herrgottsfrühe nach seinem Patienten geschaut hatte, war sehr zufrieden mit dessen Zustand.

„Ich habe mein Bündel gepackt", sagte er, nachdem er Rosa gezeigt hatte, was weiter zu tun war, um dem Verletzten zu helfen. „Ich gehe nach Hause zurück. Ein Freund hat mir erzählt, dass es den Meinen gut geht, dass sie sich aber Sorgen um mich machen. Außerdem haben sie kein Geld mehr, um mein Studium weiter zu finanzieren." Er hob bedauernd die Schultern. „Was ich hier gelernt habe, reicht, um Menschen zumindest ein wenig helfen zu können. Wo ich herkomme, sind sie so arm, dass sie sich keinen studierten Doktor leisten können, da reicht einer wie ich."

„Vielen Dank dafür, dass du unserem Freund hier geholfen hast."

Jetzt ließ Josef ein leises Lachen hören.

„Der mit dem abgebrochenen Studium und das Teufelszeug, das Rosa beigesteuert hat, wolltet ihr sagen." Er schaute ihr tief in die Augen. „Lass dich nicht dabei erwischen, dass du den studierten Ärzten damit ins Handwerk pfuschst. Die mögen so etwas nicht, und sind gerne bereit, Weiberleuten wie dir gar schlimme Dinge nachzusagen."

Der Professor mischte sich ein.

„Da magst du wohl recht haben, Josef. Aber noch einmal:

Diese Medizin ist für meinen Magen gedacht, nicht zum Waschen dreckiger Arme und Beine! Ich werde ab sofort sehr gut aufpassen, dass das Teufelszeug dort landet, wo es hingehört, glaub mir."

„Jaja, ich habe schon verstanden", winkte Josef lachend ab. „Medizin."

„Leider können wir dich für deine Hilfe nicht bezahlen, damit du dein Studium damit weiter finanzieren könntest", warf Heiner ein. Bevor er weitersprechen konnte, unterbrach Josef ihn.

„Es ist gut so. Vielleicht war es meine Aufgabe hier, dir zu helfen. Jetzt warten andere Aufgaben auf mich. Die will ich nicht versäumen."

„Schade ist allerdings auch, dass ich jetzt nicht mehr lesen und schreiben lernen werde", fand Thomas und gab ihm einen freundschaftlichen Klaps auf die Schulter.

Unter dem Gelächter aller zwinkerte Josef ihm zu und verließ dann das Haus.

„Vielleicht kann ich dir dabei helfen", sagte Heiner. „Ich habe genug Zeit dazu, bis ich wieder ganz hergestellt bin."

Heiner erzählte ihnen schließlich, dass der ehemalige Trossführer es war, der während einer ihrer Streitereien auf ihn geschossen und ihn einfach liegen gelassen habe. Das fiel im ganzen Getümmel ihres Aufbruchs nicht weiter auf, weil bereits die Verfolger des Schwedenheeres auftauchten und das Zerstörungswerk der feindlichen Söldner fortsetzten. Heiner flüchtete schwer verletzt in das Haus, in dem ihn schließlich seine Kräfte verließen. Als er wieder zu sich kam, hatte er viel Blut verloren und war zu schwach, um sich allein aus seinem Gefängnis zu befreien.

„Offenbar hat es Oswald dann wieder an den Ort seiner Schandtat zurückgezogen“, schloss er seine Erzählung. „Der war ja noch da, als die Bairischen kamen, und muss sich irgendwo vor ihnen versteckt gehalten haben. Wie ich ihn kenne, ist er die ganze Zeit in der Gegend herumgeschlichen, um herauszufinden, ob ich überlebt habe. Irgendwie hat er es geschafft, dem Feind zu entgehen.“ Er zeigte auf den Martl, dann auf Rosa und Thomas. „Ich bin euch was schuldig.“

„Bist du, aber jetzt will ich mir erst einmal ansehen, was die Ingolstädter aus dem Schwedenschimmel gemacht haben“, beschloss der Martl und forderte Thomas auf, mitzukommen.

„Der Schwedenschimmel.“ Thomas schaute von einem zum anderen. „Ich will wissen, weshalb der König auf diesem Pferd saß! Es gehörte also nicht Hauptmann ... Oberst Seitz vom Walde?“

Jetzt war es erneut an Heiner, etwas zu sagen.

„Damit endlich Ruhe ist: Ich weiß nicht, woher der König dieses Pferd hatte, um das es schade ist im Übrigen. Es war ein wundervolles Tier. Ich habe nur mitbekommen, dass es von einer Kanonenkugel getroffen wurde, und der Oberst losgelaufen ist, um ihm den Gnadenschuss zu geben.“

„Das war Leonhart?“, fragte Thomas bestürzt.

„Ja, du kennst ihn doch und wie er zu Pferden steht“, antwortete Heiner. „Als er sah, dass die anderen das schlimm leidende Ross einfach liegen ließen, ist er hingegangen und hat ihm in den Kopf geschossen.“

Thomas hatte einen trockenen Hals bekommen.

„Wo ist der Oberst jetzt?“

20. Kapitel

Rosa konnte ein paar Männer auftreiben, die Thomas, dem Martl und ihr dabei halfen, das Daimlinger-Haus wieder einigermaßen herzurichten. Auch andere Menschen stellten sich nach und nach in dem zerstörten Dorf ein. Zerlumpt zum Teil, ausgehungert, aber fest entschlossen, sich ihrem Schicksal zu stellen und ihr Möglichstes zu tun, in ihrem Ort irgendwie weiterzuleben. Die meisten suchten zwischen den Trümmern ihrer ehemaligen Behausungen nach Brauchbarem, das sie retten und mitnehmen wollten, andere standen fassungslos vor dem, was einmal ein Bauerndorf am südlichen Rand Ingolstadts gewesen war. Aufbauen wollten sie ihre ehemaligen Behausungen wohl nicht mehr. Tatsächlich waren die meisten Bewohner der Audörfer nach den Überfällen der Söldner beider Seiten ohnehin nicht mehr am Leben.

Niemand kümmerte sich um Rosa und ihre Helfer, die mühsam den Schutt um das noch einigermaßen intakte Daimlinger-Haus herum wegräumten. Allerdings waren die Mauern teilweise deshalb nicht eingestürzt, weil sie gerade durch diesen Schutt von außen geschützt waren, wie einer der Helfer feststellte. Es waren tiefe Risse in den Wänden zu sehen, und auch im Inneren sah es nicht gerade vertrauenswürdig aus.

Nachdem Heiner wieder einigermaßen hergestellt war, kam er zusammen mit Professor Menzel zur Baustelle. Jener kannte sich gut mit Statik und dem Bauwesen überhaupt aus, und gab Rosa und ihren beiden noch verbliebenen Helfern

Thomas und Martl ein paar gute Ratschläge, die sie begeistert in die Tat umsetzten.

Ob die beiden jemals so in dem Haus wohnen würden, wie sie sich das wünschten, stand in den Sternen. Aber sie waren fest entschlossen, nicht einfach nur darauf zu warten, was weiter geschehen würde. Notfalls würden sie Zuflucht in der Stadt suchen, die bei der Belagerung durch die Schweden gezeigt hatte, dass sie eine wahre Festungsstadt war.

Denn die Schweden waren noch ganz in der Nähe.

Oberst Claus Dietrich von Sperreuth befand sich zur selben Zeit zusammen mit den Heeren von Obrist Christoph Martin von Degenfeld vor den Mauern der Fürstpropstei Ellwangen, keine zwei Tagesritte entfernt. Es war durchaus anzunehmen, dass der Schwedenkönig ihnen Befehl geben würde zu vollenden, was vor Ingolstadt durch den Kanonenschuss auf sein Ross vereitelt worden war.

Aber das war abzuwarten.

Eines Abends, als sich Thomas mit Rosa, Heiner und Martl erschöpft auf der inzwischen freigeräumten Stufe vor dem Häuschen niedergelassen hatte, zog von Süden her ein kleiner Trupp Reiter an der Brautlach entlang Richtung Ingolstadt.

„Was haben die denn vor?“, fragte Heiner, der sie zuerst entdeckt hatte.

Der Martl erhob sich und spähte angestrengt über den Bach und zu den Reitern hinüber.

„Verflucht, das sind mit Sicherheit Schweden!“, stieß er heiser hervor. „Das ist ein Spähtrupp der Schweden! Die Schweden kommen zurück!“

Auch Heiner war aufgesprungen. Thomas schob die am

ganzen Leib zitternde Rosa durch die Türöffnung ins Innere des Hauses.

Hatten doch all jene recht gehabt, die dem Dorf den Rücken gekehrt und sie ausgelacht hatten? Wieso hatten sie nur so stur am Aufbau eines neuen Lebens im Dorf festgehalten?

„Verdammt!“ Heiner sah sich hektisch um. „Wir müssen versuchen, sie aufzuhalten.“

„Aufhalten? Bist du verrückt geworden? Wie willst du die denn aufhalten?“, schrie Thomas ihn verzweifelt an. „Wir haben ja nicht einmal Waffen.“

„Wo ein Spähtrupp ist, ist auch ein Heer“, stimmte der Martl dem zu, was Thomas damit gemeint hatte. „Wir haben nicht einmal mehr Zeit, die Stadt zu warnen.“

Plötzlich hob er jedoch eine Hand, als winke er den Reitern zu. Thomas hatte zur selben Zeit gesehen, was den alten Haudegen dazu veranlasste.

Einer der Reiter schaute zu ihnen herüber und hielt sein Pferd an. Ein zweiter tauchte dahinter auf. Ein dritter.

Thomas hielt die Luft an.

„Der Oberst!“, schrie Heiner. „Das ist doch sein Ross. Das ist unser Oberst! Oberst Leonhart!“

Ein paar Leute waren bereits aufmerksam geworden, die in der Nähe nach Brauchbarem gegraben hatten. Sie standen völlig erstarrt und mit entsetzt vor den Mund geschlagenen Händen da.

Die Reiter setzten sich langsam in Bewegung und kamen auf den Bach zu, der sie von den Menschen auf der anderen Seite trennte. Auch Thomas hatte den Reiter inzwischen erkannt.

Während die Menschen um sie herum entsetzt nach

Verstecken suchten, hinkte Heiner ein paar Schritte auf die Brautlach zu.

Waren die Reiter bislang eher zögerlich gewesen, so sah man jetzt, dass ihr Anführer sich im Sattel aufrichtete und plötzlich einen gellenden Schrei ausstieß.

„Er hat uns erkannt, er hat uns erkannt!“, schrie der Martl aufgeregt. „Das ist wirklich unser Oberst! Er hat uns erkannt!“

Im selben Augenblick fiel ein Schuss. Alle vier duckten sich mit über den Köpfen gehaltenen Armen und verschwanden im Inneren des Hauses. Hatte der Oberst sie denn nicht erkannt? War er den Schweden inzwischen so verbunden, dass er sich nicht darum scherte, wen er vor sich hatte?

Der Schuss kam tatsächlich von den Berittenen auf der anderen Seite der Brautlach. Aber er war nicht auf die Menschen vor dem Haus oder im Dorf gerichtet. Es war ein Freudenschuss, den jemand aus der Begleitung des Obersten abgefeuert hatte.

Ohne Zögern gab jener seinem Pferd die Sporen, das mühelos das flache Wasser durchquerte, gefolgt von fünf anderen Reitern. Der Oberst sprang noch beinahe im vollen Trab von seinem Pferd und lief auf seine ehemaligen Männer zu, die vorsichtig wieder aus dem Haus gekommen waren und abwartend stehen blieben.

Auch Rosa kam an die Tür und spähte scheu hinaus. Überrascht sah sie, wie der Feldherr auf die drei Männer zukam und stumm einen nach dem anderen umarmte. Sie verstand überhaupt nichts mehr und ließ sich unweit des Hauses auf einem umgefallenen Baumstumpf nieder.

„Leonhart Seitz vom Walde“, rief Thomas ihr zu. „Das ist mein ehemaliger Hauptmann!“

„Aber er ist doch ein Schwede“, wandte sie schluchzend ein. Es war einfach alles zu viel für sie.

„Das war ich“, antwortete Leonhart und zwinkerte ihr aufmunternd zu, wobei er auf die Farben eines Tuches deutete, das am Sattelknauf befestigt war. Es waren die Farben des bairischen Kurfürsten. „Aber das ist eine lange Geschichte.“ Auch die Pferde der anderen Reiter waren mit Tüchern in den Farben des bairischen Landesherrn ausgestattet, wie die vier jetzt sehen konnten.

Nachdem sie sich irgendwo zwischen Schutt und Haus einen Platz gesucht hatten, an dem sie sich setzen konnten, erfuhren Thomas und die anderen, dass der Oberst zusammen mit Sperreuth und Degenfeld nach Ellwangen gezogen war, wohin man ihn und seine Männer nach der erfolglosen Belagerung Ingolstadts beordert hatte. Sie sollten die beiden Heerführer unterstützen und weitere Befehle abwarten. Unterwegs wurden sie jedoch von einer versprengten Truppe bairischer Söldner überfallen und aufgerieben, woraufhin er beschloss, mit seinen verbliebenen Männern über Ingolstadt weiter Richtung München zu ziehen, das der Schwedenkönig besetzt hielt.

Er kniff die Lippen zusammen und schaute von einem zum anderen.

„Aber Ihr reitet unter den Farben Baierns“, warf Thomas stirnrunzelnd ein, den der Oberst nach seiner Begrüßung keines Blickes mehr gewürdigt hatte.

„Du als ehemaliger Fahnenflüchtiger solltest wissen, dass in diesen Zeiten alles recht und billig ist, womit man seine Haut retten kann“, sagte Leonhart und sah seinen ehemaligen Burschen missbilligend an. „Nicht wahr?“

Thomas schüttelte energisch den Kopf.

„Das hatte nichts mit Fahnenflucht zu tun, wie Ihr sehr wohl wisst“, gab er mit fester Stimme zurück. „Aber wie ich sehe, wechselt Ihr nicht zum ersten Mal die Seiten. Wie bezeichnet man das wohl in Euren erhabenen Kreisen?“

Leonhart klopfte ihm beschwichtigend auf die Schulter.

„Es ist mir gleich, wie das gesehen werden mag“, gab er ungerührt zurück. „Ich habe meine eigenen Ziele, und die sind nicht an Religion oder die Farben irgendwelcher Herren gebunden. Inzwischen bin ich wieder ein einfacher Hauptmann. Oberst war ich nur in schwedischen Diensten.“

„Eure eigenen Ziele, Herr?“, fragte Thomas stirnrunzelnd zurück.

„So ist es.“ Damit wandte Leonhart sich an die beiden anderen Männer, zu denen sich inzwischen die Reiter gesellt hatten, die mit ihm gekommen waren und sich um die Pferde gekümmert hatten.

Er drehte sich um und zeigte auf einen seiner Männer, der einen Schritt auf ihn zumachte und dann stehen blieb. Erst jetzt sah Thomas, dass es sich dabei keinesfalls um einen Mann, sondern um eine Frau handelte, die in Männerkleidern steckte.

„Als wir vor Ingolstadt lagen, kamen ein paar meiner Männer und berichteten mir von einem Beinhaus ganz in der Nähe. Das wollte ich mir genauer ansehen.“ Er zog die Frau an sich, die scheu von einem zum anderen blickte. „Da habe ich sie gefunden. Sie hat sich vor den schwedischen Söldnern dort drin versteckt, nachdem die anderen Dorfbewohner geflüchtet waren und sie zurückgelassen hatten. Ich habe ihr Männerkleider gegeben, weil ich die Söldner der schwedischen Heere inzwischen mehr als gut kenne. Ich bin Weibsbilder als Burschen ja gewöhnt.“ Er warf Thomas einen spöttischen Blick zu. „Kurz darauf jedenfalls hat eine Kanonenkugel dem Schwedenkönig das Pferd unterm Hintern weggerissen, und weil sich im Kanonenhagel niemand traute, habe ich dem armen Ross den Gnadenschuss gegeben."

Thomas holte tief Luft. Aber bevor er etwas sagen konnte, fuhr Leonhart fort: „Ein Meisterschuss war das, fürwahr. Wie gut, dass die Ingolstädter gewarnt waren, nicht?"

Er wandte sich nach seinem Hengst um, der begonnen hatte, ein paar Grashalme zwischen herumliegenden Steinbrocken abzurupfen.

„Den hier kennst du sicher noch", sagte er. „Der Martl hat mir damals erzählt, dass du nicht mehr aufhören konntest über ihn zu reden, nachdem du ihn im Gestüt entdeckt hattest."

Der Martl mischte sich ein.

„Er weiß, wie Ihr zu dem Ross gekommen seid", sagte er. „Hatte schon Angst, dass man Euch als Verräter aufgeknüpft, und der Schwedenkönig sich des Rosses bemächtigt habe."

Leonhart fasste Thomas fest ins Auge.

„Siehst du?", fragte er. „Das gehört zu meinen Zielen, die du wohl bislang nicht verstanden hast. Ich setze alles daran, dass mir die Menschen, die ich um mich schare, ohne Zögern vertrauen können. Das ist mir in diesen Zeiten wichtiger als alles andere. Wer das verstanden hat, wird mich niemals verraten, wie auch ich niemals Verrat an den Meinen üben würde."

Thomas errötete bis unter die Haarwurzeln. Er schämte sich in diesem Augenblick mehr, als er verkraften konnte, biss sich auf die Lippen und schaute verlegen zu Boden.

„Ich sehe, jetzt hast du mich verstanden.“ Dann zeigte Leonhart auf das Haus, in dessen leerem Türrahmen Rosa regungslos stand und die Szene beobachtete. „Das Haus ist wohl so ziemlich als einziges übrig geblieben. Wobei ich sagen muss, dass nicht wir die Audörfer allein so zerstört haben. Dieses durchaus zweifelhafte Werk haben unsere Verfolger vollendet. Es wird mir ein ewiges Rätsel bleiben, warum sie das gemacht haben.“

Er winkte nach seinen Männern.

„Heißt das, dass Ihr nach München unterwegs seid, um den Kurfürst zu unterstützen?“, wollte Heiner wissen, der dem Ganzen ruhig zugehört hatte. „Aber von da seid Ihr doch gerade gekommen!“

„Das ist richtig“, gab Leonhart zu. „Aber unterwegs ist mir eingefallen, dass sicherlich noch einige kurfürstliche Söldner in Ingolstadt geblieben sind. Ich nehme an, sie werden bald aufbrechen und versuchen, den Kurfürst in Regensburg zu unterstützen. Ich kenne die Pläne Gustav Adolfs und denke, ich könnte den Baiern von Nutzen sein.“ Er zuckte die Schultern. „Ich habe keine Truppe mehr, da ist es besser, wenn wir uns anderen Söldnern anschließen.“

Während die anderen ihm zustimmten, hatte Thomas noch etwas auf dem Herzen, das er schon lange geklärt haben wollte.

„Verzeiht, Herr. Aber Ihr seid ein Protestant und wäret doch von jeher besser auf der – also auf der anderen Seite geblieben?“

Leonhart lachte.

„Ich bin ein einfacher Mann, nicht mehr und nicht weniger“, antwortete er. „Ich kümmere mich um mich und diejenigen, die sich mir anvertrauen. Selbst in den Reihen der Schweden ziehen Katholische mit, und die kaiserlichen Heere bestehen nicht nur aus Katholiken. Hast du immer noch nicht verstanden, worum es bei all dem geht?“ Damit wandte er sich um und betrachtete nachdenklich das Haus, an dem die vier gearbeitet hatten. „Braucht ihr noch Hilfe?“

21. Kapitel

„Er hat ihn dagelassen!“

Thomas richtete sich von seiner Arbeit auf und bog den Rücken gerade. Er hatte die ganze Zeit über konzentriert an einem Stück Holz gearbeitet, das sich ihm ständig zu widersetzen schien.

„Wer hat was dagelassen?“, fragte er mit einem Blick auf Rosa, die aufgeregt und mit hochrotem Kopf hereingelaufen kam. Sie blieb vor Aufregung schwer atmend vor ihm stehen.

„Der Hauptmann ist mit seinen Männern weitergezogen, aber er hat ihn dagelassen“, versuchte sie nach Luft schnappend eine Erklärung. „Schau raus!“

Thomas hätte viel lieber ein glühendes Stück Eisen in Form geschlagen, als dieses widerspenstige Stück Holz zurechtzuschneiden. Morgen würde er seine Arbeit bei Hannes wieder aufnehmen und nach jemandem suchen, der es besser als er verstand, mit Holz zu arbeiten.

Das Haus war noch immer von der Zerstörungswut der Söldner gezeichnet. Ein paar Risse in der Wand waren noch zu sehen, die Haustür hing eingedrückt in den Angeln und hatte ein Loch im Blatt, wofür das Stück Holz gedacht war, an dem er gearbeitet hatte. Ein paar Dachtaschen mussten ausgetauscht und so gut wie alle Fenster ersetzt werden.

Sie hatten die vergangenen Tage damit zugebracht, den Schutt ringsherum wegzuräumen und das Haus, soweit es eben möglich war, wieder einigermaßen bewohnbar zu machen. Unterstützung fanden sie dabei in den Männern um Hauptmann Leonhart, die tatkräftig mithalfen. Außerdem spendeten Ingolstädter Bürgerinnen und Bürger der Pfarrhaushälterin von St. Moritz Geschirr, Töpfe und sogar eine Schlafstatt, nachdem sie kopfschüttelnd feststellen mussten, dass Rosa nicht aufgeben würde. Holz zum Anfeuern des neu aufgemauerten Küchenherdes fand sich überall zwischen den Trümmern der anderen Häuser. Nur die Lebensmittel waren so knapp geworden, dass Rosa nur noch eine Wassersuppe kochen konnte, in der etwas Grünzeug schwamm.

Am Abend zuvor hatten sich Hauptmann Leonhart Seitz vom Walde, Heiner, der Martl und die anderen fünf Begleiter des Hauptmanns von ihnen verabschiedet. Sie wollten versuchen, wie geplant zusammen mit ein paar Söldnern nach Regensburg zu kommen, um sich den auf einen möglichen Angriff der Schweden wartenden Söldnern Kurfürst Maximilians anzuschließen.

Thomas warf einen Blick aus der Tür.

Ihm stockte förmlich der Atem.

Da stand der Hengst Leonharts und äugte neugierig zu ihm herüber.

Thomas ließ Holz und Hohleisen fallen und lief hinaus, als wolle er sichergehen, dass es sich dabei nicht um ein Trugbild handle. Das stolze Ross schnaubte leise und ließ zu, dass er ihm vorsichtig über den Hals strich.

Rosa trat ebenfalls aus dem Haus und blieb mit in die Hüfte gestemmten Fäusten stehen. Der Anblick zauberte ein Lächeln auf ihr Gesicht.

„Ich weiß zwar nicht, wie wir ihn durchfüttern sollen“, sagte sie. „Aber irgendwie werden wir es schaffen.“ Als Thomas sich nach ihr umwandte, lächelte sie ihn liebevoll an. „Ich habe zumindest verstanden, was er dir damit sagen wollte.“

Thomas strich dem Pferd über den Hals und nickte ihr zu.

„Ich auch“, antwortete er. „Und er soll sich nicht in mir getäuscht haben. Er nicht, und vor allem mein alter Freund Barthel nicht.“

„Marbach?“, fragte sie.

„Marbach.“

Nachwort

Das sogenannte Kreuz- und Fahnengefecht in Schwäbischwerda (heute Donauwörth) am Markustag 1606 und die unrechtmäßige Annektierung der Stadt durch den bayerischen Herzog Maximilian war der Grund dafür gewesen, weshalb zwei Jahre später die Protestantische Union zum Schutz evangelischer Ländereien und Gemeinden gegründet wurde. Das wiederum hatte die Gründung der Katholischen Liga als Gegenpart zur Folge und eröffnete somit eine Art Dominoeffekt, der das gesamte Reich letztendlich in einen verheerenden Krieg stürzen sollte.

Der große Religionskrieg, der später als Dreißigjähriger Krieg in die Geschichte Europas eingehen sollte, wurde im Süden erst Anfang der 1630er-Jahre spürbar. Auslöser für diesen Krieg war der Streit zwischen katholischen und evangelischen Politikern und Ständeführern, der zum berühmten Zweiten Fenstersturz am 23. Mai 1618 in Prag führte. Dem folgten die Bauernaufstände im Land ob der Enns, das Kaiser Ferdinand II. dem befreundeten bayerischen Herzog Maximilian I. (ab 1623 Kurfürst) als Pfand für einen Kredit überlassen hatte.

Als sich die Dänen und später auch die Schweden in die schwelenden Unruhen einmischten, und sich Spanier, Franzosen, Belgier, Engländer und Schotten auf die Seite ihnen verbündeter Fürstenhäuser stellten, breitete sich der Glaubenskampf immer weiter aus. Allerdings war es irgendwann keine Frage des Glaubens mehr, sondern der Macht: Gebietsansprüche wurden verteidigt, Land wurde zurückerobert oder neu besetzt.

Nicht nur die Bevölkerung litt unter diesen Auseinandersetzungen. Auch unter den Söldnern herrschte Leid und Elend, da sie oftmals keinen Sold mehr bekamen, sich nichts mehr zu essen kaufen konnten und auch bei anschließenden Plünderungen keine Lebensmittel mehr fanden. Alten Aufzeichnungen zufolge kamen weitaus mehr Söldner infolge von Hunger, Kälte und Krankheiten ums Leben als auf dem Schlachtfeld.

Das Schicksal der Menschen in den Wirren der Bauernaufstände im ‚Land ob der Enns' habe ich in meinem ersten Buch ‚Das Awaren-Amulett' beschrieben, dem der parallel dazu verfasste zweite Band ‚Die Trossfrau' folgte. Dieser zweite Band beschreibt das Schicksal einer Frau, die sich ihrer Rolle verweigert und im Tross verschiedener Truppen schließlich nur noch ein Ziel hat: zu überleben.

Der zumindest bayernweit bekannte Schwedenschimmel ist ein lebensgroßes, originales Relikt aus jener Zeit (und darüber hinaus das älteste bekannte und erhaltene Tierpräparat Europas), in der es sich nur hochgestellte Herren leisten konnten, ein solch edles Tier zu besitzen. Woher der Schimmel stammte und wie der Schwedenkönig in seinen Besitz gekommen ist, weiß niemand mehr. Nur über sein tragisches Ende weiß man sehr genau Bescheid: Als Gustav II. Adolf. von Schweden am 30. April 1632 vor Ingolstadt zu einem Erkundungsritt auftauchte, wurde ihm sein Pferd ‚unter dem Hintern weggeschossen', wie zeitgenössischen Berichten zu entnehmen ist. Nach dem Abzug der schwedischen Truppen brachte man seinen Kadaver als Trophäe in die Stadt. Er wurde gehäutet, das Fell ausgestopft und das Tier anschließend zur Schau gestellt. Seit 1920 steht es im Stadtmuseum Ingolstadt.

Wer das Tier angeschossen hat und unter welchen Bedingungen, ist nicht überliefert. Die Belagerung der Stadt und das Ende des königlichen Reittieres sind jedoch in mehreren Berichten beider beteiligten Seiten belegt.

Ich habe die Geschichte von Thomas mit den realen Geschehnissen jener schrecklichen Zeit verwoben und dem Schwedenschimmel auf meine Weise ein kleines Denkmal gesetzt.

Angemerkt sei in diesem Zusammenhang, dass oftmals Daten und Abläufe der in diesem Buch erwähnten historischen Ereignisse in verschiedenen Dokumenten und Abhandlungen unterschiedlich dargestellt wurden. Das hängt nicht nur von der Sicht des jeweiligen Betrachters ab, sondern oftmals auch davon, dass in jener Zeit sowohl der julianische als auch der gregorianische Kalender Verwendung fanden.

Ich habe mir die Freiheit genommen, die Daten und Fakten einzubeziehen, die besser in die Dramaturgie des Buches gepasst haben. Historiker mögen mir das nachsehen, aber die wissen ohnehin um die Tatsache, dass es zwei verschiedene Kalender gab und die Schwierigkeit, dazwischen die richtige Entscheidung zu treffen. Außerdem ist dies hier kein Geschichtsbuch, sondern ein Roman.

Ich wollte mit meinen drei Büchern nicht nur das Bild der Geschehnisse jener Zeit nachzeichnen, die keinesfalls nur von Krankheiten, Hunger, Gemetzel und Kriegsgeschrei geprägt war, auch wenn das unsere heutige Sicht auf diesen langen Krieg ist. Diese grauenhaften Zustände galten schon gar nicht flächendeckend dreißig Jahre lang für das gesamte Heilige Römische Reich Deutscher Nation. Es gab teilweise lange Ruhephasen, in denen nirgendwo Waffenklirren und Kriegsgeschrei zu hören waren. Allerdings konnten die schrecklichen Folgen von über 30 Schlachten und Aufständen oftmals erst nach Jahrzehnten vollständig beseitigt werden, wenn überhaupt.

Die Gräueltaten, die von Angehörigen beider Kriegsparteien an Söldnern wie Zivilisten jeder Altersgruppe verübt wurden, sind teilweise so grausam, dass sie kaum jemand vergessen kann, der sich die Berichte darüber durchgelesen hat. Ich habe sie weitestgehend aus meinem Buch herausgehalten. Aber es gab sie. Leider.

Hunger und Krankheiten machten in jener Zeit vor keinem Landstrich Halt. Einesteils wurden die Ernten von einer Wetterlage beeinträchtigt, die wir heute als Kleine Eiszeit bezeichnen, und vielerorts vernichtete durchziehende Soldateska, was Bauern mühsam anzubauen versucht hatten. Andererseits verbreiteten die umherziehenden Söldner auch Krankheiten wie Pest und Cholera über das Land und verschlimmerten damit das ohnehin überall herrschende Elend, das Tausenden Menschen ihr Leben kostete. Es gab Ortschaften, die gänzlich von der Landkarte verschwanden, weil niemand darin überlebt hat.

Mir ging es hauptsächlich um menschliche Schicksale, die sich im Grunde nicht von denen vieler Menschen der heutigen Zeit unterscheiden.

Damals wie heute gab es Millionen von Einzelschicksalen, die sich dadurch unterschieden, wo und wie die Menschen lebten und in welches soziale oder gesellschaftliche Umfeld sie hineingeboren wurden. Dass es nicht nur heute, sondern auch im 17. Jahrhundert Menschen gab, die sorglos und frei ihrer Arbeit nachgehen, ihre Religion ausüben und ohne Angst leben wollten, steht wohl außer

Zweifel. So wie für mich außer Zweifel steht, dass auch damals Menschen Ziele vor Augen hatten, die sie zu erreichen versuchten.

So wie Thomas.

Den hat es wie Leonhart, Johannes, Magdalena, Rosa und ihre Gefährtinnen und Gefährten nicht gegeben. Aber Menschen wie sie gab es. Eine Handvoll davon waren meine Vorfahren und unzählige weitere die Vorfahren vieler Bürgerinnen und Bürger unseres Landes. Ich bin dankbar und voller Respekt, wie und unter welchen Umständen diese Menschen es geschafft haben, zu überleben.

Eichstätt und die Willibaldsburg wurden in der beschriebenen Zeitspanne auch nie von einem Söldnertrupp und dem angeschlossenen Tross vor möglichen Angreifern geschützt. Leider. Denn die Stadt wurde wenige Jahre später gebrandschatzt und dabei fast völlig zerstört. Viele Menschen starben in ihren Häusern und auf den Gassen Eichstätts unter dem gnadenlosen Wüten ihrer Feinde und wären sicherlich dankbar für eine Truppe wie die meines fiktiven Hauptmanns Leonhart Seitz vom Walde gewesen.

Wie es dem herzoglichen Gestüt Marbach in jener Zeit erging, ist kaum noch nachzuvollziehen. Sicher ist nur, dass dort seit der ersten urkundlichen Erwähnung 1514 wundervolle Pferde gezüchtet wurden, die auch über die Landesgrenzen hinaus bekannt und begehrt waren. Ein Handel wie auch alles andere in diesem Buch Beschriebene hätte also durchaus stattfinden können.

Bei der Entstehung meines Buches hatte ich coronabedingt so meine An- und Ablaufschwierigkeiten. So konnte ich lange Zeit nicht wie gewohnt vor Ort recherchieren und habe mich gefreut, dass sich engagierte Informanten trotz allem bereit erklärt haben, mir weiterzuhelfen.

Zuallererst erwähnen möchte ich in diesem Zusammenhang *Hauptsattelmeister Horst König* vom *Haupt- und Landgestüt Marbach* auf der Schwäbischen Alb. Er hat zunächst telefonisch, später dann auch vor Ort geduldig meine Fragen zur Geschichte des Gestüts und zu Pferden in früherer und heutiger Zeit beantwortet. Herzlichen Dank dafür, ich wusste und weiß das bis heute zu schätzen! Horst Königs Liebe zu Pferden und sein sprichwörtlicher Pferdeverstand schlagen sich übrigens auch in seinen wundervollen Bildern nieder, die ich hier unbedingt erwähnen muss.

Mein besonderer Dank gilt auch *Gunter Hackel*, einem Nürnberger Urgestein, der mir schon bei meinen anderen historischen Romanen mit seinem Wissen über vergangene Zeiten weitergeholfen hat. Er hat ein interessantes Bild zu möglichen Zahlungsabläufen speziell während des Dreißigjährigen Krieges gezeichnet, das vor allem durch den Nürnberger Banco Publico der beiden Geschäftsleute Bartholomäus Viatis und dessen Schwiegersohn Martin Peller von Schoppershof geprägt wurde. Außerdem ist er ein hervorragender Kenner der Geschichte Nürnbergs. Mit seiner Hilfe konnte ich als schützentechnische Laiin übrigens auch jenen Schuss auf den Schwedenschimmel abgeben, der letztendlich die Belagerung Ingolstadts 1632 kanonendonnernd abschließen sollte …

Viele Eindrücke und Informationen habe ich im *Bayerischen Armeemuseum* und im *Stadtmuseum Ingolstadt* bekommen. Vielen Dank an das Personal in beiden Museen, das auf keine meiner Fragen eine Antwort schuldig geblieben ist. Es gibt im *Armeemuseum* eine sehr gut aufgemachte Ausstellung unter anderem über die Zeit des Dreißigjährigen Krieges, die es sich anzusehen lohnt. Nicht zu vergessen natürlich den Schwedenschimmel, der im Original erhalten im *Stadtmuseum Ingolstadt* nach wie vor zu sehen ist.

Die *Kurfürstliche Residenz in München* ist darüber hinaus ein Ort, der den Besuchern weitaus mehr vermitteln kann, als sich ihnen aus ein paar bewundernden Blicken auf die wundervollen Gemälde und Ausstellungsstücke zunächst erschließen mag. Es lohnt sich durchaus, sich in den großzügig angelegten Innenräumen und Gärten in längst vergangene Zeiten zurückversetzen zu lassen.

Natürlich habe ich auch für dieses Buch wieder unzählige alte Schriften, Zeitungen, Online-Berichte und Bücher gelesen, aus denen ich unglaublich interessante Informationen sammeln konnte. Einen Bericht möchte ich hier auf jeden Fall erwähnen. Er stammt von Michael Klarner und wurde in der Zeitschrift *Wir! in Ingolstadt und der Region*, *Ausgabe 09* veröffentlicht: *Der Ingolstädter Schwedenschimmel. Vom Ende eines königlichen Pferdes.* Absolut lesenswert.

Die Stadt Rain und der Dreißigjährige Krieg von Harald Johannes Mann und *Der Dreißigjährige Krieg: Als Deutschland in Flammen stand* von Christian Pantle kann ich allen empfehlen, die sich für diese Zeit interessieren, wie auch das *Tagebuch aus dem 30jährigen Krieg* von Maurus Friesenegger, (neu) herausgegeben von Pater Willibald Mathäser.

Sehr dankbar bin ich meinem *Verlag Maximum GmbH*, genauer meinen Verlegern *Petra und Uli Mattfeldt*, die mich mit Rat und Tat begleiten, immer wieder aufmuntern und mir ermöglichen, meine Bücher zu schreiben und zu veröffentlichen.

Ganz besonderen Dank an *Alin Mattfeldt* für das wunderschöne Cover dieses und meiner anderen im Verlag veröffentlichten Bücher.

Dank auch meiner treuen Begleiterin *Melanie Gerken* aus dem *Verlag Maximum*, die sich trotz der Corona-bedingt schwierigen Situation unermüdlich um Lesungen und alle möglichen Kontakte dazu gekümmert hat und noch immer kümmert, sowie überhaupt dem ganzen immer gut gelaunten Team des Verlags. Ihr seid einfach großartig!

Nicht zu vergessen meine großartige Lektorin *Bernadette Lindebacher*, die auch diesen Roman wieder mit viel Feingefühl und Wissen, aber auch mit dem dringend notwendigen Fingerzeig auf Schwachstellen in meinem Manuskript begleitet hat. Vielen Dank dafür!

Und last but not least vielen Dank an *Heike Stepprath* und alle, die ihr Möglichstes getan haben und noch tun, dass ich meine Bücher einem interessierten Publikum vorstellen kann.

Ich wünsche meinen Leserinnen und Lesern, dass sie sich durch dieses Buch in eine dunkle Zeit unserer Geschichte mitnehmen lassen. Dass sie aber auch die andere, helle und hoffnungsvolle Seite des Lebens sehen können, die es damals gab.

Wir lesen uns wieder!
Liebe Grüße
von der Carmen Mayer

Glossar

Aychstätt heutige Schreibweise Eichstätt
Baiern Schreibweise seit 1825: Bayern
Banco Publico
wurde 1621 als Antwort auf die Kipper- und Wipperzeit als städtische Girobank gegründet. Sie ging 1635 bankrott, nachdem sich Nürnberg durch Zahlungen an den vor ihren Toren lagernden Schwedenkönig hoch verschuldet hatte
Bieberl süddeutsch für Küken
Bohei Aufheben um etwas machen
Brass süddeutsch für Zorn, Wut
Brennsuppe
„Auf der Brennsuppe dahergeschwommen sein" bedeutet, dass man aus ärmlichen Verhältnissen stammt und/oder nicht unbedingt der geistig Hellste ist
Christian IV.
1588 bis 1648 König von Dänemark und Norwegen. 1625 zum Kreisobristen des Niedersächsischen Reichskreises gewählt, mischte er sich im kommenden Jahr in die Auseinandersetzungen zwischen Protestanten und Katholiken im Heiligen Römischen Reich Deutscher Nation ein
Ferdinand II.
wurde während seiner Schul- und Studienzeit von den Jesuiten in Ingolstadt geprägt und war von 1619 bis zu seinem Tod am 15. Februar 1637 Kaiser des Heiligen Römischen Reiches und gnadenloser Verfechter der Rekatholisierung seines Volkes

Fucker

heutige Schreibweise Fugger; ursprünglich aus Graben/ Bayern stammende Familie, die durch die Zuwanderung Hans Fuckers in Augsburg sesshaft wurde und sich dort zu einem der erfolgreichsten Handelshäuser entwickelte

Fuckerey

heutige Schreibweise Fuggerei, in Augsburg, ist die weltweit älteste soziale Wohnsiedlung

Fürstbischof

ein mit sowohl geistlicher als auch weltlicher Macht ausgestatteter Landesherr

Geldige süddeutsch für Leute mit Geld

Gestüt Marbach

ehemals herzogliches, heute baden-württembergisches Haupt- und Landgestüt in Marbach an der Lauter auf der Schwäbischen Alb

Glump

süddeutsch für schlechtes oder unbrauchbares Zeug

Gustav II. Adolf

1611 bis 1632 König von Schweden. Durch sein Eingreifen in den Dreißigjährigen Krieg verhinderte er erfolgreich die völlige Unterdrückung des Protestantismus in Deutschland durch Kaiser Ferdinand II.

Ingolstadt

Ersterwähnung 806, war eine der Hauptstädte bayerischer Teilherzogtümer. Ab 1472 Sitz der ersten Universität Bayerns. 1632 von schwedischen Truppen belagert, bis dem schwedischen König das Pferd ‚unter dem Hintern weggeschossen' wurde und er aufgab.

Joch

neu geworbene Söldner mussten unter zwei Hellebarden

hindurchlaufen, über deren Klingen (den Barten) ein Langspieß lag, um Söldner des werbenden Heeres zu werden. Sie mussten einen Schwur leisten, nach dem sie unter anderem nicht wahllos plündernd und mordend die Bevölkerung drangsalieren durften. Waldstein/Wallenstein hat zeitgenössischen Aufzeichnungen zufolge sogar Obristen aufknüpfen lassen, die er beim Plündern erwischt hat

Katholische Liga

1609 von Maximilian I. sozusagen als Antwort auf die Protestantische Union gegründete Vereinigung katholischer Reichsstände, die 1635 wieder aufgelöst wurde. Ligistische Heere – Heere der Katholischen Liga

Kepler, Johannes

Mathematiker, Astrologe, Astronom;
1571 in Weil der Stadt geboren, Theologiestudium in Tübingen, lebte in Österreich und Württemberg, 1630 in Regensburg gestorben, erstellte für Waldstein/Wallenstein ein erstaunlich zutreffendes Horoskop

Kipper- und Wipperzeit

bezeichnet die im 17. Jahrhundert in weiten Teilen Europas praktizierte Münzentwertung. Wippen meint die Ausbalancierung des Waagbalkens, und Kippen die Aussortierung schwerer Münzen, aus denen unter Zugabe minderwertiger Metalle neue Münzen gegossen und geprägt wurden

Kontribution

an Besetzer von Städten und Gemeinden zu bezahlendes Geld, um Plünderungen zu vermeiden

Krabaten

kroatische Reitersöldner in Diensten des Kaisers

Laufgeld
oder Fußgeld, das Söldnern auf dem Weg zur Musterung ausbezahlt wurde

Mandl, Johannes von
(auch Mändl oder Maendl) Hofkammeradvokat, Fiskal, Archivar und Geheimsekretär am bayerischen Hof unter Maximilian I.

Mätze liederliches Weib

Marketender Händler, siehe Marketenderin

Marketenderin
im eigentlichen Sinne ‚Marktfrau', Händlerin, die gekauftes, getauschtes oder geplündertes Gut an Söldner und Trossleute, aber durchaus auch an Bauern der Dörfer verkaufte oder mit ihnen tauschte, durch die sie zogen

Maximilian I.
ab 1597 Herzog, ab 1623 Kurfürst von Bayern und Unterstützer des Kaisers in dessen Bemühen, sein Volk zu rekatholisieren

Meile ungefähr 7500 Meter

Menzel, Leo
katholischer Theologe, Professor für Polemik und Bibelkunde, Prokanzler der Universität und Pfarrer von St. Moritz in Ingolstadt

Nachtmahr veraltet für Albtraum

Peller von Schoppershof, Martin
gründete zusammen mit seinem Schwiegervater die Viatis-Peller-Handelsgesellschaft und den Banco Publico zu Nürnberg

Protestantische Union
1608 ursprünglich auf 10 Jahre befristeter, defensiv ausgerichteter Pakt protestantischer Fürsten und Städte

als Antwort auf die vom Kaiser angeordnete Rekatholisierung der Bevölkerung. Wurde 1621 aufgelöst

Schloss Grafeneck

ehemaliges Jagdschloss und Sommerresidenz württembergischer Herzöge bei Marbach

Schweden

trat am 6. Juli 1630 mit der Landung seiner Armee in Peenmünde auf Usedom in den Krieg ein. Die Heere des Schwedenkönigs bestanden nicht nur aus schwedischen, sondern auch aus englischen, schottischen und deutschen Söldnern

Schwedenschimmel

wird das dem schwedischen König während der Belagerung Ingolstadts 1632 ‚unter dem Hintern weggeschossene Pferd' genannt, das als Trophäe in die Stadt geholt wurde und als ältestes erhaltenes Tierpräparat Europas gilt. Wer es angeschossen hat, ist nicht überliefert. Den Gnadenschuss gab ihm ein schwedischer Begleiter des Königs

Söldner bezahlte Soldaten

Soldateska

unkontrolliert agierende, marodierende Söldnerhaufen

Tartuffeln

heutige Schreibweise: Kartoffeln. Sie stammten ursprünglich aus Südamerika und wurden im späten 16. Jahrhundert über Spanien nach Europa gebracht. Sie waren 1621 schon in Österreich bekannt, wurden aber erst gute zwei Jahrzehnte später in Deutschland angebaut

Tilly, Johannes T'Serclaes von

Generalissimus und oberster Heerführer der Katholischen Liga und der kaiserlichen Armee während des Dreißigjährigen Krieges. Er galt als gottesfürchtiger Mann, der jedoch auch durch sein gnadenloses Vorgehen gegen unterliegende Gegner bekannt wurde. Tilly starb am 30. April 1632 in Ingolstadt

Tross

begleitender Teil einer militärischen Einheit, die unter anderem im Versorgungsbereich tätig war. Wird auch als der ‚friedliche Teil des Krieges' bezeichnet

Trossfrauen

alle sich im Tross befindlichen Frauen. Sie waren zum großen Teil Ehefrauen oder Gefährtinnen der Söldner und als solche für den Transport des gesamten Soldatenhaushalts zuständig; sie versorgten leicht Verletzte, kümmerten sich um ihre Kinder. Zu ihnen gehörten auch Marketenderinnen, Hirtinnen, Bäckerinnen, Prostituierte, Wahrsagerinnen …

Trossführer

auch Trossweibel oder Trosswaibel, waren mit der Führung, Organisation und Logistik eines Trosses beauftragt. Oftmals waren sie verletzungs- oder altersbedingt ausgediente Söldner oder Offiziere

Trossknechte

waren die männlichen Mitglieder eines Trosses. Dazu gehörten Hirten, Metzger, Schmiede, Schankwirte, Händler und auch Ärzte und Geistliche

Viatis, Bartholomäus

gebürtiger Venezianer, der als späterer Ehemann einer Nürnbergerin die Bürgerschaft der Stadt Nürnberg erhielt und mit seinem Schwiegersohn Peller den Banco Publico gründete

Waldstein, Albrecht Menzel Eusebius von

böhmischer Politiker und einer der erfolgreichsten Oberbefehlshaber der kaiserlichen Armee während des Dreißigjährigen Krieges, seit Friedrich Schiller auch als Wallenstein bekannt, wurde am 25. Februar 1634 in Eger von Kaisertreuen ermordet, nachdem er bei Ferdinand II. zum wiederholten Mal in Ungnade gefallen war

Westerstetten, Johann Christoph von

zwischen 1612 und 1637 Fürstbischof von Aychstätt, als solcher Herr über weltliche und kirchliche Belange, erklärter Gegenreformator und fanatischer Hexenjäger. In Eichstätt sind 199 Hexenprozesse und 176 Hinrichtungen von angeblichen Hexen – Frauen wie Männern – dokumentiert

Willibaldsburg

um 1353 als Spornburg über Eichstätt errichtet. Sie diente jahrhundertelang den Eichstätter Bischöfen als Wohnsitz und ist heute ein Museum für Ur- und Frühgeschichte

Zipf

krankhafter Belag auf der Zunge von Geflügel, das dadurch kein Futter mehr aufnehmen kann und verhungert

Zwiderwurzn

altbayerisch für eine unangenehme, grantige Person

Weitere Bücher dieser Reihe:

Die Schicksale einer jungen Frau und eines Protestanten
in der Zeit des Dreißigjährigen Krieges

Carmen Mayer
Die Trossfrau
Historischer Roman
KB-Preis: 15,00 €
TB-Preis: 9,99 €
ISBN KB: 978-3-948346-38-6
ISBN TB: 978-3-948346-10-2

Carmen Mayer
Die Trossfrau
Historischer Roman
Hörbuch-Preis: 9,95 €
ISBN: 978-3-948346-20-1

Carmen Mayer
Das Awaren-Amulett
Historischer Roman
KB-Preis: 15,00 €
TB-Preis: 9,99 €
ISBN KB: 978-3-948346-39-3
ISBN TB: 978-3-948346-14-0

Carmen Mayer

© Foto: Christine Olma

Carmen Mayer, geboren und aufgewachsen im württembergischen Mühlacker, lebt seit über vierzig Jahren mit ihrem Mann, ihrer Tochter und deren Familie in Ingolstadt/Bayern. Sie arbeitete nach ihrer kaufmännischen Ausbildung zunächst als Au-pair in Paris, anschließend in den Bereichen Verkauf, Export und im Sekretariat größerer Industriebetriebe, und bereiste als Einkäuferin für deutsche Unternehmen Asien und Amerika.

Ihre ersten Veröffentlichungen als Autorin waren Kurzgeschichten, die über verschiedene Literaturforen im Internet erfolgreich den Weg zu ihren Leserinnen und Lesern fanden. Inzwischen hat sie eine immer größer werdende Fangemeinde, hauptsächlich durch ihre historischen Romane, Krimis und mundartlichen Theaterstücke. Sie ist aktives Mitglied bei den Mörderischen Schwestern e.V. und bei HOMER – Historische Literatur.

Den Impuls, historische Romane zu schreiben, bekam sie von ihrem Großvater. Er hatte herausgefunden, dass ihre Vorfahren während des Dreißigjährigen Krieges als österreichische Glaubensflüchtlinge nach Württemberg gekommen waren. Nach gründlicher Recherche hat sie versucht, das Schicksal der Menschen jener Zeit in ihren Büchern nachzuvollziehen. Daraus hat sich im Laufe der Zeit nicht nur ihre ständig wachsende Leidenschaft fürs Schreiben historischer Romane entwickelt, sondern auch für Lesereisen zu den Orten, die sie zusammen mit ihrem Mann auf den Spuren ihrer ProtagonistInnen kennengelernt hat.

Carmen Mayer engagiert sich darüber hinaus mit großer Begeisterung in einem Vorlese- und Mitspieltheater für Kinder, arbeitet ehrenamtlich beim Bayerischen Roten Kreuz und genießt sooft es geht dankbar die Zeit mit ihrer großen Familie, bei der sie für alle ihre Interessenbereiche Unterstützung findet.

Wenn Sie mehr über sie und ihre Bücher erfahren möchten, können Sie sich hier informieren:

www.autorin-carmen-mayer.com
maximum-verlag.de
literaturradiohoerbahn.com
www.kulturkanal-ingolstadt.de